행운아 54

Der Glückspilz
by Ephraim Kishon

Copyright ⓒ Ephraim Kishon
All rights Reserved.
All rights reserved including the rights of reproduction
in whole or in part in any form.
Korean Translation Copyright ⓒ 2008 by Maumsanchaek

Korean edition is published
by arrangement with Dr. Lisa Kishon
through Imprima Korea Agency

이 책의 한국어판 저작권은 Imprima Korea Agency를 통해
Dr. Lisa Kishon과 독점 계약한 마음산책에 있습니다.
저작권법에 의해 한국 내에서 보호를 받는 저작물이므로
무단전재와 무단복제를 금합니다.

국립중앙도서관 출판시도서목록(CIP)

행운아 54 / 에프라임 키숀 지음 ; 이용숙
옮김. -- 서울 : 마음산책, 2008
p. ;   cm

원표제: Glückspilz
원저자명: Ephraim Kishon

ISBN 978-89-6090-040-0 03890 : ₩9800
히브리 문학[--文學]

897.4-KDC4
892.436-DDC21   CIP2008002199

행운아 54

에프라임 키숀

마음산책

행운아 54

1판 1쇄 인쇄 2008년 7월 20일
1판 1쇄 발행 2008년 7월 25일

지은이 | 에프라임 키숀
옮긴이 | 이용숙
펴낸이 | 정은숙
펴낸곳 | 마음산책

편집 | 최동일 · 권한라 · 이보현   디자인 | 김정현
영업 | 권혁준   관리 | 박해령

등록 | 2000년 7월 28일(제13-653호)
주소 | 서울시 마포구 서교동 395-114 (우 121-840)
전화 | 대표 362-1452   편집 362-1451   팩스 | 362-1455
홈페이지 | http://www.maumsan.com
전자우편 | maum@maumsan.com

종이 | 화인페이퍼
인쇄 · 제본 | 한영문화사

ISBN 978-89-6090-040-0 03890

* 책값은 뒤표지에 있습니다.

때로 운명은 우리에게

머리카락이 쭈뼛 곤두설 만한

놀라움을 선사한다

□ 차례 □

밑바닥_9

반전_50

개선 행진_81

천국에서_134

지상에서_171

블랙홀_200

해피엔드_238

옮긴이의 말_294

* 일러두기
이 책은 독일 Lübbe 출판사의 2006년판을 우리말로 옮긴 것이다.

밑바닥

내 소개를 할 때가 된 것 같다. 이름은 칼 뮐러. 55년 전 이 이름을 달고 세상에 나왔다. 22년 전에 힐데 뮐러와 결혼했다. 아내 힐데는 30년 동안 알로이스 뤼스테나우어 사립 김나지움에서 사회과목을 가르쳐온 교사다. 우리는 23년 전부터 베네딕티나라는 스물세 살 난 딸애의 부모로 살고 있다.

여기까지가 내 삶을 구성하는 기본사항들이다. 직업을 묻는다면 삼류배우라고 대답해야겠다. 한때는 국제적이라고 할 만한 명성을 누리기까지 했지만 말이다. 애석하게도 그 명성은 우리나라에 한정된 것이었다. 살다 보면 그런 기묘한 일도 있는 법이다.

내 서툰 솜씨로 굴곡 많은 내 삶을 주절주절 얘기하는 것은 어쩌면 또 하나의 자살골을 기록하는 일인지도 모른다. 하긴 어린 시절부터 글 쓰는 일을 특별히 좋아하긴 했다. 재능도 전혀 없지는 않았다. 그러나 거기까지였다. 사실 얼마 전까지만 해도 나 자신에 대해 특별히 언급할 만한 일은 위에 말한 소박한 사실들 외에는 거의 없었던 것이다. 나는 남들에게 별 존재감 없는 사람으로 비쳤다. 훌륭한 인물도 못 되지만, 그렇다고 형편없는 인간도 아니었다. 또 남편이라는 역할에 특별히 적극적인 편도 아니었다. 내가 왜 배우가 되었고 어째서 결혼을 했는지 모르겠다. 그렇긴 하지만 나는 언제나 '그 무엇인가'가 되고 싶었다. 하지만 '그 무엇인가'가 정확하게 어떤 종류인지를 처음부터 확실히 해두었으면 좋았을 것이다. 우리 아버지 구스타프 뮐러는 오래전에 나한테 이렇게 말씀하셨다.

"얘야, 현재는 미래의 과거일 뿐이라는 사실을 명심해라."

그 말씀이 정확히 무슨 뜻인지는 모르겠다. 아마 아버지도 그 정확한 뜻은 모르셨을 것 같다. 아버지가 매일 아침 청소를 해야 했던 시립도서관에서 언젠가 읽은 구절일 것이다. 세상사를 너무 진지하게 받아들이지 말라는 뜻으로 말씀하시지 않았을까 싶다. 아버지 스스로가 이런 원리를 생활의 지혜로 삼았다. 55년 전 어머니가 아버지를 버렸을 때부터 말이다. 그때부터 아버지는 술을 마시기 시작했다. 술은 아버지가 현재에서 한 걸음 떨어져 지내도록 하는 데 큰 도움을 주었다. 지금까지도 우리 아버지는, 인생의 온갖 고달픈 문제들은 다 술이 부족해서 생기는 거라고 주장한다.

나 역시 내 청소년기를 지배했던 주변 환경 때문에 괴로움을 겪었다. 그렇지만 나는 김나지움 5학년 우리나라에서는 중학교 3학년—옮긴이 때부터 내 인생에서 가장 아름다운 2년을 누렸다. 선생님이 포기하지 말라고 나를 격려해주셨고, 그래서 나는 내게 세상 전부였던 학교 연극무대에 첫발을 내딛었다. 한번은 리어왕 역을 연습해본 적까지 있다. 그러나 재능도 없는 다른 학생이 내 역할을 빼앗아갔다. 내가 흥분하면 말을 더듬는다는 납득할 수 없는 이유였다. 리어왕 역은 꽤나 마음에 들었다. 여러 명의 딸들이 내 궁정에서 이리저리 돌아다닌다는 것도 중요한 이유였다.

사실 어릴 때부터 나는 유난히 여자애들에게 관심이 많았다는 것을 고백한다. 특히 좀 논다는 남자애들이 말하는 '쭉쭉빵빵 걸'들에게 끌렸다. 키도 작은 데다 얼굴도 꽃미남과는 거리가 멀었기 때문에, 나한테는 그런 환상적인 여자들과 가까워질 기회가 여간해서 오지 않았다. 그래서 나는 다양한 각도에서 황홀하게 찍어놓은 예쁜 모델들이 실린 잡지들을 보는 것으로 만족해야 했다. 나처럼 능력 없고 돈 없는 남자는 그런 세련되고 섹시한 여자들을 결코 가질 수 없었다. 다른 선택의 여지가 없었기 때문에 나는 배우로 남았고, 그저 그런 작은 무대에서 하찮은 단역이나 맡고 있었는데, 그것도 내 암담한 상황을 개선하는 데 별로 도움이 되지 않았다. 내 상상력을 부채질했던 젊은 여배우들은 대단한 스타들과 별 볼 일 없는 연출가들에게 기절할 정도로 열광하고 있었는데, 그런 사실이 내게는 참을 수 없을 정도로 부당하게 느껴졌다.

이런 상황에서 정식으로 대학을 졸업한 여교사가 내게 구조의 손길을 뻗쳤다. 무엇보다도 경제적인 면에서 그녀는 나의 구원자였다. 그때그때 엑스트라로 무대에 서거나 극장에서 일을 해서 받는 눈곱만 한 보수로는 도저히 살아갈 수가 없는 형편이었다. 힐데는 내 나이 또래거나 나보다 조금 연상인 것 같았는데, 일부러 나이를 비밀로 했던 건 아니지만 기본적으로 나이 차 따위에는 전혀 관심이 없는 여자였다. 외모로 따지자면 내가 잡지에서 보던 모델들과는 상당히 거리가 있었지만, 그래도 우리는 꽤 예쁜 딸을 세상에 내놓았고, 딸 베네딕티나와 함께 오랜 세월 정상적인 가정을 이루고 살아왔다. 아내가 뤼스테나우어의 김나지움에서 중요한 교육적 사명을 완수하기 위해 매일 아침 일찍 집을 나서야 했기 때문에, 다행히도 우리 부부에게는 의견 충돌이 생길 시간이 거의 없었다. 유일한 충돌은 내가 보는 포르노 잡지 때문에 일어났는데, 그 부분은 결국 내가 전략적인 견지에서 포기했다. 그래서 나는 여성 패션 광고지를 보는 것으로 만족하게 되었다. 가끔은 초미니 비키니를 입은 여자들이나 속이 훤히 비치는 잠옷을 입은 여자들이 등장했기 때문이다. 이런 광고 전단은 집집마다 우편물로 배달된다. 하루는 내 옷장 속에 차곡차곡 모아둔 그 전단들을 아내가 찾아내 전부 쓰레기통에 던져버렸다.

"저질이야. 당신 수준엔 안 맞아!" 힐데가 지적했다.

나는 힐데의 말에 동의했다. "당신 말이 맞아." 그런 다음 나는 그 전단들을 우리 집, 정확하게 말하면 힐데 소유의 집 가장 구석진 곳에 숨겨두었다.

그처럼 모든 것이 법도에 맞게 그리고 질서정연하게 돌아갔고, 변화가 가능하리라는 어떤 희망도 없었다. 사람들이 듣기 좋게 '필요악'이라고 말하는 지루한 일상을 극복해보려고 애를 쓰던 시기에 나는 우리 아파트 4층에 살고 있는 심리상담가 레너드 뵘을 처음으로 만났다.

그날 아침, 나는 아파트 계단에 앉아 울고 있었다. 아래층으로 내려가고 있던 뵘은 이런 나를 발견하고 물었다.

"어디가 불편하신가요?"

"아닙니다. 그저 생각을 좀 하고 있어요." 내가 대답했다.

"아주 감상적인 생각을 하고 계시군요." 인간의 영혼을 속속들이 알고 있는 남자의 진단이었다. "밀러 부인 집에 사시는 분 맞죠?"

"그 집에 얹혀사는 건 아니구요. 제가 바로 밀러예요."

우리는 이렇게 해서 알게 되었다. 그는 내 옆에 앉아도 되느냐고 물었다. 아마도 내 존재가 그의 직업적 관심을 일깨웠던 모양이다. 유감스럽게도 나는 그 호기심을 충족시킬 수가 없었다. 나는 그날 아침 기분이 좋지 않았다. 힐데는 그날따라 유난히 매력 없고 뚱뚱해 보였다. 그 전날 저녁에 나는 TV에서 성인용 영화 한 편을 보았는데, 아만다라는 여주인공이 남편을 배신하는 영화였다. 아만다는 참으로 허벅지가 근사한 여자여서, 왜 저렇게 감탄할 만한 여자가 사립학교 교사 같은 정상적이고 존경받을 만한 일자리를 찾지 않고 모든 사람들이 볼 수 있는 텔레비전용 영화를 찍고 있는지 모르겠다고 나는 생각했다.

"자격증을 가진 심리상담가로서 이런 질문을 해도 될까요?" 그 이웃 남자가 나를 쳐다보며 물었다. "무슨 생각을 그렇게 골똘히 하고 계셨죠?"

"여자 허벅지요."

"아만다 말인가요?"

"맞아요."

우리 두 사람 사이에 불꽃이 튀었다. 뷤은 고도 근시에다 머리가 거의 다 빠진 대머리였고, 샤워하다가 오줌이 마려우면 그냥 싸지 않고 화장실로 건너가는 성격이 깐깐한 남자였다. 어둠침침한 계단에 앉아서 그는 앞으로 5개월 동안 자기에게 상담을 받으면 어떻겠느냐고 제의했다. 그러나 내가 달리 할 일이 없어서 여기 계단에 앉아 있다는 사실을 확실하게 알게 된 뒤로 그의 관심은 눈에 띄게 줄었다. 나는 글자 그대로 백수였던 것이다.

"그럼 무슨 돈으로 생활을 하십니까, 뮐러 씨?"

"아내한테 빌붙어 살아요."

석 달 전까지만 해도 나는 아동극단에서 일하고 있었다. 영리한 당나귀 역이었다. 그 뒤로 사샤는 내게 더 이상 다른 역할을 주지 않았다. 사샤는 무대디자이너 밑에서 목공 조수로 일하고 있었는데, 나를 동정해서 이 업계에서 내 매니저 역할을 하고 있었다. 일주일 전에 그가 내게 말했다.

"칼, 안됐지만, 아무도 너를 안 쓰겠대. 무보수 배역도 없대."

이 이야기를 하면서 울음을 터뜨리자 내 옆에 앉아 있던 심리상담가는 깜짝 놀랐다.

"진정하세요." 그는 나를 진정시켰다. "그런 콤플렉스에서 벗어나도록 제가 도와드리죠. 스포크 박사의 책을 빌려드리겠습니다. 이 책은 결혼한 남자들이 늘 고대하고 있는 바를 실현하게 해줍니다. 스포크 박사를 아십니까?"

"『우주선 엔터프라이즈 호』의 스포크 박사요?"

솔직히 말해서 그 당시 나는 책을 많이 읽는 편은 아니었다. 독서는 대단한 집중력을 요구했기 때문이다. 그러나 뵘은 서둘러 위층 자기 아파트로 가더니 나에게 작은 책 한 권을 갖다주었다. 그리고 나한테 그 책의 영어 원제를 읽어주기까지 했다. '남편과 남성들의 상식.'

"이게 도움이 될 겁니다." 심리상담가는 자리를 털고 일어나며 이렇게 덧붙였다. "절대로 희망을 버려서는 안 돼요."

"저……. 결혼하셨나요?" 나는 그의 등 뒤에 대고 외쳤다.

"이혼했습니다."

"그렇다면 저한테 어떻게 하라는 건가요?"

나는 스포크 박사와 함께 거기 남겨졌다. 무심코 책 한가운데를 펼쳤더니 101쪽에 굵게 인쇄된 소제목이 눈에 들어왔다. "결혼한 지 108개월이 지난 남자에게는 해결할 수 없는 문제들이 나타난다. 그 문제들을 어떻게 해결할 것인가?"

나는 책을 다시 덮었다. 이 스포크라는 작자도 아마 이혼했을 거야. 내게는 해결책이 없어. 나는 내 상황을 그렇게 요약했다. 언젠가 어떤 영화 제목이 예언했듯이, 나는 영원히 저주받았어.

하지만 그러고 나서 그 안경이 눈에 띄었다.

그건 내 안경이 아니고 카를라 바인슈톡의 안경이었다.

희한한 건, 카를라는 원래 안경을 끼지 않았다는 사실이다. 겉보기에 완벽한 여인이라는 그녀의 이미지에 안경이라는 물건은 전혀 어울리지 않았다. 카를라는 금발의 국민여배우였고, 백수 시청자들을 욕망으로 들끓게 만드는 기가 막힌 엉덩이를 가지고 있었다.

지금 생각해도 대체 카를라 바인슈톡이 어떤 부류의 여자였는지는 분명치 않다. 어쨌든 카를라는 여가에 수중발레 비슷한 운동을 하는 여자였다. 언제나 그렇듯이 그녀는 그저 카를라였고, 신이 탁월한 조각가임을 입증하는 살아 있는 증거였다. 통속잡지들의 보고에 따르면 카를라는 그 젊은 나이에 남편이 몇 명 있었는데, 그중 한 사람은 그녀의 진짜 남편이었다고 한다.

신문이나 잡지에 실린 사진들을 보면 카를라는 언제나 굽이 높은 구두를 신었고 꼭 가려야 할 곳만 겨우 가린 옷차림이었다.

그러면 이제 시간적인 배경을 바꾸어야겠다. 이제부터는 그 후에 경험한 어떤 일을 이야기하려고 한다.

이 이야기에서 핵심적인 역할을 하는 사람은 유명한 영화제작자 마틴 줄츠로, 지금도 여전히 자기 분야에서 맞수가 없는 독보적인 인물이다. 그가 왜 그런 위치에 있는지는 아무도 정확히 모르지만, 그렇다고 해서 달라질 것은 아무것도 없다. 줄츠는 필름 프로젝트마다 그의 손길이 안 가는 곳이 없는 인물이고, 소문에 따르면 자기 개인 계좌와 채무를 합쳐 은행예금 자산이 5억 달러는 된다고 한다. 그의 재정 상황은 전체적으로 안정적이었다. 보통사람들이 예상하듯 그는 배가 나왔고 최고급 시가를 피웠으며 젊은 여배우들을 스타의 길로 이끌었다. 그가 진정으로 관심을 갖는 것은 오로지 세 가지. 돈, 섹스, 그리고 '돈+섹스'였다. 이렇게 뒷말이 무성했지만 줄츠 자신에게는 그것이 조금도 거슬리지 않았다. 오히려 스스로 이런 뒷말을 조장했다. 젊은 시절, 그가 여행가방을 이 숙소에서 저 숙소로 끌고 다니던 당시, 그는 자기 이름이 '힐튼'이기를 열망했다. 훔쳐 온 호텔 목욕수건에서 언젠가는 자기 이름을 읽게 되기를 열망했던 것이다. 사실이야 어떻든 그런 이야기가 세간에 퍼져 있었다.

어느 쾌청한 날, 이 줄츠 대왕은 여비서를 시켜 어느 작은 그리스 레스토랑에서 카를라와 만날 약속을 했다. 이 기회에 그는 슬쩍 지나가는 말처럼, 지금 새로운 영화를 구상 중이라고 말했다. 살인적인 미니스커트를 입고 나타난 카를라는 그 매혹적인 프로젝트에 대한 개인적인 관심을 감추려 들지 않았다. 근시인 카를라의 초록빛 눈동자는 열기를 내뿜었고 제작자 줄츠는 그 불꽃에 녹아들었다.

"나는 당신에게 완전히 빠져버렸어, 카를라." 줄츠는 갈라지는 목소리로 이렇게 선언했다. "그러나 이 장소는 갖가지 긴밀한 협력작업을 논의하기에는 마땅치 않군."

"백번 지당한 말씀이에요, 달링." 환상의 여인이 대답했다. "내일 여기서 다시 만나 조용한 장소로 옮기는 게 어떨까요? 당신 집으로 가는 것도 좋구요, 마틴."

틀림없이 방법을 찾을 수 있을 거라고 줄츠는 중얼거렸고, 카를라는 엉덩이를 요란하게 흔들면서 필름 비즈니스의 찬란한 미래를 향해 일직선으로 나아갔다.

그다음 날, 가까운 곳에 위치한 호텔의 스위트룸이 예약되었고, 줄츠의 바지 주머니에서는 비아그라가 주인의 부름을 기다리고 있었다. 모든 것이 게임의 규칙에 맞게 갖추어진 것처럼 보였다. 그러나 상황은 갑자기 줄츠에게 언짢은 방향으로 진행되었다.

이번에는 카를라의 예쁜 코 위에 안경이 걸쳐져 있었던 것이다. 안경을 쓴 카를라는 줄츠가 결혼했다는 사실을 처음으로 알게 되었다.

이 발견은 어쩔 수 없이 카를라의 전략을 변화시켰다. 기획 중인 영화가 만남의 핵심 테마가 되었고, 줄츠가 그 환상의 여인에게서 얻은 답은 '우선 배역을 주면 보상이 있을 것' 이라는 식의 거래 제안이었다.

줄츠는 진심 어린 눈길로 이렇게 속삭였다. "난 당신한테 미쳐 있어. 당신은 내 TV 영화에서 주인공을 맡게 될 거야."

"영화라구요? 무슨 영화요? 텔레비전 연속극인 줄 알았는데요."

"뭐든지 다 할 수 있지. 하지만 우리는 우선 서로를 더 잘 알 필요가 있어." 줄츠는 이렇게 말하고는 얼른 덧붙였다. "당신은 영화계에서 눈부신 커리어를 꿈꾸고 있는 건가?"

"지금 당장 내가 꿈꾸는 건 바로 당신이에요, 마틴. 하지만 내가 완전히 정신을 못 차리게 되기 전에, 당신에게 빠진 채 버림받는 일은 없을 거라는 걸 확실히 해둬야겠어요. 적어도 TV에 연속으로 3회 출연하게 해주세요. 매번 30분 이상씩이요. 그러면 유부남을 사랑하는 데서 오는 양심의 가책도 어느 정도는 진정이 될 것 같네요."

카를라는 정말 감동적이었다. 특히 천천히 안경을 벗어 내려놓으며 테이블 밑에 있는 줄츠의 발을 다정하게 자기 발로 비벼댔을 때는 더욱 그랬다. 그러나 호텔 스위트룸은 일단 예약이 취소되었고 줄츠는 카를라를 냉정하게 보내버렸다. 저런 여자쯤은 어떤 길모퉁이에서라도 마주칠 수 있어. 줄츠는 그렇게 중얼거렸지만 사실 온종일 카를라 생각에 사로잡혀 있었다. 그리고 결국, 이 지구상의 그 누구도 길모퉁이에 서서 자기를 기다리고 있지는 않다는 사실을 깨달았다. 그러자 그의 마음속에서는 그 어쭙잖은 TV 미니시리즈를 그래도 제작해야겠다는 결심이 솟아올랐다. 가능한 한 비용을 적게 들여서 말이다.

카를라는 행운을 빈다는 인사와 함께 돈이 급하게 필요했던 시기에 찍어놓았던 사진 한 장을 줄츠에게 보냈다. 분노를 억누르며 줄츠는 오합지졸 같은 자기 팀원들을 소집해서 다음 이틀간의 작업 일정을 알렸다. 줄츠가 어떤 여자에게 욕망을 품는가에 따라 그 존재가 규정되는 제작감독은 줄츠에게 대본을 요청했다.

"고민 좀 해봐, 이 이쑤시개 같은 녀석아."

줄츠는 말을 토하며 주먹으로 책상을 내리쳤다. "대본은 내가 알아서 할 거야. 가장 중요한 건 비용을 적게 들이는 거야. 줄이고, 줄이고 또 줄이라구."

그러자 팀원 중 각별히 용감한 누군가가 나섰다. "대체 그런 식으로 해서 좋은 미니시리즈를 제작할 수 있단 말입니까?"

밑바닥 **19**

"누가 좋은 드라마 만들랬어?" 줄츠는 자신의 금쪽같은 시간을 더 이상 이런 식으로 낭비하고 싶지 않았다. 그래서 이 분야의 온갖 찌질이들을 끌어 모으는 자기 에이전트에게 연락을 해서, 그들과 함께 자기가 원하는 창녀 같은 여배우를 3회에 걸쳐 30분씩 미니시리즈에 기용해달라고 말했다.

그날 아침, 힐데의 집 전화가 울렸다. 힐데는 나에게 수화기를 내밀었다.

"농담하는 것 같은데. 어떤 바보 천치가 배역이 어쩌고 하면서 중얼거려."

그건 농담이 아니었다. 사샤의 전화였다. 줄츠의 에이전트가 이 분야의 가장 끝 변두리에서 나를 찾아낸 것이다.

"내 말 좀 들어봐, 칼." 사샤가 말했다. "줄츠가 너한테 짧은 미니시리즈에서 대사가 있는 역을 주겠대. 하지만 돈은 한 푼도 못 준대."

그 말이 나를 내리쳤다.

"사샤, 좀 생각해봐야겠어."

"내가 벌써 너 대신 서명했는데."

그날 저녁, 나는 아내 힐데의 머리카락을 부드럽게 쓰다듬었다.

"그 역할을 맡아." 힐데가 말했다. "그렇게 해서 뜰지도 모르잖아. 그리고 우리끼리 얘기지만, 그러면 일단은 온종일 집에만 앉아 있지 않아도 되잖아."

힐데는 끊임없이 몸이 불어나기는 했지만 나보다 현명했다. 나는 스멀거리는 꺼림칙한 기분으로 사샤에게 전화를 걸어 그 계약에 동의한다고 말했다. 하지만 다만 몇 푼이라도 돈을 받게 해달라고 말했다.

사샤는 줄츠의 사무실에서 그와의 단독 면담을 주선하는 데 성공했다. "그리고 그게 다가 아냐." 사샤는 성공적인 소식을 전했다. "자네는 하루에 15달러씩 받을 수 있게 됐어."

"사샤, 자넨 정말 대단해. 신이 내린 에이전트야."

"대체 누구한테 하는 소리야?"

◉

줄츠와의 대화는 짧았고 스케줄대로 이루어졌다. 내 에이전트와 줄츠의 여비서 사이에 약속된 대로 나는 11시 15분 정각에 시내 중심가에 있는 줄츠의 사무실에 나타났다. 줄츠는 바빴고 나는 잠시 기다리라는 전갈을 받았다. 오후 1시 45분에 사무실 문이 열리더니 빨간 머리의 여성 조수가 줄츠의 방에서 나왔다. 그리고 나더러 들어가라고 했다.

줄츠는 서류가 잔뜩 쌓여 있는 책상 앞에 앉아 뭔가를 적고 있었다. 그는 나를 쳐다보지도 않고 내게 인사를 했다.

"뭘러?"

줄츠는 이렇게 말했다. "앉게." 그런 다음 계속 뭔가를 적어 내려갔다. 아무 말 없이 나는 빈 의자에 앉았다. 어쨌거나 마틴 줄츠를 개인적으로 만나는 대단한 자리였다. 15분쯤 지난 뒤에 줄츠는 처음으로 눈을 들어 꿰뚫는 듯한 시선으로 나를 머리끝에서 발끝까지 훑어보았다. 그 순간 나는, 내 바지를 다려주고 몇 달 동안 엉망으로 자란 내 머리카락을 직접 손질해준 힐데에게 감사했다. "그 사람 앞에서 겁먹지 마." 힐데는 그렇게 격려해주었다. "당신은 그 남자만큼 대단한 인물은 아닐는지 몰라도, 어쨌든 그 남자보다는 도덕적인 사람이니까. 그러니까 당신의 품위를 잃지 않도록 해."

사회학과 교육학을 공부한 사람답게 힐데는 대단한 달변이었고, 그래서 나는 힐데에게 나 대신 줄츠를 만나러 가달라고 부탁하고 싶은 충동까지 느꼈다. 그러나 내 건전한 이성은 제작자 줄츠가 무엇보다도 나를 만나려고 한다는 사실을 일깨웠다.

"뮐러." 줄츠는 우리의 오디션을 벌써 끝냈다. "의사 역할을 하도록 하지."

나는 약간 말을 더듬으며 물었다. 내가 의사로서 무엇을 해야 하느냐고 말이다. 줄츠는 검은 안락의자 깊숙이 파묻히면서 시가에 불을 붙였다.

"참신한 갈등구조를 만들어낼 영감이 떠올랐네." 줄츠가 말했다. "뮐러, 당신은 간호사와 놀아나는 외과의사 역을 하는 거야. 그 간호사 역할은 카를라 바인슈톡이 할 거고. 당신은 수술이 있을 때마다 카를라에게 추근거리지만, 그녀는 폭군 기질이 있는 자기 남편한테 꽉 매여 사는 여자지. 그 남편 역할은 우리의 유명한 대배우 조르조 라마주리가 할 거야." 여기서 줄츠는 잠시 말을 멈추고 이런 엄청난 스타 퍼레이드에 대한 내 반응을 기다렸다. 너무나 흥분한 나머지 나는 한마디도 뱉어낼 수 없었다. 대체 이 대스타들과 함께 내가 무엇을 할 수 있단 말인가?

"그 남편, 그러니까 라마주리는 카를라를 수술 침대 위에서 겁탈하려는 당신의 도착적인 욕구에 당연히 분노하겠지." 줄츠는 즐기듯이 말을 이어갔다. "결국 남편은 외과용 메스로 잔인하게 당신을 살해하지. 이 끔찍한 행위 뒤에는 라마주리가 미워하는 그의 장모가 있는데, 그 장모 역은 내 아내가 할 거야. 젊은 시절에는 성악 선생이었지." 줄츠는 책상 위 은제 액자 안에 들어 있는 아내의 사진을 가리켰다. 내 평생 그보다 더 못생긴 여자는 본 적이 없었다. 지뢰밭 같은 얼굴이었다. 그녀가 내 진짜 장모가 아닌 것이 얼마나 다행스럽던지.

"죄송합니다, 줄츠 씨." 나는 더듬거리며 말했다. "저는 의학에는 문외한입니다. 전 건강하고, 제 말뜻을 이해하신다면……."

"이것 봐, 뮐러." 줄츠가 내 말을 끊었다. "당신은 벌써 나하고 계약을 체결했어. 당신 에이전트가 서명을 했단 말야."

그는 글자가 빼곡히 적힌 종잇장을 가리켰다. 그 아래쪽에는 '사샤 부자父子 극장 에이전트 주식회사'라는 인장이 찍혀 있었다. 줄츠는 다시 자기가 하고 있던 메모에 빠져들었다.

내가 절대로 이 TV 미니시리즈를 함께해서는 안 된다는 사실이 너무나 분명했다. 조르조 라마주리는 키가 거의 2미터나 되는 가라테 선수였다. TV에서 보면 그는 승리를 거둘 때마다 100킬로그램은 나갈 만한 몸으로 패배한 상대를 찍어 눌렀다. 안 돼, 라마주리가 나한테 그런 짓을 하도록 놔둘 수는 없어. 외과용 메스로 잔인하게 죽이는 건 자기 할머니한테나 하라지. 나는 감사를 표하며 배역을 거부했다.

줄츠의 찌르는 듯한 눈길에는 약간 짜증이 섞여 있었다.

"뮐러, 당신은 나와 계약을 맺었단 말야." 그 사실을 상기시키며 그는 내가 영화계의 센세이셔널한 커리어를 꿈꾸고 있지 않느냐고 물었다.

내가 꿈꾸는 건 하루에 15달러를 버는 일이었고, 수술 침대 위에서 카를라 바인슈톡과 즐기는 일이었다.

"저는 경험 많은 배우가 아닙니다, 줄츠 씨." 나는 내 난처한 상황을 설명하느라 애썼다. "한번은 군대의 늙은 나팔수 역할을 했죠. 하지만 대개는 영리한 당나귀 역이었어요. 제대로 된 대사는 이제까지 한 번도 해본 적이 없습니다."

"긴 대사를 할 일도 없다네. 뮐러, 당신은 존경받는 외과의사란 말이지. 입에 마스크를 쓰고 있기 때문에 보이는 건 두 눈뿐이라구. 어차피 남자 주연은 조르조 라마주리야. 이제 좀 나가주게. 내 비서 우르줄라 마리 루가 당신에게 대본을 주고 처음 3회분에 대한 계약금을 줄 거니까, 역할을 잘 연습해 오라구. 그럼 가보게."

"안녕히 계세요. 줄츠 씨." 나는 말을 더듬었다. "정말 감사합니다……. 제가 집에 가서 이런 이야기를 하면…… 죄송합니다……."

나는 택시를 타고 집에 갔다. 돈이 내 주머니 속에서 빛을 발하고 있었다. 하지만 겁이 났다. 대체 줄츠는 왜 나를 뽑은 것일까. 도대체 왜 고르고 골라서 나를?

힐데가 나에게 이처럼 상냥하게 대한 적이 있었던가.

"그것 봐, 당신은 다른 배우들과 다름없는 배우잖아." 힐데는 아첨을 했다. "당신은 근사한 외과의사처럼 보여. 우리, 의사용 흰 가운을 사자. 당신이 집에서 연습할 수 있게. 그리고 내 검은 테 안경을 당신한테 빌려줄게."

벌써 그다음 날 힐데는 흰 가운을 구해 왔다. 그 가운을 입으니 나는 의사라기보다 솜씨 좋은 시골 미용사처럼 보였다. 그런 다음 힐데는 변두리에 있는 구립병원으로 나를 끌고 갔다. 냉랭한 병원 분위기에 익숙해져야 한다는 것이었다. 병원 냄새는 끔찍했고 외과의사들은 다들 마스크를 쓰고 있어 테러리스트 같았다.

"이건 아무래도 내 역할이 아닌 것 같아." 나는 사랑하는 아내의 귀에 대고 속삭였다. "나는 의사보다는 환자 역할이 어울릴 것 같아."

줄츠가 준 대본에 적힌 이 미니시리즈물의 잠정적인 제목 '타오르는 열정'도 나를 불안하게 했다. 우선은 그 제목이 아이가 낙서한 것 같은 글씨로 끼적거려져 있었고, 외과의사 역을 하는 내 대사가 "메스!"뿐이라는 사실 때문이기도 했다. 간호사 역을 하는 카를라에게 나는 수술을 하는 동안 2분에 한 번씩 이 말을 뱉어야 했다. 뿐만 아니라 나는 카를라를 마치 짐승처럼 여러 번 덮쳐야 했다. 인간적인 면에서나 보수 면에서 내가 보기엔 합리화할 수 없는 일이었다. 그러나 사샤는 이미 계약서에 서명을 했고 나는 계약금을 챙긴 뒤였다.

촬영이 시작되기 일주일 전에 우리 모두는 제작자 줄츠의 사무실에 브리핑을 위해 모였다. 우르줄라 마리 루는 우리에게 빵과 콜라까지 가져다주었다. 동료배우들을 사귈 첫 기회였다. 그들은 약간 묘한 태도를 보였다. 미니시리즈에서 장모 역할을 맡은 줄츠 부인은 손짓으로 나를 가볍게 무시했고 매혹적인 카를라는 나를 마치 투명인간처럼 대했다. 그와는 달리 조르조 라마주리는 나를 보자 요란하게 웃음을 터뜨렸다.

"이게 의사라고?" 그 거구가 고함을 쳤다. "이런 땅꼬마를 내가 질투한단 말이지?"

줄츠도 맞장구치듯 킥킥거리더니 자기를 따라오라며 나를 옆방으로 데려갔다.

"바인슈톡 양이 자네에게 부탁이 있다는군." 줄츠는 친근하게 말문을 열었다. "개인적인 이유로 바인슈톡 양은 자네가 자기를 만지지 않게 해달라는 거야. 손가락 끝 하나라도 닿으면 안 된대."

"하지만 줄츠 선생님, 대본에는 제가 바인슈톡 양을 추행하는 것으로 되어 있는데요."

"그래서 자네가 때맞춰서 살해당하는 거야. 그러니 눈치껏 잘하라구."

줄츠 책상 위의 사진에서 본 것보다 훨씬 더 혐오스럽게 생긴 줄츠 부인이 우리를 데리러 왔다. 비쩍 마른 제작감독이 자질구레한 사항들을 알려주었다. 예를 들어 촬영작업 기간 같은 것이었는데, 30분짜리 한 편을 찍기 위해 하루하고 반나절을 일한다는 것이었다. 먼저 맨 처음 2회분만 촬영을 한다고 했다. 이 업계에서는 이 중 첫 회를 '파일럿'이라고 불렀다. 전국의 시청자들에게 이 미니시리즈를 맛보게 하고 반응을 살피는 일종의 데모 필름이었다. 촬영을 위해 무대가 두 군데 준비되었다. 하나는 줄츠의 침실이었고 하나는 거실이었다. 병원 침대가 놓여 있는 그곳이 말하자면 내 병원 구실을 하는 셈이었다.

"이 미니시리즈는 16밀리로 제작됩니다." 제작감독은 이 말로 브리핑을 마쳤다. "연출은 마틴 줄츠가 맡기로 했습니다. 의상과 소품들은 각자가 집에서 가져오세요. 이상입니다. 일주일 후에 다시 봅시다. 아침 여섯 십니다."

나는 걸리버의 나라에 온 난쟁이 같았다. 나는 아무래도 이 배역을 포기해야겠다고 말하려고 줄츠를 찾았지만 그는 이미 사라지고 없었다. 겨우 문간에서 붙잡은 것이 그의 아내였다.

"제발 저 좀 도와주세요. 저한테는 의사 역이 정말 안 어울려요." 그렇게 애걸했다.

"줄츠하고 얘기해요. 나는 이 머저리들하고 얘기하기 싫으니까." 줄츠의 아내는 이렇게 대답했다. "어차피 라마주리가 당신을 갈가리 찢어 죽일 텐데 뭐."

"혹시 라마주리가 저를 초반에 제거해버릴 수는 없을까요?"

"라마주리한테 직접 얘기해봐요. 하루에 650달러나 받으니까."

줄츠 부인은 신경이 예민했다. 마녀 같은 여자였는데, 신경이 유난히 날카로워져 있었다. 아마도 카를라가 가슴이 깊게 팬 옷을 입고 왔기 때문일 것이다. 아니면 뒤쪽에 서 있는 붉은 머리의 우르줄라 마리 루가 자기 남편에게 보낸 의미심장한 미소 때문일지도 모른다.

나는 힐데의 품안으로 피신해, 왜 사람들이 개인적인 재앙에 직면했을 때 신앙을 갖게 되는지를 이해하기 시작했다. 그리고 또 다른 사실도 이해하게 되었다. 그러니까, 도대체 왜 줄츠가 나에게 이 배역을 맡겼는가 하는 이유였다. 그건 오로지 내가 돈이 안 들기 때문이었다. 용역 시장에서 가장 값이 싼 삼류배우였던 것이다. 너무나 명확한 사실이었다. 바로 사샤는 나에게 그런 일을 가져다준 것이었다.

언제나 그랬듯이 나는 촬영이 시작되기 전까지 남은 시간을 연습하는 데 쓰려고 노력했다. 흰 수건으로 얼굴을 감싸고 욕실 거울 앞에 서서 "메스!"를 연습했다. 그처럼 매혹적인 카를라가 의사 가운을 걸친 나 같은 무명배우를 퇴짜 놓는 것은 너무나 당연하다는 사실을 나는 연습을 하면서 깨닫게 되었다. 그러나 어째서 그 머저리 같은 라마주리가 무조건 나를 죽여야만 하는지는 도대체 이해가 되지 않았다. 비논리가 때로는 논리보다 더 논리적이라고 힐데는 나에게 설명해주었다. 그래서 나는 더 이상 아무것도 이해할 수 없었다. 생각을 다른 곳으로 돌리기 위해서 나는 심리상담가라는 이웃이 준 스포크 박사의 책을 다시 펼쳐보았다.

"54세 기혼남의 극단적인 행동방식." 70쪽에는 그렇게 적혀 있었다. 그 소제목 아래 첫 번째 문단은 이랬다. "결혼한 남자는 54세 생일부터 3개월간 자신의 미래와 관련하여 심리적 장벽을 체험한다. 5개월째는 이 위기의 고통스러운 절정에 도달한다. 이 위기상황은, 한편으로는 자신의 실존적인 목표들을 실현할 능력이 없음을 깨닫게 되는 것과, 그리고 다른 한편으로는 점점 뚱뚱해지는 자신의 아내와의 성생활이 불만스러워지는 것과 밀접한 연관이 있다. 대부분의 경우 이 위기를 통해 결혼한 남성의 은밀한 소망이 7개월과 8개월째에 예기치 못하게 채워질 전망이 있다. 그러나 그는 적어도 2년 4개월 동안, 만족스럽지만 위험한 이중생활의 난국 속에 얽혀 들어갈 위험에 처한다."

말도 안 되는 소리, 나는 그렇게 생각했다. 그러나 스포크 박사의 진단은 나를 왠지 불안하게 했다. 무엇보다 내가 그 당시 정확하게 54세 4개월이었기 때문일 것이다. 그런데 대체 그는 힐데가 날마다 뚱뚱해져간다는 사실을 어떻게 알았을까?

　　　　　　　　　　●

최후의 심판일 전야에 나는 뜬눈으로 밤을 지새웠다. 그 전날 저녁에 갑자기 떠오른 생각은 내가 이제까지 한 번도 영화를 찍어본 적이 없다는 사실이었다. 몇 년 전 크리스마스 무렵 영리한 당나귀 역을 성공적으로 해냈을 때, 어느 유명 맥주회사의 광고 에이전트가 나를 모델로 기용했다. 내 역할은 몹시 목이 탄다는 듯 맥주 한 잔을 마시면서, 두 모금을 삼키고 요란하게 트림하는 사이에 이렇게 말하는 것이었다. "바로 이거야! 가일링엔 맥주는 피로를 확 풀어준다니까!" 안타깝게도 나는 그 대사를 제대로 하지 못했고 때로 엉뚱한 대목에서 트림을 했다. 열 번째 촬영에 들어갔을 때 "바이슬링엔 맥주는 힘이 넘치게 한다니까"라고 말하는 바람에 나는 땡전 한 푼 못 받고 쫓겨났다. 그런 내가 갑자기 마틴 줄츠의 병원에서 수술을 해야 한다니! 아직까지 배우노조에도 가입 못한 내가 말이다.

이런 우울한 생각들이 내 기분을 잔뜩 구겼다.

그러나 힐데는 내가 촬영 첫날, 의사의 광채를 내뿜으며 촬영장에 나타나야 한다고 주장했다. 그러면서 나에게 다시 흰 가운을 입히고 자기의 검은 테 안경을 씌워주었다. 힐데의 안경알 너머로 세상이 약간 부옇게 보였다. 그러나 힐데는 내 모습이 그럴듯해 보인다고 했다. 어머니처럼 다정하게 힐데는 젖은 입술로 내 이마에 키스를 하고 나를 문밖으로 밀어내며 잘하고 돌아오라고 말했다.

이제 어떻게 돼도 그만이었다. 새벽 4시에 벌써 자리에서 일어났는데, 그건 우르줄라 마리 루가 나한테 전화를 걸어 촬영 시작 한 시간 전에 오라고 말했기 때문이다. 촬영장, 그러니까 줄츠의 아파트는 아주 고요했다. 가정부의 도움으로 나는 줄츠가 있는 곳을 찾아냈지만, 줄츠는 아직 침대에 누워 있었고, 그 옆에는 그의 아내가 드르렁거리며 코를 골고 있었다.

빨간 실크 잠옷을 입은 제작자 줄츠는 상당히 친절했고, 와줘서 고맙다고 했다. 제대로 정신이 들어 침대 위에 앉더니 그는 화이트 와인을 한 잔 마시겠느냐고 내게 묻기까지 했다.

"칼." 그는 상냥하게 나를 불렀다. "우리의 길고 보람 있는 공동작업의 출발이 될 것 같은 예감이야."

그 다정한 "칼"이라는 호칭이 나를 소스라치게 했다. 그의 침실에 발을 들여놓은 순간부터 뭔가 끔찍한 일이 일어나리라는 피할 수 없는 예감이 스멀거렸다. 이유는 알 수 없지만 나는 끊임없이 스포크 박사의 책 70쪽에 적힌 '고통스러운 절정에 도달한다' 는 다섯 번째 달이 떠올랐다.

줄츠는 시가에 불을 붙이고 뒤로 기대앉으며 계속 방의 한구석을 쳐다보았다.

"사실, 자네는 의사 역을 연기할 게 아냐." 줄츠가 중얼거렸다.

나는 아무 말도 하지 않고 검은 테 안경을 벗었다.

"자네 배역은 카를라의 폭력적인 남편이야."

이건 정말 최후의 심판이었다. 마지막 남은 정신을 있는 대로 그러모아 나는 이 갑작스런 전환의 배후를 알려고 노력했다. 그러나 나는 아무것도 알 수 없었다. 몇 달이 지난 후에야 나는 이 말도 안 되는 사건의 진짜 배경을 알게 되었다.

이렇게 배역이 바뀐 것은 내가 이 촬영장에 나타나기 하루 전 일이었다. 조르조 라마주리가 갑자기 제작자 줄츠의 사무실에 나타나서 그의 책상머리에 걸터앉더니 아래윗니를 지그시 물고 위협적인 소리로 이렇게 말했다는 것이다.

"줄츠, 내가 의사 역을 할 거야!"

줄츠는 벼락을 맞은 기분이었다. 그 매혹적인 카를라 바인슈톡이 그로 하여금 이 허접한 TV 미니시리즈를 제작하게 한 건 사실이다. 하지만 카를라는 단 한 회분도 메가톤급 스타인 라마주리 없이는 촬영하지 않으려 했다.

"조르조, 자네 제정신인가?" 줄츠가 고함을 쳤다. "의사는 정말 보잘 것없는 배역이야. 입도 거의 뻥긋할 것도 없고 가만히 서서 수술만 한단 말이야. 슈퍼스타라는 자네 이미지가 대체 뭐가 되겠나?"

"그건 걱정 마. 조르조 라마주리는 아무도 건드릴 자가 없으니까." 스타가 말했다.

"물론이지. 그건 나도 알아. 하지만 대본을 읽었을 때 그 폭력적인 남편 역할이 아주 매력적이지 않던가?"

"대본은 안 읽었어. 읽을 필요도 없어. 난 시청자들에게 인정사정 보지 않는 단호한 전사로 잘 알려져 있지. 하지만 언제나 숭고한 가치를 위해 투쟁하는 역할이었어. 그런데 이제 갑자기 질투심 많은 난쟁이 역할을 하다가 살인자로 전락하란 말야?"

"그렇다면 좋아. 그럼 자네가 의사를 죽이지 말고, 반대로 의사가 자네를 죽이는 걸로 하지."

"누구도 라마주리를 죽일 수는 없어. 모든 간호사들이 신처럼 떠받드는 외과 과장을 만들어주든가, 아니면 날 잊어버리는 게 좋을걸."

"라마주리, 하지만 계약서에 서명을 하지 않았나."

"계약서 같은 건 지나가는 개한테나 줘버려."

"조르조! 그래도 우린 친구 사이잖아. 우리의 근사한 프로덕션을 생각하자구. 그럼 대체 누가 남편 역을 해야 할까?"

"그 땅꼬마."

그러니까 나는 처녀가 애를 낳듯 하루아침에 새로운 주역으로 발탁된 것이었다. 그 매혹적인 카를라는 이런 식으로 배역이 바뀐 것에 아무런 이의가 없었다. 카를라가 처음부터 줄츠에게서 받아낸 약속은, 이 미니시리즈를 찍는 내내 라마주리하고만 애정 표현을 한다는 것이었다.

"줄츠 씨." 내가 마지막 질문을 던졌다. "제가 남편 역할을 하더라도 바인슈톡 양을 절대로 만져서는 안 됩니까?"

"안 될걸."

"왜 안 되죠?"

"왜냐구? 자네는 동성애자라는 설정이거든."

"그렇다면 어떻게 극중에서 그녀가 저랑 결혼을 했겠습니까?"

"유감스럽게도 모르고 했겠지. 잊지 말게, 뮐러. 자네는 책임감이 대단한 연출가와 일을 하고 있는 거야. 사소한 것까지 세심하게 신경 쓰는 연출가하고 말이야. 더군다나 라마주리는 자네를 위해 자기 역할을 포기했단 말이지. 자, 그러니까 이제 제발 그 우스꽝스러운 하얀 가운을 벗어버리고, 잔인한 남편의 대사를 외우라구."

"당장, 그렇게 갑자기…… 외우라구요……?"

"뮐러, 마틴 줄츠가 괜히 우리 시대 최고의 영화제작자가 된 줄 아나. 자네가 어젯밤 편안하게 자고 있는 사이에, 나는 대본을 완전히 바꿨단 말이지. 오늘 아침에는 라마주리의 병원 장면만 찍을 거야. 그러니까 자네는 오늘 점심시간까지 남편 역을 연습할 시간이 있어."

나는 자리에서 일어나 방을 나왔다. 하지만 문간에서 나는 그사이에 다시 꾸벅거리며 졸기 시작한 줄츠에게 마지막 질문을 던졌다.

"대체 왜 라마주리가 저를 위해 자기 역할을 포기했다는 겁니까?"

"왜냐구?" 갑자기 줄츠 부인이 부드러운 깃털베개 틈새로 그 목소리를 들려주었다. "내가 그 이유를 알려주죠. 병원으로 사용할 우리 거실에 아주 부드러운 소파가 있거든요……."

줄츠는 이불 밑에서 중얼거렸다. "맞아. 남자배우들 머릿속에 든 생각은 오로지 그것뿐이거든. 카를라, 카를라, 카를라!"

●

촬영작업에 나는 거의 초주검이 되었다. 내가 두려워했던 모든 일이 무지막지한 현실이 되어 나타났다. 이런 종류의 끔찍한 상황은 오로지 단테의 『신곡』 「지옥편」에서나 볼 수 있을 것이다. 오늘날에도 누군가가 굳이 그런 책을 읽는다면 말이다.

그 악몽은 잠에 취한 제작자 줄츠가 예견한 대로 정확하게 정오에 시작되었다. 나는 얼마 안 남은 몇 시간 동안 새 역할에 집중하려고 비척거리며 집을 향해 가고 있었다. 그런데 가일링엔 맥주의 트라우마가 다시 솟아올랐다. 내 입에 붙어야 하는 말의 덩어리를 소화하는 것만 힘든 게 아니라, 더 큰 문제는 그 잔인한 남편이 자기 아내, 그러니까 이제 내 아내가 된 바인슈톡 양에게서 원하는 바가 무엇인지를 도대체 이해할 수가 없었던 것이다.

나는 전화로 힐데에게 간청했다. 뤼스테나우어 학교에서 당장 집으로 와서 그녀의 탁월한 지성으로 나를 구원해달라고 말이다. 힐데가 왔다. 그러나 힐데 역시 대본에 적힌 의미 없는 말 범벅 속에서 두 손을 다 들고 말았다. 결국 힐데는 줄츠가 대본에 써놓은 허튼소리를 상황에 따라 내 자신의 말로 바꾸라고 충고했다. 힐데는 교장에게 두통이 너무 심해 오늘은 수업을 계속할 수 없다고 알렸다. 사실 그것은 현재의 진실과 별로 다르지 않았다. 그런 다음 힐데는 나와 함께 줄츠의 촬영장이라는 처형장으로 갔다.

"내가 곁에 있어줄게." 힐데는 그렇게 약속했다. "촬영할 때 그냥 나만 쳐다봐."

평소와 다름없이 차분하게 힐데는 방 한쪽 구석에 자리를 잡았다. 나는 연출의 지시에 따라 이 나라를 대표하는 섹스 심벌과 함께, 그러니까 간호사 역을 하는 카를라와 함께 일상을 공유했다. 연보라색 네글리제를 입은 카를라는 전과 다름없이 나를 완전히 무시했다. 내 곁으로 오는 것을 피하려는 게 분명했다. 본의 아니게 내가 자기를 만질 수도 있다는 두려움 때문인 것 같았다. 제작자이자 연출가인 줄츠가 우리에게서 기대하는 달콤 쌉싸름한 사랑의 장면을 만들어내는 데는 전혀 이상적인 조건이 아니었다. 온갖 고생을 다해가며 나는 폭력적인 남편, 그리고 동성애자인 남편 역할을 해냈다. 극중에서 내 이름은 만프레트였고 내 바람피우는 아내 카를라는 다른 이름도 아닌 글로리아로 불렸다. 대본에 쓰여 있는 대로 라마주리가 연기하는 외과 과장에게 질투심을 표현하는 것이 나에게는 수월했다. 연습을 시작할 때 카를라가 나를 쳐다보지 않으려고, 내게 등을 돌린 채 작은 화장대 앞에 앉아 있었기 때문이다.

줄츠가 "액션!"이라고 외치자 누군가가 작은 나무판을 '탁' 소리가 나게 마주쳤다. 무엇을 해야 좋을지 모르는 상태로 나는 이리저리 돌아다녔다. 힐데는 나를 향해 아무 말도 속삭여줄 수가 없었다. 그저 구석에 앉아 손가락 끝으로 입 꼬리만 추어올리고 있었다. 내 표정이 너무 처져 보여서 그랬던 모양이다. 카를라는 자신의 완벽한 입술을 새빨갛게 칠하고 나서 첫 번째 대사를 읊었다.

"만프레트, 당신 정말 짜증나게 할 거야? 질투가 병적으로 지나치잖아. 왜 우리 사이에 아무것도 되는 게 없는지 당신이 더 잘 알 거야. 하지만 나는 그 매력적인 과장하고 나 사이에 아무 일도 없었다는 사실을 당장이라도 맹세할 수 있어." 뭔가 대본에 쓰여 있는 대사를 기억해내려고 머리를 쥐어짜는 바람에 나는 어지러울 지경이었다. 머뭇거리는 내 발걸음을 힐데 쪽으로 옮기며 나는 여전히 한 마리 물고기처럼 입을 다물고 있었다. 줄츠는 화가 머리끝까지 치밀어 촬영을 중단시켰다.

"뮐러, 그렇게 계속 카메라만 쳐다보지 마. 당신 부인 쪽만 보지 말란 말야. 바보 천치 같으니라구! 내 예산은 한 신 찍는 데 한 테이크밖에 안 돼. 그리고 뮐러 부인, 남편에게 손짓 좀 그만 해요. 계속 그러고 있으면 쫓아내버릴 거요. 액션, 다시 한 번!" 나는 앞서 말한 물고기처럼 눈만 멀뚱거리고 있었다. 그러자 이번에는 줄츠가 앉아 있던 긴 의자에서 벌떡 일어나 내게 고함을 쳤다. 이제는 극중 아내에게 뭐가 됐든 사랑을 고백해야 한다는 것이다. 무슨 소리를 하든 좋으니 돌아가는 카메라 앞에서 입 다물고 있지만 말라는 거였다.

나는 의자에 털썩 주저앉아 심하게 흐느끼며 말을 하기 시작했다. "이런 일이 있을 줄 알았어. 내가 처음부터 말했잖아……." 나는 징징대며 울었다. "누가 바인슈톡을 사랑하지 않을 수 있겠어……. 이런 근사한 허벅지에다 그 모든 게…… 하지만 더 이상 아무 말도 떠오르지가 않아……. 그래서 어린애처럼 엉엉 울고 있는 거야……. 왜 내가 이런 벌을 받아야 하는지…… 줄츠 씨, 제가 처음부터 경고했잖아요. 난 정상적인 배우가 아니라구요……."

줄츠는 "컷" 하고 외치더니 조수들을 데리고 서둘러 방을 나가버렸다. 나는 힐데의 무릎에 얼굴을 파묻었다. 힐데는 내 넥타이로 자기 눈물을 닦았다. 비쩍 마른 제작감독이 문간에 나타나 카를라를 불러냈다.

"다행이야, 힐데. 악몽은 끝났어." 나는 마음이 가벼워져 한숨을 쉬었다.

끝난 건 아무것도 없었다. 나갔던 사람들이 모두 돌아왔고, 연출가 줄츠는 뜻하지 않게 차분한 목소리로 말했다. 촬영 첫날 생기는 이런 식의 사고는 아무리 경험이 많은 배우에게라도 일어날 수 있는 일이라는 것이었다.

"바인슈톡 양과 일을 계속하기로 합의를 봤네."

줄츠는 내 어깨에 한 손을 올려놓고 이해심이 가득한 말투로 이렇게 말했다.

"집으로 가게, 뮐러. 그리고 새로 맡은 배역을 잘 준비해보게. 여기서는 촬영작업이 계속될 거야. 우리는 이제 라마주리와 병원 신을 찍으면 되니까……."

집에 돌아와 힐데는 내 이마에 젖은 수건을 얹어주며 잠깐 편안히 쉬라고 했다. 그러나 나는 책임감 때문에 가만히 있을 수가 없었다. 그래서 저녁 9시가 되자 다시 대본을 손에 들었다. 그러나 9시 반에 나는 대본을 다시 덮어버렸다. 내 기억력은 그 멍청한 대화들을 도저히 담아둘 수가 없었다. 특히 못된 장모 역을 맡은 줄츠 부인과의 언쟁이 그랬다. 더군다나 나는 뜻하지 않게 아내와 딸 사이의 대화를 엿듣게 되었다. 내 방에서 수화기를 조심스럽게 든 채 모든 걸 들었다.

"정말 아무짝에도 쓸모가 없어." 딸 베네딕티나가 말했다. "오로지 우리 아빠 같은 멍청이만이 그런 짓을 할 수 있어. 이제 어떻게 한대, 엄마?"

"나도 몰라. 적어도 너라도 정상인 게 얼마나 다행인지 모른단다. 니네 아빠는 단 한 번도, 자기가 맡은 배역의 단 한 문장도 제대로 해내지를 못했어. 하지만 전에도 늘 그랬지."

"도대체 엄마는 왜 아빠랑 결혼한 거야?"

"불쌍한 남자한테 빠져버린 거지 뭐."

"어떻게 그럴 수가 있어?"

"그럴 수가 있단다."

나는 침대로 갔다. 힐데가 단 한 번이라도 나를 진정으로 사랑한 적이 있었을까? 아마 그렇지 않았기 때문에 그처럼 계속 살이 찐 게 아니었을까? 늘 그렇듯이 머리를 쓰자 피곤해져서 나는 금방 깊고 편안한 잠에 빠져들었다. 새벽 2시 반에 나는 땀에 범벅이 된 채로 잠에서 깨어났다. 몇 시간 후면 다시 카메라 앞에 서야 한다는 사실이 번개처럼 뇌리를 스쳤다. 내겐 들여다보지도 못하게 하는 그 카메라 말이다. 힘겹게 침대를 벗어난 나는 힐데가 일부러 일어나 나를 위해 끓여준 커피도 마시지 않았다.

"그만둬야겠어, 여보. 아무리 사샤가 나를 위해 서명을 했다고 해도 말야." 내가 말했다.

촬영장에서는 우리를 기다리고 있던 제작자 줄츠가 상냥하게 윙크를 했다.

"어제 낮에 뮐러 씨가 갑자기 폭발한 일에 대해 생각을 좀 해봤습니다, 부인." 줄츠는 내 아내에게 이렇게 말했다. "뮐러 씨는 불멸의 연출가 페데리코 펠리니의 스타일을 본능적으로 타고났습니다. 펠리니 감독은 배우들에게 무슨 말은 하고 무슨 말은 하지 말라고 미리 정해주는 것을 피했던 사람이죠. 이 이탈리아 거장은 대사를 배우들의 직관에 전적으로 맡겼습니다. 이 대단한 재능을 지닌 부인의 남편에게도 이제 이 원칙이 적용될 것입니다. 뮐러 씨는 생각나는 대로 말을 하면 됩니다. 우리 카메라 팀에게 그에 맞는 지시를 이미 해두었습니다."

사태를 바라보는 줄츠의 인간적인 관점이 내게 감동을 주었다. 이 정다운 말 한마디가, 사샤가 계약서에 서명을 했을 때부터 줄곧 나를 괴롭혀온 앞일에 관한 온갖 두려움으로부터 나를 완전히 해방시켰다.

그러나 내가 이제부터 이야기하려는 것은 줄츠와 스타 바인슈톡 사이에 있었던 결정적이고 은밀한 대화다. 두 사람의 성격을 잘 알고 있는 지금에 와서는 사건에 대한 내 자유로운 재구성이 믿을 만하다는 것을 확신한다.

"카를라, 내가 당신이라는 배우를 얼마나 사랑하고 존중하는지 알지?" 줄츠는 카를라의 아름다운 두 눈에 눈빛을 보내면서 이렇게 말을 시작했다. "나, 마틴은 당신이 자신의 삶을 좌우할 이 중요한 역할을 망치도록 절대로 그냥 두지 않을 거야. 남자 배우 하나가 아무리 문제가 많다 해도 이 시리즈 제작이 방해를 받지는 않을 테니까······."

"좋아요." 카를라는 고개를 끄덕였다. "그러면 그 땅꼬마는 어떻게 되는 거죠?"

"달라질 건 없어. 뮐러는 자기가 하고 싶은 얘길 지껄이면 돼. 그 천치 같은 녀석이 말을 더듬는 대로 촬영은 계속될 거야. 그런 다음, 아주 유려하고 정확하게 원래의 대본을 낭독하는 배우가 대사를 녹음하는 거지. 이건 잘 알려진 펠리니 식의 별도 더빙 방식이야. 거기에 대해서는 당신도 분명히 들어본 적이 있겠지."

"물론이죠." 카를라가 대답했다. "그 남자가 나를 만지지만 않으면 돼요."

"그런 일은 절대로 없을 거야. 그 땅꼬마하고는 어차피 파일럿만 같이 찍을 거니까. 경우에 따라서는 2회까지만. 그런 다음엔 쫓아내버릴 거야. 보수의 3분의 2를 미리 받지 않았더라면 그는 진즉에 도망갔을 거거든."

"파일럿과 2회라니, 마틴, 그게 무슨 말이죠? 우리는 최소한 3회를 촬영하기로 한 거 아닌가요?"

"줄츠가 한번 약속한 거라면 당신은 무슨 일이 있어도 믿어야지. 시작은 그저 시작일 뿐이야. 당신을 위해서라면 나는 이 미니시리즈를 끝없이 이어갈 수도 있어. 우리가 조만간에, 무슨 말인지 알겠지……? 그렇게 되면 당신은 나에게 더 멋진 영감을 줄 텐데."

"아직은 아니에요, 줄츠 씨. 이 파일럿이 마침내 전파를 타게 되면 그땐 저도 약속을 지키죠."

"나를 못 믿는 건가?"

"물론 믿죠, 마틴. 하지만 첫 회가 방영되기 전에는 절대로 함께 침실로 가지 않는 게 제 원칙이랍니다."

대충 일은 이렇게 되었을 것이다. 내 예술가적 자유로 재구성해본 은밀한 대화다. 하지만 당시에는 내가 그 내용을 전혀 몰랐다는 게 사실 다행이었다.

줄츠 부인과 함께 이야기하는 장면에서 나는 펠리니 스타일의 특권을 있는 대로 활용했다. 그래서 자유로운 인간이 누구나 그러하듯 나 하고 싶은 대로 했다.

"만프레트, 나는 자네를 내 친아들처럼 생각한다네." 내 못된 장모는 자기 남편 줄츠가 써준 대본대로 이탈리아 영화적인 자유와는 무관하게 이렇게 선언했다. "이처럼 진정으로 자네를 사랑하기 때문에 자네한테 절대로 기분 좋을 리 없는 사실을 알려줘야만 하겠네, 만프레트. 내 경박한 딸 글로리아가 벌써 1년 반 전부터 병원 외과 과장과 수술 침대에서 그 짓을 하고 있다는 걸, 만프레트, 자네는 알아야 돼."

"왜 그런 얘기를 저한테 하시는 겁니까, 줄츠 부인?" 나는 내키는 대로 이렇게 말했다. "그녀는 바로 수술실에 놓여 있는 당신의 부드러운 소파 위에서 라마주리와 그 짓을 하고 있잖아요."

"뭐라고?"

이 마녀는 말문이 막혔다. 구조를 요청하는 눈길로 줄츠 부인은 자기 남편을 바라보았다. 그러나 줄츠는 자기 아내에게 차분하게 계속하라는 사인을 보냈다.

"내가 자네에게 진실을 털어놓았으니 자네가 화를 내는 것도 당연해, 만프레트." 장모는 이야기를 계속했다. "만프레트, 내 말을 믿게. 내가 얘기한 건 마음에서 우러나온 진실이야."

"그럼 제가 그걸 농담이랄까 봐요?" 나는 자유에 취해 물었다. "이 방 안에 있는 모든 남자들이 카를라 바인슈톡 꽁무니만 쫓아다니잖아요."

"그럼 내 남편도?"

"카메라 꺼!" 줄츠는 얼굴이 시뻘게져서 달려오며 고함쳤다. 구석에 앉아 있던 내 아내 힐데는 두 손에 얼굴을 파묻었다. 촬영팀 모두가 잠시 마비된 것처럼 보였다. 그러나 줄츠는 펠리니의 이론에 눈물겨울 정도로 충실하려고 했다. 그래서 내게 손짓으로 이렇게 말했다. '그게 바로 내가 원하던 거야.' 잠시 휴식 시간을 가진 뒤 나는 카를라와 사랑을 나누는 장면을 찍게 되었다. 그것도 이 아파트의 욕실에서 말이다. 카를라는 양쪽 허벅지를 드러내고 욕조에 앉아 있었고, 그 모습을 보자 나는 다시 행주처럼 흐물흐물해졌다. 카를라는 정말 환상적이었다.

"당신은 정말 아름다워, 글로리아……." 나는 욕조 가장자리에 몸을 기댄 채 대본과는 무관하게 내 마음대로 중얼거렸다. "당신은 당신 어머니와 눈곱만큼도 닮은 데가 없어……."

"나는 몸도 마음도 송두리째 당신 거야." 글로리아는 상황을 수습해보려고 애썼다. "내가 당신에게 충실한 아내라는 걸 의심하지 마. 내가 얼마나 당신을 좋아하고 오로지 당신만을 원하는지 어떻게 하면 증명할 수 있을까? 당신이 원하는 게 뭐야?"

나한테 무슨 일이 일어났는지 나도 모른다. 아마 나는 벌써 상당히 지쳐 있었거나 아니면 줄츠가 나에게 준 엄청난 자유가 머리끝까지 기어올라왔던 모양이다. 나는 욕조 물속으로 뛰어들었고, 내 외침은 욕실의 삭막한 벽들에 부딪쳐 울렸다.

"당신에게 키스하고 싶어……. 어때…… 내가 바라는 건 오로지 그거야."

카를라는 욕조에서 뛰쳐나와 제작자 줄츠의 품으로 도망쳤다.

"저 남자가 나한테 손을 댔어요." 그녀는 째지는 소리로 말했다. "줄츠, 이럴 수가 있어요? 저 남자가 나를 만졌다구요."

비상한 기사도를 발휘하려는 줄츠는 자기 실내 가운을 벗더니 방금 욕조에서 뛰쳐나온 날씬한 카를라에게 삼촌처럼 다정하게 속삭이며 그 가운을 둘러주었다. 힐데는 당장 나를 집으로 데리고 가겠다며 허락을 구했다. 줄츠는 동의했다.

"괜찮습니다, 부인." 줄츠는 신음소리를 냈다. "이삼일만 더 견디면 돼요."

밑바닥 43

집에 와서 힐데는 나한테 그런 면이 있는지는 이제까지 몰랐다고 말했다. "나도 몰랐어." 내가 고백했다. "아무래도 심리상담가에게 가봐야 할 것 같아."

나는 4층으로 올라갔다. 하지만 심리상담가는 집에 없었다. 그래서 스포크 박사의 도움을 받기로 했다. 84쪽을 펼치자 굵게 인쇄된 글귀가 눈에 들어왔다. "결혼한 지 108개월 되는 남편은 54세가 되는 다섯 번째 달과 여섯 번째 달 사이에 특이한 태도를 보인다." 그 아래에 작은 활자로 다음과 같은 설명이 적혀 있었다. "이 시기에 남자는 호르몬의 변화가 야기하는 일종의 과도기에 들어선다. 그래서 생각과 행동이 달라지는데, 이런 모습은 주위 사람들에게 낯설게 느껴질 것이다. 특히 다섯 번째 달의 둘째 주에 발생하는 상황은 그의 아내에게 상당히 거슬릴 수 있다. 아내가 갈등을 조정하려 하지만 소용없다. 남편은 자기 아내의 다른 관점과 견해에 절망한다. 그러나 그와 동시에 그의 의식 속으로는 마땅히 할 만한 복수를 했다는 기묘한 느낌이 스며든다. 이를테면 '자기 아내를 두려워하지 않는 남자는 남자가 아니다' 같은 느낌이다."

그러나 힐데는 호르몬 발작 같은 것에 대해서는 전혀 이해심을 보이지 않았다.

"그 바인슈톡이라는 여자가 당신을 완전히 돌게 만들었나 봐." 힐데가 일격을 가했다. "벗은 여자 한 번도 본 적 없어?"

"그런 여자가 벗은 건 본 적이 없지."

"사람들이 당신을 용의주도하게 포르노 영화에 끌어들인 것 같아, 여보."

"누가, 펠리니가?"

그다음 날은 모든 것이 아주 수월했다. 그건 스포크 박사가 이미 예언한 바였다. 그의 서술이 갈수록 복잡해지기는 했지만 말이다. 하지만 이번에는 스포크 박사가 84쪽에서 힐데가 꾸준히 살이 찐다는 사실을 지적하지 않아 만족스러웠다.

촬영 둘째 날은 줄츠의 유려한 연설로 시작되었다. 욕조에서 일어났던 나의 발작은 참으로 설득력이 있어서, 줄츠는 연출가로서 대본을 수정하기로 마음먹기에 이르렀다는 것이다. 카를라의 강력한 반감에도 불구하고 줄츠는 카를라와 키스하고 싶어하는 내 열렬한 소망을 충족시켜주겠다고 했다. 이 수정된 대본을 당장 현실로 옮기기 위해 그는 벌써 대역까지 데리고 왔다. 뒤에서 보면 감쪽같이 속을 정도로 뒷모습이 나와 비슷하고 나만큼 키가 작은 남자였다.

나는 조금 실망했다. 카를라가 나하고 손끝 하나 닿고 싶어하지 않는다는 것을 잘 알고 있었지만, 나는 카를라의 혐오감을 그저 예쁘게 생긴 모든 여자들이 부리는 고집과 변덕으로 여겼기 때문이다.

"잠깐만요, 줄츠 선생님. 왜 제가 직접 카를라와 키스신을 찍으면 안 되나요?" 내가 물었다.

"뮐러, 뮐러." 줄츠는 한숨을 쉬었다. "자네는 동성애자로 정해놓지 않았나."

"하지만 동성애자들도 키스할 수 있어요."

"내가 찍는 영화에서는 아니야."

사람들이 이 미묘한 장면을 촬영하기 시작했을 때 힐데와 나는 보란 듯이 그 방을 떠났다. 나와 비슷해 보이는 대역은 짧은 수영복 바지에 칠흑처럼 검은 러닝셔츠를 입었고, 카를라는 눈처럼 새하얀 잠옷을 걸치고 있었다. 이건 더 이상 펠리니가 아니고 줄츠 그 자체였다. 하지만 나를 위해 계약서에 서명한 나의 에이전트 사샤를 생각해서 나는 여전히 이 일에서 손을 떼지 못하고 있었다. 문틈으로 힐데와 나는 내 대역과 극중 아내인 글로리아가 격렬한 정사를 벌이면서 내는, 사람을 흥분시키는 소음을 들을 수 있었다. 이 소리가 사라지자마자 나는 분개하여 방으로 뛰어 들어가 방금 촬영한 섹스신을 보자고 줄츠에게 요구했다.

줄츠는 딱 잘라 거절했다.

"뮐러, 때가 되면 모든 걸 볼 수 있을 거야."

이참에 그는 내게 덧붙여 말했다. 첫 회에는 시청자들의 반응을 테스트하기 위한 파일럿만 내보내기로 오늘 아침에 결정했다는 것이었다.

"그리고 이건 오랜 세월 지켜온 내 원칙인데, 파일럿이 방영되기 전에는 단 한 장면도 보여주지 않는다네."

줄츠의 솔직한 태도가 내 불신을 누그러뜨렸다. 곧 며칠은 쉴 수 있게 된다는 사실이 나를 기쁘게까지 했다. 그러나 그에 앞서, 그 말도 안 되는 키스신 다음에는 열렬한 사랑을 아내에게 고백하는 과제가 기다리고 있었다.

그사이에 카를라는 헝클어진 머리를 다시 매만졌고, 속이 훤히 비치는 잠옷을 벗고는 간호사 가운으로 갈아입었다. 이제 곧 병원 장면을 촬영하는 게 분명했다. 거기서 그녀는 맡은 역할을 다할 것이다. 카를라는 그 전에 잠시 작은 화장대 앞에서 대본에 씌어 있는 대사를 중얼거렸다.

"이제 만족하지, 만프레트? 정말 화끈한 키스였어. 떨리는 내 몸을 품 안에 안고 있을 때 어떤 느낌이었어?"

나는 연출의 지시대로 카를라에게서 조금 떨어진 탁자에 걸터앉아 있었다. 카를라의 무관심한 얼굴, 곱게 화장한 얼굴은 내게 혐오감을 불러일으켰다. 대학을 졸업한 교사인 아내는 내 기분을 알아차리고는 다급한 손짓으로 내게 평온을 유지하라고 신호를 보냈다. 그러나 쌓이고 쌓인 좌절감은 엄청난 힘으로 폭발해서, 나는 말 더듬는 것조차 잊어버렸다.

"당신은 지금 내 기분이 어떠냐고 묻는 거야? 예쁜 당신, 당신의 기막힌 몸을 내 가슴에 끌어안는 대신, 다른 남자가, 어떤 더럽게 운 좋은 녀석이, 내가 전혀 알지도 못하고 당신도 오늘 처음 보았을 그런 녀석이 당신을 끌어안는 걸 참아야 하는 내 기분이 어땠는지는 당신이 너무나 잘 알 거 아냐. 당신은 나 같은 불쌍한 패배자의 세계를 절대로 이해할 능력이 없어. 나 스스로 내 대역이 되고 싶은 그런 동경을 알 리가 없지. 이 자리에서 저 위대한 연출가와 내 아내가 내 말을 듣고 있지만 상관없어. 나도 당신을 미치도록 내 품에 끌어안고 싶단 말야. 나한테는 절대로 그런 행운이 주어지지 않겠지만……"

밑바닥 47

카를라는 들고 있던 분첩을 내려놓고 어안이 벙벙한 채 잠시 나를 바라보았다. 그러나 곧 정신을 차리고는 자기 대사로 돌아갔다.

"어째서 그런 얘기를 하는 거야? 질투심이 다시 당신의 심장을 갉아먹고 있는 거야? 불과 몇 분 전에 우리가 그렇게 다정한 섹스를 나누었는데 말야."

내 인내심은 한계에 도달했다. 간호사 복장을 한 이 창녀는 그저 나를 조롱하고 있는 게 틀림없었다. 그리고 나를 더욱 화나게 만든 것은 그녀의 비웃음이 정당하다는 사실이었다. 나는 이탈리아인이 아니지만 이 펠리니라는 영화감독을 좋아하기 시작했다. 내 기억이 정확하다면 나는 그때 이 극중 상황과는 맞지 않는 독백을 읊어댔다. 나는 목청을 높여 이렇게 외쳤다.

"그 비웃는 얼굴은 도대체 뭐야, 카를라! 당신에게 손끝 하나 대지 못하게 하는 이 서커스는 대체 뭐냐고! 여기서 나를 동성애자로 만들어버린 건 그렇다고 치자. 하지만 아무리 그렇다고 해도 어디선가 굴러 들어온 녀석이 당신 입술에 키스하는 건 참을 수 없단 말이야. 그래서 내가 화를 내는데 도대체 뭐가 이상해?"

"컷!" 줄츠가 고함을 쳤다. 그때 문이 벌컥 열리면서 초록색 수술복을 입은 외과 과장이 달려 들어오지 않았더라면 간호사 글로리아는 병원으로 재빨리 도망쳤을 것이다. 의사의 커다란 손에는 부서진 소파의 잔해가 들려 있었다.

"이따위 가구를 나한테 주다니! 빌어먹을 녀석들 같으니라고!" 거구

라마주리가 미쳐 날뛰며 수술용 마스크를 벗어 던졌다. 그는 곧장 줄츠에게 달려들었다. "당신은 나한테 정말 꼬질꼬질한 역을 맡겼어, 이 사기꾼아! 벌써 며칠째 나는 인형들 배를 가르는 것 외에는 아무것도 못하고 있잖아. 그 빌어먹을 '메스!'라는 말 말고는 대사도 한마디 없고 말이야……."

줄츠는 벽 쪽으로 물러섰다.

"지금 여기서 이러지 말자, 조르조. 저 땅꼬마 대신 그 근사한 외과 과장 역을 하겠다고 부탁한 건 바로 자네였잖아."

"그래서? 당신이 언제부터 그렇게 내 말을 잘 들었는데?"

촬영장 분위기는 살벌했다. 카를라는 두 남자 사이에서 속수무책이었다. 내가 연기한 최초의 파일럿이 그런 식으로 비참한 분위기에서 끝나버려야만 하다니, 나로서는 너무나 기분이 나빴다.

"가자, 힐데." 말문이 막혀버린 아내에게 내가 말했다. "어차피 이 미니시리즈는 절대로 방영 안 될 거야."

그래도 출연료 몇 푼이 내 주머니에 들어 있었다. 사샤가 계약서에 서명한 건 사실 아주 잘한 일이었다.

반전

파일럿이 방영되었다. 때로 운명은 우리에게 머리카락이 쭈뼛 곤두설 만한 놀라움을 선사한다. 그리고 신이라고 해도 우리의 모든 질문에 답해주는 것은 아니다. 아마도 온 우주를 살피느라 바빠서 그런 것 같다.

악몽에서 해방된 그날 저녁, 나는 조용한 방 안에 앉아 내 집 안의 근사한 고독을 즐겼다. 그리고 TV에서 몰래 아만다의 허벅지를 찾아다녔다. 한번은 아만다 대신 카를라가 나타났다. 사각형 탐폰을 광고하는 광고였던가 뭐 그런 거였다. 그러나 카를라와 마주친 순간 나는 TV를 얼른 꺼버렸다. 그 끔찍한 촬영작업을 눈곱만큼이라도 기억나게 만드는 모든 것이 내게 불면증을 가져왔기 때문이다. 그 미니시리즈가 제대로 시작도 하기 전에 끝나버릴 것이라는 게 나의 유일한 위로였다. 그러나 내 주변을 에워싼 고요는 일주일쯤 뒤에 깨져버렸다. 신경이 극도로 예민해진 사샤의 다급한 전화가, 스포크 박사가 그의 책 70쪽에서 내 상황을 너무도 적절하게 묘사해놓은, "심리적 장벽"으로부터 가차 없이 나를 끌어냈던 것이다.

"재앙에 가까운 끔찍한 얘기를 들었어." 내 에이전트가 말했다. "내가 확실히 해두고 싶은 건, 이렇게 일이 어그러진 게 절대 내 탓이 아니라는 거야. 난 그저 자네가 내 친구이기 때문에 자네와 줄츠를 연결해준 것뿐이라구."

"물론이지." 나는 그 말에 동의했다. "모든 책임은 나한테 있어. 그 일은 잊어버리자."

"그렇게 간단한 일이 아냐, 칼. 오늘 아침에 줄츠 부인이 나한테 전화를 했어. 자기 남편이 엄청나게 화가 나서, 닷새 안에 자네가 받은 출연료에 이자까지 붙여 돌려받을 거라고 했다는 거야. 거기다가, 자네가 초래한 손해에 대한 적절한 배상까지 말야. 줄츠 부인이 말하기로는, 자네가 대본에 충실하지 않고 아주 끔찍한 헛소리만 늘어놓았다는데?"

"가슴에서 우러나오는 대로 자유롭게 얘기해야 한다고 한 건 줄츠였어. 내 아내한테 물어봐."

"그건 누구한테도 물어볼 필요가 없어, 칼. 줄츠는 자네를 고소하겠대."

"그러라고 해. 난 상관없으니까."

나는 어지러워 쓰러지기 직전이었다. 그리고 뇌에서 피가 완전히 빠져나가는 기분이었다. 고소라니, 원, 세상에! 저녁에 힐데가 집에 돌아와 기진맥진해진 나를 다시 끌어올렸다. 힐데 말로는, 법적인 관점에서 볼 때 줄츠는 전혀 승산이 없다는 것이었다.

"그 멍청한 사샤가 서명했다는 계약서에 보면, 당신이 대본을 로봇처럼 그대로 읽어야만 한다는 구절은 없어." 내 사랑하는 아내가 그렇게 판결했다. "당장 변호사를 찾아야 해. 닥터 토마스 프리트랜더라는 변호사를 내가 알거든. 거물은 아니지만 내가 이혼할 때 많이 도와줬어."

나는 이제까지 내가 이혼녀와 결혼했다는 사실을 전혀 모르고 있었다. 우리는 한 번도 그런 얘기를 해본 적이 없었다. 그 사실을 알았다고 하더라도 달라질 건 아무것도 없었겠지만 말이다. 현재의 이 비참한 상황에서 내게 주어진 유일한 선택은 그런 새로운 사실을 무시해버리고 일상으로 돌아가는 길뿐이었다. 하지만 한 가지 질문만은 하고 싶었다.

"힐데, 대체 어떤 남자와 이혼을 한 거야?" 내가 물었다.

"내 두 번째 남편."

나는 아내의 과거 캐묻기를 딱 그만두었다. 우리 가정사에 끼어들게 된 닥터 프리트랜더는 소송에 대해 짧고 간결하게 설명했다. 시간이 별로 없어서기도 했지만 그의 눈곱만 한 사무실이 너무 어두워 오래 있고 싶지도 않았다.

"상황이 복잡하군요." 줄츠의 요구를 힐데가 설명하고 나자 변호사는 그렇게 판정했다. "그 제작자가 비싼 변호사를 고용한다면 우리는 법정에서 승산이 없어요. 방법이 있긴 합니다. 뮐러 씨의 정신 상태가 정상이 아니라고 증명하는 거죠."

우리는 그럴 수는 없다고 말했다. 나는 말이 없는 편이긴 했지만 정신만큼은 멀쩡했으니까.

"그렇다면 좋습니다. 그럼 다음 단계를 생각해보죠. 소송은 어쨌든 이삼 년은 끌게 될 겁니다. 힐데, 남편에 대한 정신과적 소견서를 준비해두세요."

나는 변호사에게, 우리 아파트 4층에 심리상담가가 산다고 말하고는 그 변호사 사무실을 떠났다. 힐데는 돈을 냈고 우리는 그곳을 나왔다. 집에서는 딸 베네딕티나가 우리를 기다리고 있었다. 걱정이 되었던지 우리 상태가 어떠냐고, 무슨 일이 일어났느냐고, 새로운 뉴스는 없느냐고 물었다. "피곤해 쓰러지기 일보 직전이야." 힐데의 한마디에 베네딕티나는 말을 끊었다. "이제 바로 네 용건으로 넘어가봐."

"사실은 내가 상당히 곤란한……." 베네딕티나가 이야기를 시작했다.

내가 갑작스럽게 영화계로 진출하게 된 사실에 대해서는 한마디 말도 없었다. 어쨌든 내가 그 애 곁에 함께 있는 동안에는 그런 말을 하지 않았다. 나는 아무런 희망도 없고 미래도 없고 텔레비전도 없는 내 방의 조용한 구석으로 물러났다. 절망감이 날카로운 발톱으로 나를 움켜잡았다. 저녁이 되자 우울한 기분은 극도로 심해져서 결국 아버지의 휴대전화 번호를 누를 수밖에 없었다.

"정말 반갑구나." 아버지의 목소리는 젊은이처럼 신선했다. 다시금 현재를 잊어버린 상태가 된 것이 틀림없었다. "몇 년 전부터 나는 내 아들이 언젠가 한 번은 전화를 할 거라고 생각을 했었다. 자, 얘야, 뭐가 문제니?"

"아무 문제도 없어, 아빠. 그냥 걸어봤어."

"돈?"

"그건 중요치 않아. 내가 타고난 프롤레타리아라는 거 알잖아."

"그래 좋아. 그럼 네 아내가 점점 뚱뚱해지고 있구나."

아마도 아버지는 예전에 언젠가 스포크 박사의 책을 읽었던 것 같다. 그러나 이상한 건, 지난 며칠 동안 힐데가 나를 극진히 돌봐줄수록 내가 힐데의 몸무게를 더 뚜렷이 의식했다는 사실이다.

"맞아, 아빠." 나는 고백했다. "힐데가 뚱뚱해졌어."

"몇 킬로나 늘었는데?"

"적어도 20킬로는 늘었어."

"그럼 이제부터 아주 조심해야 한다, 얘야. 대개 남편들은 아내가 15킬로 늘었을 때부터 술을 마시기 시작하거든. 맥주 한 병에다가 폴란드 산 보드카 한 잔을 섞어서 마셔봐라. 그렇게 하면 네 아내가 당장 날씬해질걸."

며칠 후에 나는 50달러가 들어 있는 봉투를 아버지에게 우편으로 받았다. 가슴이 찢어졌다. 아버지의 눈곱만 한 연금을 생각하면 그건 큰돈이었다. 그러나 그 지폐와 내 수치심은 나를 진정으로 괴롭히고 있던 일에 대한 해결책이 아니었다.

아주 오래전부터 힐데와 나는 더 이상 섹스를 하지 않았다. 아마 힐데의 몸무게 때문이었을 것이다. 아니면 앞뒤가 바뀌었을 수도 있다. 우리가 섹스를 하지 않아서 힐데가 살이 찌기 시작한 것인지도 모른다. 이 문제는 결코 풀리지 않을 것이다. 힐데와 내가 이 까다로운 테마를 항상 피해 가기 때문이다.

그런데도 이 잠재적인 터부가 나를 불안하게 했다. 내 뚱뚱한 고통의 동반자에 대한 연민이 마음속에서 일어나기 시작했기 때문이다. 그러나 그건 마음뿐이었다. 스포크 박사는 이런 나의 딜레마를 103쪽에서 굵게 인쇄된 글귀로 보여주었다.

"결혼한 지 108개월이 지난 남자의 어려움은 아내와 잠자리를 같이하는 빈도를 유지해야 한다는 데 있다." 작은 글씨로 된 설명이 이번에는 더 길었다. "54세 된 남편의 여섯 번째 달은 상당히 위험하다. 이 기간에 이 남자들은 다음과 같은 사실을 확인하게 된다. 결혼을 한 뒤 긴 세월이 흘러야만 아내 없이도 살 수 있다는 사실을 깨닫게 된다는 것이다. 결혼한 남자는 이 위험한 달의 두 번째 주 초에, 결혼이라는 제도가 통계적인 경험을 넘어서는 희망의 승리를 기술하고 있음을 처음으로 깨닫게 된다. 두 번째 주의 끝 무렵이 되면 남자는 실전에서 이론으로 넘어가게 되고, 자기 방 안에서 혼자 오럴섹스를 하게 된다. 여기서 오럴섹스라 함은 섹스에 대해 이야기하는 것을 뜻한다. 결정적인 주가 되는 세 번째 주에는 벌써 수십 년이 지난 자신의 결혼식을 떠올리게 된다. 오로지 죽음만이 그와 그가 선택한 여인을 갈라놓을 것이라는 시청에서의 혼인서약⁎ ⁎럽에서는 흔히 시청에서 결혼식을 한다 말이다. 그는 그 약속이 어떤 실질적인 내용도 들어 있지 않은 그저 공허한 약속이었을 뿐이라는 사실을 깨달을 수밖에 없다. 네 번째 주 초가 되면 54세인 모든 남자들은 배우자와 헤어지는 일을 생각하게 된다. 외항선 선장이나 비행기 조종사들처럼 잘 알려진 특별한 이유 때문에 결코 이혼을 하지 않는 직업을 가진 사람들을 제외하면 모든 남자들이 그렇다. 54세의 일곱 번째 달 첫 주까지 버텨낸 남자들은 성생활에서 제대로 작용하는 사랑의 묘약은 바로 직업적 성공이라는 사실을 즐겁게 깨닫는 것으로 보상을 받는다."("남편이 매일 저녁 다른 방향에서 집으로 돌아올 경우," 212쪽 참조)

　내 아내 힐데는 그 위험하다는 여섯 번째 달에도 매일 저녁 같은 방향에서 집으로 왔다. 뤼스테나우어 사립 김나지움에서 곧장 집으로 와서는 교무실에서 훔쳐 온 그날 신문을 내게 가져다주었다. 언제나 나는 패닉 상태로 신문을 넘겼다. 혹시라도 그 빌어먹을 TV시리즈에 관한 뉴스가 신문에 났을까 봐 말이다. 어차피 방영될 리가 없다는 건 알고 있었지만. 이 쓰레기 같은 TV시리즈에 대해서는 다행히도 한 줄의 기사도 실리지 않았다. 제작자 마틴 줄츠가 자기가 제작한 시리즈에 대해 의견을 피력하는 것을 거부했다는 짧막한 인터뷰 기사가 전부였다.
　"진지한 예술가라면 그 작품이 완성되기 전에는 결코 자신의 프로젝트에 대해 이야기하지 않을 것입니다." 이 위대한 제작자는 이처럼 수긍이 갈 만한 이유를 댔다. 나 자신은 줄츠를 원망하지 않았다. 그러나 줄츠를 인터뷰하는 데 실패한 그 젊은 기자는 그에 대한 보복으로 이렇게 썼다. "이 인색한 영화계의 황제는 자기 촬영장에 있는 화장실 휴지에까지 번호를 매겨두고 있다." 그건 사실이 아니었다. 왜냐하면 줄츠는 함께 작업하는 동료들에게 결코 자기 아파트에 있는 화장실을 사용하지 못하도록 엄금하고 있었기 때문이다.

나는 여전히 곧 닥칠 내 소송에 정신이 팔려 있었다. 내가 펠리니스러운 참여를 하는 바람에 그 시리즈를 망쳐버렸다는 은밀한 직업적 윤리 의식도 내 속에서 자라나고 있었다. 그런데 갑자기 마른하늘의 날벼락처럼 신문 한 귀퉁이에서 라마주리 인터뷰가 번쩍 나타났다. 그 시리즈는 아마도 죽음에서 부활할 모양이었다.

이 유명한 배우는 전혀 말을 아끼지 않았다. "마틴 줄츠나 카를라 바인슈톡 같은 대가들과 함께 작업을 할 수 있게 되어 정말 기쁘고 자랑스럽습니다." 라마주리는 그렇게 말했다. "파일럿 필름을 촬영할 때부터 나는 벌써 이 시리즈가 영화사에 길이 남을 대단한 걸작이 되리라는 것을 짐작할 수 있었습니다……"

"좋아요." 라마주리를 인터뷰한 칼럼니스트는 그의 말을 끊었다. "제가 흥미를 갖는 것은 어떻게 해서 촬영장인 병원의 소파가 부서졌느냐 하는 것입니다."

"무슨 소파요? 거기에 소파 같은 건 없었는데요."

"그런 동화 같은 얘기는 당신 할머니한테나 하시죠, 라마주리." 수다쟁이 칼럼니스트는 말을 계속했다. "부서진 소파와 당신을 함께 찍은 사진을 우리는 가지고 있어요."

"아, 그거요? 왜, 그게 중요한가요?"

"정말 중요합니다. 당신이 바인슈톡 양과 소파가 부서질 때까지 방아를 찢었다면서요."

"난 그따위 지저분한 소문에는 신경 안 씁니다."

"두 사람이 그걸 하는 게 사진으로 찍혔는데요."

"누가 찍었어요?"

"제작감독이요. 라마주리, 당신 혼자가 아니던데요. 카를라 바인슈톡을 정말 폭력적으로 강간했더군요. 아닌가요?"

"나는 여자를 강간할 필요가 없는 사람입니다."

"다들 그런 식으로 말하죠. 로스앤젤레스 시립공원에서는 한 시간에 한 명씩 강간을 당하거든요."

"불쌍한 여자들이군요."

"좋아요, 라마주리. 앞으로의 계획은 어떻습니까?"

"지금으로서는 딱히 할 얘기가 없습니다. 우선 파일럿 필름의 방영을 기다려보고……."

나는 좌불안석이었다. 저 멍청이는 파일럿의 방영을 기다린다고 말했다. 그때 벌써 현관 벨이 울렸다. 내 눈앞에는 유력 일간지에서 나온 금발의 여성 사진기자가 서 있었다. 상당히 예쁜 젊은 아가씨였다.

"줄츠가 제작한 파일럿에 출연한 배우들 모두를 사진에 담고 있어요." 금발이 말했다. "들어가도 될까요? 잠깐이면 되는데요."

"잠깐만요, 아가씨." 나는 말을 더듬었다. "누가 아가씨를 보냈습니까?"

"우리 데스크가요."

"그런데, 어떤 파일럿이 방영된다는 거죠?"

"몰라요. 선생님 성함이 제 리스트에 올라 있네요. 그래서 온 거예요. 이삼 분이면 돼요. 배경이 짙은 색인 방이 있나요?"

그녀는 재빨리 내 사진을 몇 장 찍었다. 사슴 같은 커다란 갈색 눈의 여자였다.

"걱정 마세요. 선생님에 대해서 기사를 쓰는 건 아니니까요. 그저 몇 분이면 돼요." 그녀가 나를 진정시켰다.

떠나기 전에 그 사진기자는 동료배우들의 사진을 보여주었다. 라마주리는 시선을 먼 곳에 둔 채 사색에 잠긴 지식인 흉내를 내고 있었다. 반면에 카를라는 등받이가 없는 하얀 의자 위에, 말려 올라간 미니스커트 차림으로 앉아 있었다.

그 사진기자는 사슴 같은 눈과 함께 순식간에 사라져버렸다. 그러나 그 빌어먹을 파일럿 때문에 생겨난 내 불안은 그대로였다.

"걱정 마." 힐데가 나를 다독거렸다. "그 사람들이 쓰레기 같은 필름을 진짜 방영한다면, 그러지는 않을 거라고 생각하지만, 정말 방영한다면 당신 역할에 진짜 배우를 썼을 거야."

"나도 배우야."

달도 없는 어느 밤에 힐데 역시 잠을 이루지 못하고 나를 흔들어 깨웠다.

"이것 봐 칼, 당신은 대낮에는 30분에 한 번씩 드러누워 잠을 자고 밤중에는 말짱하게 깨어 있잖아. 이런 신의 은총을 이용해서 푼돈이나마 가정경제에 기여하는 건 어떻겠어?"

"나더러 야간 경비라도 하라는 거야?"

"응." 힐데는 신문에서 그런 광고를 찾아냈던 것이다. "야간 경비원 구함(주간 근무 급여, 안정된 직장)."

내가 원했던 아니든, 나는 여성 속옷을 취급하는 어느 부티크의 경비원으로 일하게 되었다. 치솟는 휘발유 값 때문에 시위를 벌였던 시위대가 쇼윈도를 깨부순 가게였다.

그러나 유감스럽게도 나는 내 새로운 일자리에서 딱 하룻밤만 일할 수 있었다. 부티크 앞에 놓인 등받이 없는 의자에 앉자마자 꾸벅꾸벅 졸고 말았기 때문이다. 새벽에 히스테릭한 부티크 주인 여자가 날카로운 팔꿈치로 나를 꾹꾹 찔러 깨웠다.

"이 후레자식 같은 놈." 그녀는 고함을 쳤다. "당장 꺼져."

"후레자식이라니." 내가 그녀의 말을 정정했다. "난 번듯한 집안 자식이란 말요."

나는 그 정신 나간 여자한테서 한 푼도 못 받았다.

그런데도 나는 기분 좋게 집에 돌아왔다. 너무도 오랜만에 보통사람처럼 깊이 잠들 수 있었던 것이다. 힐데는 벌써 학교에 가고 없었다. 나는 그 힘든 야간 경비 후에 제대로 좀 쉬려고 내 침대를 정리했다. 잠시 쉬려고 누웠는데, 전화기 꺼놓는 걸 깜박했다. 그래서 몰인정한 딸애가 나를 깨워놓고야 말았다.

"내 말 좀 들어봐, 아빠." 딸애는 이렇게 속삭였다. "TV방송국에서 일하는 남자친구가 있는데, 걔가 오늘 아침에 전화를 했어. 아빠가 나오는 파일럿 필름이 프라임 타임에 방영된다는 거야. 정말 짱이야." 그 순간 내 안식은 산산조각 나버렸다.

"프라임 타임이라니? 그게 뭐야?" 나는 말을 더듬으며 물었다. "그게 무슨 말이야?"

"시청률이 가장 높은 시간대 말야, 아빠." 나는 수화기를 내려놓은 다음 자살하기로 결심했다. 모든 일에서 나는 낙오자였다. 남편으로 배우로, 그리고 야간 경비까지도 실패한 지금에 와서, 자살하겠다는 결심은 지극히 순리에 맞는 일로 보였다. 내 패배한 영혼은 막바지에 다다랐다. 마지막 힘을 다해 아버지가 보내준 50달러짜리 지폐를 봉투에 넣고 힐데에게 메모를 남겼다. 아버지한테 그 돈을 돌려드려달라고 말이다.

"사랑하는 힐데, 나를 용서해줘." 떨리는 손으로 나는 그렇게 썼다.

그런 다음 영화에서 보는 것처럼 욕조에 들어갔다. 그리고 턱까지 잠기도록 따뜻한 물을 채웠다. 나는 마지막을 기다렸고, 이때 찾아온 내면의 평온함이 쾌적하면서도 경이롭게 느껴졌다. 황금 시간대인지 뭔지에 일어날 그 치욕을 겪지 않겠다는 이 결단, 내 인간적인 품위를 지키려는 이 자율적인 결단이 나로 하여금 내 고통을 품위 있게 마무리할 힘을 주었다…….

힐데는 꿈도 없는 내 깊은 잠으로부터 나를 너무 일찍 끌어냈다. 힐데가 그처럼 흥분한 것은 처음 보았다.

"당신 미쳤어?" 화가 치밀어 새빨개진 뺨으로 그녀는 이렇게 외쳤다. "대체 왜 이렇게 사람을 놀래켜?"

"미안해. 죽으려고 그랬어." 내가 말했다.

힐데는 나를 욕조에서 끌어낸 뒤 여러 장의 목욕 타월로 내 몸을 닦아 주었다.

"칼, 당신은 정상이 아니야." 힐데는 걱정스러운 말투로 단언했다. "아무래도 당신의 심리상담가한테 가보는 게 좋을 것 같애. 변호사 토마스 프리트랜더가 제안했던 것처럼 말야."

내겐 그 무엇도 상관이 없었다. 파일럿의 방영이 코앞에 닥쳤다. 나는 내 원래 역할인 외과의사 역을 위해 그대로 두었던 흰 가운을 입고 레너드 뷤의 상담실로 올라갔다.

놀랍게도 나는 4층이 아니라 3층에서 그를 만났다. 심리상담가는 계단에 앉아 힘겹게 숨을 몰아쉬고 있었다. 왠지 운명의 동지라는 생각이 들면서 친밀감이 엄습했다. 막바지에 이르면 모든 인간은 한 사람이나 마찬가지다. 누구나 자기 십자가를 지고 있다. 그가 존경받는 학자든 행운으로부터 철저히 버림받은 낙오자든 말이다.

나는 그의 곁에 앉아 그의 손 위에 내 손을 얹었다.

"무슨 일이에요, 레너드?"

"엘리베이터가 고장 났어요." 심리상담가는 숨을 몰아쉬며 말했다. "4층까지 걸어 올라가는 건 나한테 너무 힘들어요."

가슴속에 차오르던 연민은 짜증으로 변했다.

"그 빌어먹을 엘리베이터 때문에 이렇게 씩씩거리고 있단 말예요?" 나는 이 게으름뱅이를 맹렬히 비난했다. "인생에는 그보다 괴로운 문제들이 얼마든지 있단 말예요."

"그럼 당신 문제는 뭡니까, 뮐러 씨?"

"내 경우에는, 예를 들면, 죽고 싶다는 겁니다."

"아주 좋아요. 뭔가 심각한 문제가 있다고 벌써부터 생각했어요." 심리상담가는 한숨을 내쉬었다. "우선 이런 사실을 알아야 합니다, 뮐러 씨. 임상심리 연구결과에 따르면 모든 사람들이 살아가는 동안 적어도 한두 번은 죽고 싶다는 생각을 하게 됩니다. 그러나 누구나 죽을 수 있는 건 아니죠. 괴로운 문제가 뭡니까?"

"온갖 문제가 첩첩이 쌓이네요."

"그렇겠지요."

심리상담가는 살피듯 나를 훑어보았다. 그러자 나는 날카롭고 꿰뚫어 보는 듯한 그의 눈길에 주눅이 드는 기분이었다. 우리는 잠시 깊은 침묵에 잠겼다. 그가 내 영혼의 심연을 마치 펼쳐놓은 책처럼 읽고 있다는 느낌이 선명했다. 레너드 븜은 천천히 안경을 벗더니 그 안경을 허공에 대고 흔들었다.

"알겠습니다. 어머니군요." 그가 선언했다.

내가 어떤 반응을 보이기도 전에 그는 자신의 분석을 시작했다.

"우리가 처음 만났을 때 말입니다, TV에 나오는 아만다에 대해 이야기를 나눴죠. 벌써 그때 내 눈은 선명한 진단을 내렸어요. 선생을 괴롭히는 그 많은 문제들은 실체가 없는 환상입니다. 현대 심리학의 개념으로 표현하자면 '도착적 선택'이라고 부르는 것입니다." 븜은 잠시 침묵하더니 다시 안경을 쓰고 이렇게 덧붙였다. "뮐러, 선생은 어머니의 자궁으로 되돌아가고 싶은 겁니다. 그 생각에 맞서 싸우려고 하지 마세요. 이 은밀한 동경을 실현하기 위해서 선생은 스스로의 삶을 끝낼 준비가 되어 있습니다. 다시 태어나는 일을 경험하려는 거죠. 정말 유감스러운 일은, 내가 우리의 첫 만남 직후에 선생을 상담할 수 없었다는 겁니다. 내 진단을 완벽하게 하기 위해 나는 몇 가지 팩트를 더 수집해야 합니다. 언제, 그리고 왜 선생이 마지막으로 어머니와 싸웠는지 기억해보기로 합시다.

"싸운 적이 없는데요."

"그래도 생각해봐요. 아들이 어머니와의 각별한 관계를 인정하려면 용기가 필요하죠. 기억해보십시오."

"그럴 수가 없어요, 빔 선생님."

"기억해내세요. 일부러 기억에서 쫓아낸 인상들의 모자이크가 선생의 진실에 이르는 열쇠가 됩니다."

"어떻게요?"

"어떻게, 라구요? 나는 선생에게 그 방법을 알려주고 있습니다. 돈도 받지 않고 말예요. 이제까지 선생이 살면서 경험했던 온갖 사건들이 선생의 신경계 속 수십억 개의 세포에 저장되어 있단 말입니다. 날마다 세포가 천만 개씩 자연스럽게 죽는다 하더라도 선생이라는 존재의 은밀한 저장고에는 그것들이 그대로 들어 있습니다. 그 저장고로 들어가는 문을 활짝 열어보세요, 뮐러. 아마도 당신은 여전히 어머니에 대한 사랑에 빠져 있을 겁니다. 스스로는 그걸 인식하지 못하겠지만요."

"어머니한테 빠진 적이 없어요."

"정말입니까?"

"내가 태어난 지 3주 만에 어머니가 나를 떠났어요, 뵘 선생님."

"아하." 심리상담가는 생각에 잠겨 자기 진단을 마무리했다. "바로 그게 내가 말하려던 겁니다, 밀러. 선생 트라우마의 배경이 바로 그거예요."

나는 조심스럽게 일어나 집으로 갔다. 내 아내의 품으로 돌아간 것이다.

"그래서, 뭔가를 찾아냈어?" 힐데가 물었다.

"응, 그 심리상담가는 내가 즉각 진찰을 받아야 할 것 같대."

나는 재빨리 내 방으로 돌아가 계산기를 꺼내 들고 내 회색 세포의 잔고를 계산해보았다. 벌써 오래전에 마이너스였다.

●

그 뒤로 다시 단조롭고 무미건조한 일상이 계속되었다. 나는 세상의 소음을 멀리한 채 집 안에 틀어박혀 세월을 보냈다. 그리고 날마다 힐데가 학교에서 신문을 가지고 돌아올 때까지, 친숙한 패션 광고 전단을 뒤적이고 있었다. 나는 힐데에게 날마다, 이젠 신문을 가져오지 말라고 부탁했다. 나를 파멸시킬 그 파일럿이 언제 방영될지 알고 싶지 않았기 때문이다. 이즈음에 나는 지나치게 많이 먹었고, 아버지의 처방대로 맥주와 보드카를 섞은 칵테일을 마셨다. 아내 힐데를 제외하고는 누구와도 이야기를 하지 않았고 전화가 울려도 절대 받지 않았다. 그 분위기는 사형수 독방과 비슷했다. 약간 취해버린 내 이성은 파일럿이 방영되기 전에 때맞춰 외국으로 도피하라고 내게 일러주었다. 힐데의 책들 속에서 나는 지도 몇 장을 찾아내기까지 했다. 남아메리카, 그중에서도 특히 브라질에 집중했다. 아만다 때문이었다. 힐데의 학교로 전화를 걸어 내가 얼마 동안 사라지더라도 놀라지 말라고 조심스럽게 일러줄 생각이었다. 그러나 학교 전화 교환원은 힐데를 찾을 수 없다고 말했다. 나는 술 한 잔을 더 마시고 내 방으로 커다란 여행가방을 끌고 와서 짐을 싸기 시작했다. 우선 다림질한 셔츠들을 넣고 팬티를 몇 장 챙겨 넣었다. 팬티는 두어 장밖에 보이지 않았다. 그리고 술을 몇 병 집어넣은 다음 부에노스아이레스 지도를 넣었을 때, 전화벨이 울렸다. 나는 힐데가 전화한 줄 알고 받았다. 그러나 전화를 건 사람은 사샤였다. 그 목소리를 들으니 술병을 여행가방에 챙긴 인간은 나 하나가 아니라는 생각이 들었다.

"저…… 저, 말이야……." 내 에이전트는 숨넘어가는 소리를 냈다. "자네는 최고야……. 자네는 로…… 로만…… 자네는 말야……."

사샤는 흐느끼기 시작했고 나는 사샤를 그냥 내버려두었다. 그가 왜 술을 마셨는지 너무나 잘 알고 있었기 때문이다. 그건 바로 그가 내 이름으로 계약서에 서명을 했기 때문이다. 나는 그때 막 스포크 박사를 여행가방 안에 던져 넣고는 힐데도 데려가는 게 좋지 않을까 생각했다. 그때 문 두드리는 소리가 들렸고 문 앞에는 심부름꾼 애 하나가 서 있었다.

"선생님이 로마노비츠 씨 맞나요?" 그렇게 물으며 소년은 흰 장미가 가득 담긴 커다란 꽃병을 내려놓았다. 아이는 작은 봉투를 내게 건네주고는 팁을 받으려고 기다렸다.

나는 아이에게 금방 남아메리카로 여행을 떠날 거라고 이야기하면서 그 봉투를 열었다.

"고맙네." 쪽지에는 대문자로 그렇게 쓰여 있었다. "—마틴."

마틴 줄츠가 이렇게 비싼 장미를?

그때 문이 열리더니 힐데가 휘청거리며 달려 들어왔다. 어김없이 신문이 겨드랑이에 끼여 있었다. 힐데는 새로 칠한 벽처럼 새하얗게 질린 채 가장 먼저 보이는 안락의자에 몸을 던졌다. 그리고 아주 힘겹게 입을 열었다.

"그 방송…… 의사를 불러……."

힐데는 손가락으로 신문을 가리켰다. 그쪽으로 눈길을 돌리자 땀이 나기 시작했다. 이건 공상과학 소설일 거야. 나는 그렇게 생각했다. 아니면 내가 완전히 취해버렸거나…….

그 신문은 우리 지역에서 가장 발행부수가 많은 신문이었다. 1면 톱기사에는 이렇게 씌어 있었다. "스타 탄생!" 온 나라가 매일 아침 읽는 그 신문에는…… 1면에 실린 사진…… 바로 내 사진이었다……. 그리고 내 사진 밑에는…….

카밀로 L. 로마노프
무명의 배우,
하룻밤 사이에 전국을 점령하다

나는 바닥에 쓰러져 힐데에게 기어갔다. 힐데는 눈을 감은 채 안락의자에 늘어져 있었다. 나는 힐데에게 보드카를 한 잔 가져다주었지만 굳게 닫힌 그 입술을 열 수가 없어서 내 속으로 그 술을 털어 넣었다. 사실 나 자신도 힐데만큼이나 다급하게 그 술이 필요했던 것이다. 그런 다음 여행가방을 옷장 속에 던져버리고 스포크 박사의 책을 꺼내 들었다. 거의 졸도할 듯한 상황에서 나는 103쪽을 찾아냈다. "일곱 번째 달 첫 주에 보상을 받으리니……." 그건 일곱 번째 달인 7월 3일이었다. 그다음은 기억나지 않는다.

　

내가 뭔가 이상한 느낌을 준 것이 틀림없다. 어쨌든 힐데는 옆 건물로 내과의사를 부르러 달려갔다. 그러나 힐데는 신문 가판대 앞을 지나가다가 신문 톱기사 제목 때문에 핑 돌았고, 그래서 가판대 신문을 깡그리 사 가지고 돌아왔다. 힐데가 숨을 몰아쉬며 집으로 돌아오기 전에 나는 벌써 우리나라에서 가장 중요한 일간지에 실린 내 커다란 사진 밑의 긴 기사를 읽기 시작했다. 이름난 예술비평가 게르숀 글라스코프가 밤을 새워 쓴 그 기사의 내용을 나는 한마디도 빠짐없이 재생할 수 있다. 그 신문기사가 금으로 만든 액자에 넣어져 지금도 내 빌라 작업실 벽에 걸려 있기 때문이다.

일반적으로 '예술계의 교황'으로 알려져 있는 그 유명한 비평가는 극장의 역사와 예술사의 초창기를 간추려 돌아보는 일로 자신의 글을 시작했다. 고대 그리스 극장 이래로 연출 콘셉트에 주목할 만한 발전이 전혀 이루어지지 않았다는 사실에 대해 그는 유감을 감추지 않았다. 그의 견해에 따르면, 현대 회화와 음악이 그사이에 이룩한 엄청난 도약을 정체된 연극계의 화석화된 원칙이 좇아갈 수 있겠는가, 하는 문제에 이르면 전혀 희망이 없다고 했다. 게르숀 글라스코프는 그렇게 썼다. 그러나 다음 단락에서 그는 핵심을 밝혔다. "오늘 밤 프라임 타임에 지난 수천 년간의 정체 상태가 깨졌다. 〈열정의 회오리〉라는 미니시리즈의 파일럿 필름이 셀룰로이드 위에 영원히 새겨져 방영되었을 때의 일이다. 한 무명 배우와 특정 장르의 명성 있는 영화제작자가 우리에게 영화계의 무한한 가능성에 대한 잊을 수 없는 교훈을 선사했다. 그리고 이들은 연극에 관련한 기존의 사고방식을 폭발적으로 전환시켰는데, 그 중요성은 필설로 표현할 수 없을 정도다."

　게르숀 글라스코프가 진짜 이런 글을 썼던 것이다. 그리고 그 글귀는 앞서 말한 대로 지금도 내 방 벽에 걸려 있다.

　"나는 오로지 G. 라마주리(그는 호색적인 외과의사 역을 대단히 훌륭하게 해냈다) 때문에 이 방송을 보려고 했다. 그러나 이 파일럿 필름의 중반쯤에 내 아내와 딸이 눈물을 쏟았고 나 역시 눈시울이 축축해지는 것을 느꼈다. 그래서 나는 몇몇 친구와 동료들에게 전화를 걸어 이 엄청난 체험을 끝 부분만이라도 놓치지 않게 하려고 했다. 그러나 내가 전화를 건 그 사람들은 모두 다른 시청자들에게서 연락을 받고 벌써 이 영화를 보고 있었다. 오늘 밤 전국의 시청자들이 TV의 포로가 되었던 것이다." 이 감동적인 비평의 영향으로 나는 얼른 다시 한 잔을 마셨다. 몇 번째 잔인지 기억도 나지 않는다.

"C. L. 로마노프는 대체 무슨 일을 한 것일까?" 이 영향력 대단한 평론가의 리뷰는 계속됐다. "마틴 줄츠의 연출하에 그는 연극의 해묵은 법칙을 깡그리 무시했다. 무대 위에서 이루어지는 극은 현실이 아니라 현실에 대한 하찮은 모방일 뿐이며, 배우는 극중 인물이 아니고 극중 인물은 배우가 아니다, 그리고 배우와 극중 인물은 원래 하나이면서 동시에 둘이다, 라는 사실을 배우나 관객 모두가 제대로 의식하지 못한다는 이율배반적인 테제에 그는 마침내 종지부를 찍었다. 운명에 일격을 당한 남편으로서 눈부시도록 아름다운 자기 아내를 속절없이 사랑하는 역을 맡은 카밀로 로이드 로마노프는 오늘 밤 온갖 전문가적인 규범을 구석으로 밀쳐버렸다. 그리고 그는 거장다운, 그리고 찬란한 변신이 가능한 열린 자세로 이 일을 해냈다. 우리의 기만적인 사회가 여전히 동성애자 진영에 대해 지니고 있는 편견에 대한 살아 있는 증거 역할을 한 것이다."

이 비평문 자체에 대해서는 나는 조금도 이의가 없었다. 그러나 유감스럽게도 몇 가지 팩트상의 오류가 있었다. 도대체 C. L. 로마노프라는 수수께끼 같은 이름을 이 비평가는 어디서 가져온 것일까? 나는 아버지에게 전화를 걸어 물었다. 혹시 우리 족보에 로마노프라는 이름이 있느냐고 말이다.

"말도 안 돼. 우리는 모두 뭘러야. 대체 무슨 일이냐?" 아버지의 말이었다.

나는 아무 일도 없다고 아버지를 안심시킨 뒤 다시 그 대단히 홍미로운 비평으로 돌아갔다.

"로마노프는 연기를 하지 않았다. 그는 진실을 살아냈다. 그는 무에서 존재를 창조했다. 일종의 작은, 다큐멘터리 스타일의 작품을 만들어낸 것이다. 그 추동력은 참으로 압도적이다. 대체 이 탁월한 배우는 누구일까? 어디 출신일까? 우리는 이렇게 놀라운 배우를 발굴한 마틴 줄츠에게 감탄한다. 아니, 감사한다."

그런 다음 이 고상한 재판관은 또 하나의 짜릿한 발견에 대해 최고의 찬사를 펼쳤다. 카를라 바인슈톡 이야기였다. "그녀는 대단히 매력적인 여성일 뿐 아니라, 소문에 따르면 촬영장 밖에서도 로마노프와 친밀하게 지적으로 교류하고 있다고 하는데, 그녀는 재능 있는 여배우이기도 하다. 글로리아 역을 맡은 그녀는 남편을 향한 억눌렸던 사랑을 표현한다. 그들의 관계가 눈에 띄게 차가워진 이유에 대해 밝히지 않은 고통스러운 사실을 남편에게 털어놓아야만 함에도 불구하고 말이다.

로마노프의 짧은 대답은 감동일 뿐이다. '이렇게 될 줄 알고 있었어.' 그는 이렇게 신음한다. '그래서 나는 어린애처럼 울고 있어.' 이 장면에서 처음으로 혁명적인 의도가 표출된다. 연극적인 사고의 세계에서 결정적 전환이 로마노프가 단도직입적으로 연출가에게 말을 걸 때 나타난다. '제가 경고했잖아요. 줄츠 씨. 저는 배우가 아니라니까요.'

얼마나 놀라운 진실인가? 카밀로 로이드 로마노프는 배우가 아니다. 그는 그 이상이다.

로마노프는 그의 예술가적 재능의 절정을 어두운 침실 장면에서 보여준다. 지난 16년 사이에 영화가 성취한 가장 탁월한 장면 중 하나다. 이 장면은 대단한 수준의 에로신인데, 연출가는 오늘날 우리 시대에 그처럼 흔히 사용되는 싸구려 효과를 여기서 깨끗이 포기했다. 두 주인공은 반라로 등장하긴 하지만 로마노프는 화면상에서 감탄할 만큼 근육이 발달한 자신의 등을 보여주고 있을 뿐이다. 그의 어깨는 격렬한 키스의 회오리 속에서 가볍게 떨리기까지 했다.

그러고 나서, 대미를 장식하기 위해, 로마노프는 예민하고 감동적인 피날레를 보여주었다. 자신의 성적인 무력함에 깊이 절망하면서 그는 방으로 달려 들어가, 남편에게 만족 못하는 아내를 양가감정이 담긴 애칭 '예쁜 당신'으로 부른다. 그리고 감정적인 자기부정에 깊이 빠져, 조금 전에 침실에서 아내가 키스했던 그 남자는 자신이 아니라 '다른 남자'였다고 말한다. 바로 이 대목, 수많은 시청자의 가슴을 마법처럼 뒤흔들어놓은 이 격정적인 독백에서도 그는 마지막까지 자신의 사색적 반역에 충실했다. 좌절한 사랑을 고백할 때와 동일하게 설득력이 넘치는 자연스러운 태도로 이제 로마노프는 선언한다. '위대한 연출가(마틴 줄츠 또는 신)가 이 말을 듣고 있다 해도 상관없어.'

이런 식의 반전은 이제까지의 영화계에서는 결코 찾아볼 수 없었다. 로마노프는 이 감정의 불꽃놀이를 이런 철학적인 질문으로 마무리한다.

'이 서커스는 대체 뭐야?' 그런 다음 그는 배우와 그가 맡은 배역 사이의 양면적인 관계를 암시하는 말로 충격적인 고백을 요약한다. '사람들은 여기(촬영장)서 나를 동성애자로 만들었어.'

우리는 조급한 마음으로 다음 편을 기다린다."

획기적인 리뷰였다. 어느 정도 놀라운 평인 것은 분명했다. 대체 어떻게 내가 함께 촬영한 분량이 고스란히 방영된 것인지, 몇 주 뒤에 나는 그 사정을 필름 편집을 담당한 마르가레테에게 들었다. 마르가레테는 줄츠와 함께 편집을 책임지고 있었다. 그녀는 최고로 인정받는 필름 전문가였고, 줄츠의 제작팀에서 예외적으로 단정한 차림을 하고 다니는 여자였다. 이 엄청난 기적이 일어나는 과정에서 자신이 맡은 역할이 무엇이었는가를 마르가레테는 내게 설명해주고 싶어했다.

그녀의 설명에 따르면 줄츠는 처음부터 이 끔찍하게 만들어진 파일럿을 전혀 완성할 생각이 없었다고 한다. 줄츠가 간절히 원하던 카를라와의 만남도 자동적으로 다음 프로젝트 때까지 미룰 수밖에 없었다. 그러나 TV에는 이 미니시리즈에 대한 프라임 타임 광고가 벌써 대대적으로 나갔고, 그래서 줄츠는 법적인 파산을 피하기 위해 결국 이 파일럿 필름을 편집하기에 이르렀다는 것이다.

평소와 다름없이 줄츠는 마르가레테와 함께 모니터 앞에 앉아 이 16밀리 필름을 들여다보고 있었다. 그는 아무 말 없이 이 파일럿 필름이 거의 끝나갈 때까지 지켜보고 있었다. 그러나 '예쁜 당신'으로 시작되는 내 마지막 발작 장면이 끝나자 그는 안절부절못하면서 시청을 중단하고 방에 불을 켰다.

"걱정할 필요 없어." 줄츠가 외쳤다. "이 멍청이의 횡설수설을 빼버리고 정상적인 배우가 정상적인 대사를 읊게 해서 집어넣으면……."

줄츠는 빙긋 웃으며 마르가레테를 바라보다가 입을 다물고 말았다. 그녀의 눈에 눈물이 고여 있었기 때문이다.

"이게 완전히 미친 소리들이라는 건 사실이에요. 정말 뒤죽박죽이고 말도 안 되는 내용이지." 마르가레테가 줄츠에게 말했다. "하지만 내가 필름 편집자로 이제까지 일해오면서 본 것 중에 이처럼 감동적이고 인간적인 연기는 처음이에요. 이 밀러라는 남자는 정말 '보통사람'이죠. 배우가 뭔지 연기가 뭔지도 전혀 모르는 것 같아요. 하지만 바로 그 때문에 이처럼 뛰어난 연기를 할 수 있는 거 아닐까요? 전체적으로 앞뒤가 안 맞긴 하지만, 밀러 부분을 그대로 둬야 할 것 같네요."

"하지만 이건 말도 안 돼."

"줄츠 씨, 이건 당신 필름이에요. 그러니 혼자 마무리하세요……."

"잠깐만!" 줄츠가 외쳤다. "아니, 왜 그래? 내 말은, 칼 밀러의 오리지널을 건드리는 건 말도 안 된다는 뜻이었어. 내 말을 끝까지 들어봐야지."

그래서 마르가레테는 다시 모니터 앞에 앉았다. 줄츠는 마르가레테에 대한 그의 무한한 신뢰를 강조하고는 편집실을 떠나버렸다. 그 빌어먹을 파일럿에서 나오는 대사를 더 이상 듣기가 너무 괴로웠던 것이다. 그날 저녁 줄츠는 남쪽으로 여행을 떠나 그 파일럿 필름 방영이 끝날 때까지 잠적했다.

나는 그 리뷰 때문에 어쩔 도리 없이 로마노프가 되고 말았다. 그렇긴 해도 게르숀 글라스코프의 과찬이 내 자신감을 상당히 추켜올려준 건 사실이었다. 차츰 나 스스로도 뭔가 대단한 일을 해낸 듯한 느낌이 들었다. 적어도 나는 '땅꼬마'는 아니었다. 갑자기 여러 사람에게서 전화가 빗발치자 내 자신감은 더욱 확고해졌다.

처음으로 전화를 걸어온 건 최근에 내가 야간 경비원으로 가서 잠만 자다 온 부티크의 여주인이었다. 나를 첫날 바로 쫓아내버린 그 여자 말이다. 너무 흥분해서 그 여자는 제대로 말을 잇지도 못했다.

"그건…… 그건…… 정말…… 영화사에 길이 남을 작품이었어요." 그녀는 한숨을 내쉬었다. "죄송합니다. 로마노프 선생님. 저는 정말 몰랐네요……. 선생님은 배우가 아니에요. 그 이상이죠……. 그리고 등의 근육은 또 얼마나 감탄스럽던지……. 정말 죄송해요……."

"됐습니다, 부인."

비쩍 마른 제작감독과의 대화는 좀 더 업무적이었다.

"나는 언제나 당신을 믿어왔어요, 카밀로. 당신은 모든 기록을 경신했습니다. 우리는 어제 시청률 8퍼센트로 시작했지만, 끝날 때쯤은 63퍼센트를 기록했어요. 같은 시간에 유로 스포츠 채널에서 축구 중계가 있었는데도 그 정도 나왔으니까……."

나는 별로 할 말이 없었다. 어차피 이런 상황은 나에게는 아주 새로운 것이었으니까. 줄츠 부인이 전화를 걸어 갈라지는 목소리로 내가 수많은 시청자들의 가슴을 마법으로 감동시켰다고 말했을 때 나는 그 마녀에게 "잘못 거셨습니다"라고 말한 뒤 전화를 끊어버렸다. 그런 뒤에 어떤 남자가 전화를 걸어, 자기는 나와 똑같은 동성애자이며 어젯밤에 내가 온갖 편견과 맞서 싸운 데 대해 경의를 표한다고 말했다. 그리고 그는 진심으로 내게 감사한다고 말하며 가능한 한 빨리 나와 만나고 싶다고 말했다.

힐데의 변호사는 내가 연극계의 사고방식에 폭발적인 전환을 가져왔다며, 이젠 소송은 없을 거라고 말했다. 그러면서 그는 서류 보관료 청구서를 보내겠다고 했다. 그러나 가장 흥미로운 인물은 두 시간 전부터 나와 통화를 하려고 계속 전화를 하고 있었다는 호흡이 가쁜 어느 영감님이었다.

"선생은 어젯밤 온갖 전문가적인 규범을 구석으로 밀쳐버렸습니다." 노인은 그렇게 말했다. "나는 언제나 아내에게 말했지요. 연극은 수천 년간 정체 상태에 시달려왔다고. 그러나 내 전처는 폴 뉴먼에게 흠뻑 빠져서……."

이혼한 남자들은 역시 어딘가 멍청하다. 우리 딸 베네딕티나는 나한테 축하를 하려고 했던 것 같은데, 목이 메어서 말이 나오지 않는 모양이었다. 마침내 그 애는 "에이 씨"라고 외치고는 전화를 끊어버렸다. 그와는 반대로 심리상담가는 전문가다운 명료한 태도로 자신의 개인적인 의견을 전달했다.

"나는 전혀 놀라지 않았습니다. 선생의 분열된 인격에 대한 나의 진단은 게르숀 글라스코프의 비평문에서 그대로 반복되고 있더군요. 내가 이미 말했듯이 선생은 배우인 동시에 배역입니다. 그 두 가지가 원래 하나이면서, 그럼에도 불구하고 둘이죠. 성공을 빕니다, 칼. 연락 주십시오."

수많은 전화를 받으면서 나는 점점 술이 깼다. 머릿속에 알코올이 점점 엷어져갔다. 숨도 못 쉬던 힐데는 그사이에 옆 건물 내과의사에게 가는 대신 그날 나온 온갖 신문을 다 들고 돌아왔다.

신문의 제호는 제각각이었다. "로마노프의 밤." 어떤 신문은 1면에 이런 제목을 달았는가 하면, 줄츠가 인터뷰를 거절했던 다른 신문에서는 "제작자가 두 손을 들다"라는 제목을 달았다. 오후에 나오는 신문들은 모두 게르숀 글라스코프의 아침 리뷰에서 영향을 받고 있었다. 그러나 몇 개의 신문은 회의적인 제목을 붙이기도 했다. 예를 들면 이런 것이었다. "로마노프는 아직 줄츠 곁에? 경쟁사들의 쟁탈전이 이미 시작되었다!"

제작자 줄츠는 그다음 날 〈언제나 준비된 여성〉이라는 여성지와 상세한 인터뷰를 했다. 이 잡지사는 마감 직전에 줄츠가 숨어 있던 남쪽 나라의 은신처에서 그를 찾아낸 모양이다. 가장 앞쪽 면에 줄츠와 내가 다정하게 포옹하고 있는 사진이 실렸다. 우리가 언제 그런 사진을 찍었는지 기억이 나지 않지만 이 인터뷰 기사도 역시 내 방 벽에 걸려 있다. 이 엄청난 성공에 대한 잡지사 여기자의 첫 번째 질문에 마틴 줄츠는 그 특유의 설득력 있는 진솔한 태도로 대답했다. 수십 년간 언론을 상대한 경험이 있는 사람들만이 보일 수 있는 태도였다.

"오래전부터, 아마도 아주 오래전부터 나는 연기의 양면성에 대한 이론을 생각해왔습니다. 그러나 이런 이론을 세상에 알리는 것을 삼가왔지요. 이제까지는 카밀로 로이드 로마노프 같은 위대한 희극 배우를 만난 적이 없었기 때문입니다. 오로지 로마노프만이 예술적인 규범을 새롭게 설정하려는 내 의지를 부족함 없이 전달할 수 있었죠."

힐데와 나는 이 매력적인 인터뷰를 함께 읽었다. 그러는 동안 나는 힐데의 어깨를 안고 있었다. 참으로 오랜만에 우리는 이런 시간을 가졌다. 그런데도 힐데는 줄츠의 헛소리에 분노를 참지 못했다. 힐데는 벌떡 일어나 물 한 잔을 단숨에 마시고는 다시 내 곁으로 돌아와 인터뷰 기사를 계속 읽었다.

잡지 : 줄츠 씨, 전혀 알려지지도 않고 경험도 없는 배우에게 어떻게 주역을 맡길 용기를 내셨나요?"

마틴 줄츠 : 직관이죠. 직관과 사람 볼 줄 아는 눈입니다. 로마노프가 별로 무대 경험이 없다는 것은 내겐 아무 문제가 되지 않았습니다. 그의 엄청난 카리스마가 나를 순식간에 빨아들였죠. 중요한 작품을 제작할 때

마다 나는 인간적인 배경에도 관심을 가집니다. 카밀로는 다양한 면모를 지닌 사람입니다. 아주 인간적인 면도 있지요. 예를 들면 카밀로는 동물의 세계를 집중적으로 탐구하는데, 특히 영리한 당나귀에 관심을 기울이고 있습니다.

힐데는 괴성을 지르기 시작하더니 두 발로 바닥을 구르며 양팔을 허공에 대고 거칠게 휘저었다.

"이건 인터뷰가 아니야. 이건 스캔들이야. 이 아무짝에도 쓸모없는 버러지 같은 인간을 상대로 소송을 걸어야겠어. 그래서 이 인간을 모든 사람이 지켜보는 가운데 바보 천치로 만들 거야. 대체 당신은 뭐가 좋아서 웃는 거야?"

나는 이유 없이 웃음을 터뜨렸다. 아마도 나는 줄츠의 헛소리를 어딘지 모르게 재미있다고 생각했던 것 같다. 블랙유머랄까? 뭐 그런 비슷한 것이 거기 있었다. 드디어 내 이름이 바뀌게 된 단서가 드러났다.

잡지 : 줄츠 씨, 당신은 로마노프라는 배우에게 아주 홀딱 빠지신 것 같군요. 하지만 어째서 로마노프를 처음에 사방에다 칼 뮐러라는 이름으로 광고하셨습니까?

마틴 줄츠 : 왜냐고요? 로마노프라는 이름을 가진 배우가 대중의 호기심 가득한 시선 앞에서 자신의 출신을 감추고 싶어하는 이유를 짐작하실 수 없단 말입니까? 나는 로마노프에게 기회를 주기 전까지는, 그러니까

적어도 그의 탁월한 배우로서의 재능을 그에 걸맞은 틀에 맞춰 공개하기 전까지는 그를 숨길 필요가 있었던 거죠. 로마노프와 이 TV 시리즈 전편을 함께 작업하게 되어 얼마나 기쁘고 자랑스러운지 모릅니다.

　잡지 : 앞으로 몇 회를 제작하실 건가요, 줄츠 씨?

　마틴 줄츠 : 프라임 타임 담당자는 횟수를 늘리라고 나를 압박했습니다. 그러나 유감스럽게도 24편 이상의 에피소드는 제작할 수 없다는 사실을 담당자에게 통보했습니다…….

　그때 전화벨이 울렸다. 힐데는 번개같이 수화기를 들었다. "네, 정말 감사합니다. 고마운 말씀이에요." 나는 힐데가 재잘거리는 것을 듣고 있었다. "아뇨, 저는 전혀 놀라지 않았어요……. 그러면 초대하시는 건가요? ……그럼요 갈게요, 네, 제 남편도…… 알아요, 알아요, 배우들 사이에서는 늘 오해라는 게 일어날 수 있는 거죠……. 남편에게 지금 그렇게 전할게요. 안녕."

　"힐데, 누구야?" 내가 물었다.

　"카를라 바인슈톡.

개선 행진

 카를라는 그러니까, 원래 이름이 밀러인 로마노프 부인과 새로운 친구가 되어 통화를 한 것이었다. 세상에서 가장 아름다운 여자가 내 아내 힐데를 수중발레 경연대회 관람에 초대한 것이다. 이 스포츠 종목은 여자 수영선수들에게 그들의 각선미를 과시할 기회를 제공하는 것으로 유명하다. 그러나 단지 각선미를 과시하기 위한 스포츠로 전락시키지 않기 위해 선수들은 수영장 맨 밑바닥까지 내려가서 질식하기 직전까지 숨을 참으며 리드미컬하게 재주를 보여준다.
 카를라까지 전화를 하다니. 그 생각은 미처 하지 못했다.
 "그렇게 여자들끼리 모여서 수다 떨어봤자 머리만 이상해져." 나는 내 순진한 아내에게 충고했다. "누가 그 여자 허벅지에 관심이 있겠어."
 "모든 남자들이 당신처럼 냉정한 건 아니야, 여보." 힐데가 나를 비웃었다. "대체 그 예쁜 여배우한테 뭐가 불만인 거야?"

"다 알면서 그래."

"카를라는 마음이 언짢은가 봐. 촬영작업을 하는 동안 당신이 자기한테 너무 쌀쌀맞았대. 하지만 자기는 꾹 참고 내색을 안 했다는 거야."

"기가 막혀서. 당신도 그 자리에 있었으면서 그래."

"함께 일하면서 의견이 어긋날 수도 있는 거지. 그런 데 대해서는 그렇게 계속 화를 내고 있을 필요가 없는 거야, 칼. 방금 전화할 때 카를라는 정말 상냥하던데."

"좋아, 내가 포기하지."

힐데가 무조건 가고 싶다면 가라고 내버려두는 수밖에 없다. 하지만 나까지 데리고 갈 수는 없다. 나는 공처가가 아니니까. 이제 전보까지 쌓이기 시작했다. 이 사회에서 내가 새롭게 획득한 지위를 보여주는 확실한 증거였다. 축하 전보 중 하나는 특히 눈에 띄었다. 동물 보호협회에서 정중하게 나에게 강연을 부탁하는 전보였다. 주말에 그들의 클럽하우스에서 열리는 모임이었고, 강연 주제는 '당나귀의 지능에 관한 최근의 연구결과'였다.

힐데는 단호히 반대했다.

"우리는 우리의 과거에 속해 있는 것들에 소중한 시간을 허비해서는 안 돼. 당신은 이제 다시는 영리한 당나귀 역을 연기할 일이 없을 거야. 당신은 이제 유명인사야. 특별히 영리한 인간이라고는 할 수 없지만 말이야."

나는 거울을 들여다보았다. 그러나 특별히 달라진 점은 아무것도 없었다. 결점이 많은 용모를 지닌 똑같은 칼이 거울 속에 있었다. 그러나 힐데가 옳다고 생각한다면 그건 옳은 것이다. 몇 분 뒤에 유니폼을 입은 남자가 찾아와 배우노조 위원장이 직접 쓴 서신을 전달했다.

"존경하는 카밀로, 귀하를 이렇게 불러도 될까요, 친애하는 로마노프 씨." 편지는 그렇게 시작했다. 환경 친화적인 편지지에 쓴 글이었다. "이 글을 쓰고 있는 저는 배우조합의 이름으로 경의를 표합니다. 철학적 깊이가 담긴 귀하의 '감정의 불꽃놀이' 앞에 경의를 표합니다. 말할 것도 없이 지난 16년간 영화가 이룩한 온갖 성취 가운데 귀하의 업적은 가장 탁월한 것이었습니다. 저희 조합의 중요한 기념일에 이를 경축하려 합니다. 이날 왕림해주신다면 더할 나위 없는 영광이겠습니다. 친애하는 카밀로, 귀하의 승낙을 기쁜 마음으로 기대하며."

힐데는 감동을 숨기지 못했다.

"정말 친절한 편지네. 우리 거기 같이 가."

축전은 쌓여갔고 전화는 쉴 새 없이 울렸다. 꽃 배달도 몇 건 있었다. 베티라는 이름으로 도착한 수제 초콜릿 상자도 하나 있었다. 힐데는 베티가 누구냐고 내게 물었다. 나도 모르는 이름이었다. 그러고 나서 저녁에, 모든 다른 사람들을 제쳐놓을 전화가 걸려왔다.

"누가 올 건지 알아?" 힐데가 소리를 지르며 상기된 뺨에 재빨리 파우더를 두드렸다. "마틴 줄츠가 우리 집에 오고 있대."

"그래서?" 내가 말했다. "당신은 조금 전만 해도 줄츠를 아무짝에도 쓸모없는 버러지 같은 인간이라고 말했잖아."

"그랬지."

"그럼? 지금은 생각이 바뀌었어?"

"생각이 아니라 본질적인 상황이 바뀌었지."

"본질적인 상황 같은 소리 하고 있네." 내가 중얼거렸다. 그러나 바로 그 순간 다행히도 초인종이 울렸다. 갈색으로 그을린 마틴 줄츠가 장난스러운 발걸음으로 우리 집에 들어왔다. 팔에는 작고 오래된 꽃병을 하나 끼고 있었다.

우선 그는 완전히 당황해버린 힐데의 손에 키스를 했다. 그런 다음 힐데에게 아주 조심스런 몸짓으로 그 꽃병을 내밀었다.

"제작사 마틴 줄츠의 이름으로 이 명나라 시대의 도자기 화병을 두 분께 전달해도 될까요, 부인." 줄츠는 작은 카드에 적혀 있는 글귀를 읽었다. "이 소박한 선물을 저의 연출하에 연극의 해묵은 규범을 깨부순 천재적인 배우에 대한 존경의 표시로 받아주시기 바랍니다."

"이러실 필요까지는 없습니다, 줄츠 씨. 이렇게 예쁘고 값비싼 꽃병을……."

힐데는 이 고귀한 손님을 응접실로 안내했다. 그리고 무엇을 드시겠느냐고 물었다.

"커피 한 잔 부탁드립니다. 로마노프 부인. 설탕 없이요."

"유감스럽게도 저희 집은 설탕이 없어요." 나는 이렇게 말하고 나서 금방 화급한 문제에 관해 물었다.

"고소를 취하하셨습니까, 줄츠 씨?"

"무슨 고소?"

줄츠가 축하의 말을 외치고, 자기 찻잔을 들어 올리면서 다정하게 옛날을 회상하듯 카밀로와의 유쾌한 공동작업을 이야기할 때, 대화는 날개를 달았다.

"어떤 카밀로요?" 내가 말을 막았다. "그 헛소리를 지금 신문에 실린 리뷰에서 넘겨받으신 겁니까?"

"이제부터 그게 자네 예명이네, 칼."

"누가 그래요?"

"내가."

마침내 그 설명을 들을 수 있었다. 파일럿 필름 방영을 보고 저명한 연극학자 한 사람이 줄츠에게 곧장 전화를 걸어왔기에 그 경이로운 시청률과 이제까지 누구도 들어본 적 없는 그 동성애자 주인공에 대해 이야기를 나누었다는 것이다.

"그때 나는 생각했지. 뮐러라는 이름으로는 절대 스타가 될 수 없다는 사실을 말야."

줄츠가 설명했다. "나는 곧장 방송국에 전화를 걸어 칼 뮐러의 진짜 이름은 카밀로 로이드 로마노프라고 알려줬지."

"왜 하필이면 로마노프였죠?"

"그 전날 저녁에 러시아 황제의 딸 아나스타샤 로마노프에 관한 TV 영화를 봤거든. 그래서 제일 먼저 떠오른 이름이 그거였지."

"그럼 '로이드'는요?"

"이름을 무게 있게 만들기 위해서야. 로이드라는 이름은 두 개의 L자로 시작하니까. 그런 게 항상 효과가 있거든."

"정말 환상적이에요." 아내가 맞장구쳤다. "정말 대단한 분이시군요."

"고맙습니다, 부인. 나는 내 배우들의 출세를 위해 인간이 할 수 있는 모든 짓을 하죠."

"글라스코프도 아주 멋지게 써줬어요."

"누가요?"

"비평가 게르숀 글라스코프 말이에요."

"나는 원칙상 작품에 대한 비평을 전혀 읽지 않습니다, 로마노프 부인. 리뷰에는 조금도 관심이 없어요. 평론가가 뭐라고 하지 않더라도 부인의 남편이 가진 빛나는 진솔함의 가치를 알아볼 수 있으니까요. 필름 편집자 마르가레테에게 나는 카밀로가 자유롭게 구사한 대사를 한 단어도 손대지 말라고 지시했습니다. 그 키 작은 멍청이가 카밀로의 대사를 필사적으로 바꾸려고 했죠. 그래서 내가 이렇게 말했습니다. '그러려면 내 시체를 밟고 가, 마르가레테'라고 말이죠."

내 혈압이 치솟았다. 그러나 힐데는 때맞춰 우리의 대화를 중단시켰다.

"어떻게 저희 집에 오게 되셨나요, 줄츠 씨?"

"그냥 마틴이라고 부르세요, 힐데. 이 시리즈 다음 편에 완전히 몰두하게 되기 전에 우리의 우정을 돈독하게 하려고 왔습니다."

"이 시리즈를 계속하실 건가요, 마틴?"

"물론이죠, 힐데. 물론 카밀로가 앞으로는 나한테서 하루에 15달러 받고 일할 수는 없다는 사실을 잘 압니다. 하루에 45달러면 어떨까요?"

원초적인 기쁨이 나를 휘감았다. 그 돈을 생각하니 저절로 마음이 흐뭇해졌다. 나는 줄츠 앞에 고개를 숙여 절이라도 할 생각이었는데, 힐데는 흔들의자를 박차고 일어났다.

"마틴, 제 남편과 얘기 좀 해도 될까요?"

힐데는 나를 끌고 옆방으로 갔다.

"내 말을 잘 들어, 칼." 방문까지 걸어 잠근 뒤 힐데는 내 귀에 대고 속삭였다. "이제 줄츠는 당신 없이는 그 시리즈를 한 편도 더 찍을 수 없어. 저 은행강도하고는 내가 협상할게."

"은행강도라고? 아까 줄츠가 왔을 때 당신은 너무나 감격해서 기절할 지경이었잖아."

"난 이제 완전히 멀쩡해졌어."

나는 입을 딱 벌리고 아내를 쳐다보았다. 날마다 눈만 뜨면 놀라운 일들이 꼬리를 물었다. 내가 내 아내의 세 번째 남편이라는 사실도 불과 며칠 전에 알게 되었지만, 이제 내 눈앞에는 좀 뚱뚱하긴 해도 참으로 믿음직한 여성 사업가가 서 있었다.

힐데는 나를 다시 응접실로 끌고 갔다.

"마틴의 제안에 대해 의견을 나눴어요." 닳고 닳은 사회과 여교사가 줄츠에게 미소를 지었다. "그래서 내린 결론인데요, 제시하신 액수는 카밀로 로이드 로마노프라는 이름의 혜성 같은 배우에게 적절하지 않다는 겁니다."

"좋습니다. 60달러까지는 고려해볼 수 있어요. 하지만 우선 제 회계사와 이야기를 해야겠습니다."

"그렇게 하시죠." 힐데가 말했다. "하지만 회계사에게 일당 3천 달러라고 이야기하세요."

줄츠는 나를 빤히 쳐다보았다. 그러나 나는 생각에 잠겨 있었다.

"지금 농담하십니까, 밀러 부인?" 줄츠는 넋이 나간 사람처럼 이렇게 물었다. 그러나 내 아내는 확고부동한 표정으로 줄츠에게 환한 미소를 보냈다.

"하루에 3천 달러, 그리고 택시비도 주세요."

줄츠는 입을 딱 벌리고 서 있더니 곧장 현관문을 향했고 등 뒤로 문을 쾅 닫았다. 나는 줄츠를 쫓아가려 했지만 힐데가 나를 붙잡았다. 우리는 느긋하게 거기 앉아 제작자 줄츠가 다시 문을 열고 나타날 때까지 기다렸다.

"밀러 씨하고 단둘이만 이야기하고 싶은데요." 줄츠가 말했다.

"물론 그러실 권리가 있습니다." 나는 줄츠의 말에 동의했다. "이제 제 아내를 저의 매니저로 임명합니다."

힐데는 나를 인정한다는 표정을 지었다. 그리고 실제로 두 시간 반 만에 우리는 합의에 도달했다. 하루 3천 달러에, 택시비로 60달러를 더 받는다는 조건이었다. 그러나 내 매니저는 내가 이후 2회분에 대해서만 출연할 책임이 있고, 보수는 선불로 지급해야 한다고 말했다. 또 촬영작업은 2주 후에 시작하며 펠리니 스타일을 고수한다고 덧붙였다.

"그리고 또 한 가지." 이번에는 내가 덧붙였다. "나는 계속 글로리아의 남편 역할을 하겠습니다. 하지만 더 이상 동성애자 역은 안 할 거예요."

제작자 줄츠는 우리 발아래 무릎을 꿇었다. 아마도 그가 믿던 토대가 산산이 부서지는 중이었던 모양이다.

"좋아." 줄츠는 말을 더듬었다. "자네는 양성애자로 하지. 그럼 동성애자를 사칭했던 걸로……."

나는 줄츠를 문 앞까지 배웅했다. 거기서 남자끼리만 있을 때 나는 참고 참았던 것 한 가지를 물어보았다.

"베드신 할 때, 이번에도 대역이 필요한가요?"

대답은 노, 였다. 내게는 긍정적인 대답이었다.

⬤

이틀 후 힐데가 내게 수화기를 건네주었다. 표정을 보니, 각별히 멍청한 누군가가 전화를 걸었을 때의 표정이었다. 사샤의 목소리는 예전처럼 징징거리는 소리가 아니라 깊고 남자답게 울리는, 경험이 풍부한 에이전트의 목소리였다.

"우리 회사는 앞으로도 자네의 이익을 대변할 준비가 되어 있어, 칼." 사샤가 이렇게 전했다. "우리는 자네를 위해 줄츠의 사무실과 새로운 계약을 체결하려고 해."

"고마워, 하지만 힐데가 벌써 계약을 맺었어."

커리어를 쌓아가던 이 초기에 나는 아직 전화선 저쪽에서 터져 나오는 저항의 폭풍에 대처할 준비가 되어 있지 않았다.

"이봐, 로마노프!" 내 에이전트가 고함을 질렀다. "내가 이 일을 하루 이틀 한 게 아니야. 아직까지 어떤 클라이언트도 나한테 사기를 치지는 않았어. 나는 자네한테 배역을 맡겼고 자네 경력을 쌓게 해줬어. 그러니 이제 와서 나에게서 빠져나갈 생각은 하지 말라구. 그렇게 간단하게는 안 돼."

"힐데!" 나는 아내를 부르며 수화기를 넘겨주었다.

몇 초 후에 힐데 역시 수화기에 대고 소리를 질렀다. 최근 들어 나는 내 아내를 완전히 신뢰하고 있었다. 정확히 말하면 그저께, 운명의 반전이 시작된 다음부터다. 힐데는 학교에 3개월 휴가까지 냈다. 이제 정년까지 남은 기간이 총 22개월이었는데, 그 가운데 3개월을 휴가 낸 것이다. 그리고는 마치 원래부터 이런 일을 했던 사람처럼 자연스럽게 나와 관련한 모든 일을 처리했다.

남은 기간 동안 나는 다음 회 촬영만을 위해 열심히 준비하기로 동의했다. 그러나 어떻게, 무엇을 준비해야 하는지는 힐데와 나도 모르고 있었다.

힐데와 나 사이의 관계도 완전히 새로운 전환기를 맞았다. 특히 우리의 존경할 만한 변호사 닥터 프리트랜더가 그 역사적인 게르숀 글라스코프의 리뷰 기사에 내 사인을 받으러 온 다음부터 완전히 달라졌다. 힐데는 자기 남편이 그사이에 얼마나 유명해졌는가를 실감했다. 그러나 내가 사람들 사이에 이름이 알려질수록, 아니 대중들에게 유명해질수록 내 아내는 점점 영악해져갔다. 남편이 유명해지면 왜 아내가 영악해지는지는 스포크 박사조차도 언급해놓은 바가 없었다. 어쨌든 점점 늙어가던 내 아내는 온갖 노화의 흔적들을 떨쳐버렸다. 그대로 남아 있는 건 확고부동한 몸무게뿐이었다. 온갖 오해를 없애기 위해 말하는데, 나는 힐데가 내 아내이기 때문에 분석하는 것이 아니라, 그녀가 로마노프의 아내이기도 하기 때문이다. 로마노프의 아내로서 힐데는 나와 더불어 스포크 박사의 책 103쪽에 나오는 테제와는 완전히 모순되는 길을 걷고 있다. 부부간의 성생활에 유일하고 진정한 사랑의 묘약은 남편의 사회적 성공이라는 부분 말이다. 우리는 정확히 반대의 경우였다. 그사이에 나는 머리가 어지러울 정도의 성공을 거두었지만 아내 힐데와의 섹스는 우리 사이에서 별 볼일 없는 일로 치부되고 있었다.

우리 두 사람을 친밀하게 묶어놓고 있는 것은 과거에도 그랬고 현재에도 여전히 베네딕티나뿐이었다. 그 애는 어느 케이블 방송사에서 제안을 받아 방송 진행자 베네딕티나 로마노프로 나서게 되었다고 자랑스럽게 이야기했다. 물론 베네딕티나는 그 기회를 제대로 붙잡으려고 했지만 예기치 못했던 상황이 발생했다. 갑자기 결혼을 하기로 마음먹었던 것이다. 힐데는 기대에 차서 그 행복한 남자가 누구냐고 물었는데, 딸애는 우선 결혼식을 올린 다음에 신랑을 소개하겠노라며 우리를 안심시켰다.

힐데는 그런데도 기뻐했다. 그녀가 기뻐하지 않는다 해도 우리 딸애는 결혼을 감행할 것이었다. 내게는 이번에도 스포크 박사가 먼저 떠올랐다. 스포크 박사는 그 책의 후기에서 이런 말을 남겼다. "남의 결혼식장에 가서 감동받아 박수를 치며 하늘의 축복을 기원하는 사람들에게 나는 이렇게 묻고 싶다. 보유 항공기 중 60퍼센트를 추락사고로 잃어버린 항공사의 여객기를 기꺼이 탈 생각이 있느냐고 말이다."

그 당시의 나는 아직 몰랐다. 내 딸이 미 대사관 앞에서 경비원으로 일하는 젊은 흑인과 사랑에 빠졌다는 사실을 말이다. 물론 이런 일을 선입견으로 바라보아서는 안 되지만, 그래도 이런 경우에는 그 신랑감을 우선 한번 만나보아야 하는 법이다.

다행히도 우리는 이 벼락같은 결혼선언에 대해 오래도록 골치를 썩이고 있을 시간이 없었다. 우리 집 전화번호를 찾아낸 모든 사람들은 그들의 개인적인 좌절을 내 '영화사에 길이 남을 반역'을 찬양하는 일로 해소했다. 내가 내 스타덤의 안개 속에서 헤매고 있을 동안 힐데는 당당하게 그것을 받아들였다. 나는 단 한 번 힐데가 너무도 혐오하는 쪽파를 몰래 사기 위해 우리 집의 보호를 벗어난 적이 있었다. 그러나 내가 자유로운 바깥세상으로 나가자마자 아이들 몇이 나를 알아보았다.

"로마노프다!" 아이들은 놀라며 외쳤다. "로마노프가 저깄네!" 완전히 감격해버린 듯한 예쁜 여자애 하나가 눈물이 가득 고인 눈으로 자기 배를 보여주며 그 위에다 볼펜으로 내 이름을 써달라고 졸랐다. 나는 기꺼이 그렇게 하고 싶었지만 로마노프라는 이름을 어떻게 써야 하는지 몰랐다. 'f'를 하나 써야 하는지 둘 써야 하는지 몰랐던 것이다. 거기 멍하니 서 있지 않으려고 나는 재빨리 늙은 상인 치섹의 작은 야채 가게로 들어갔다. 그러나 쪽파는 도저히 살 수 없었다. 남자들이 입을 쩍 벌리고 나를 에워싸는 동안 주부들은 장 볼 목록을 적어 온 종이에 내 사인을 받으려고 아우성이었다. 갓 구워낸 따끈따끈한 유명인사인 나는 그런 찬미와 경배에 익숙하지 않았다. 그래서 나를 에워싼 팬들의 인파를 헤치고 집으로 도망쳤다.

힐데는 절대로 집을 떠나지 말라고 나에게 금족령을 내렸다. 그리고 이제부터는 자신이 내 비서라고 선언했다. 나는 그 자리에서 동의했다. 자기 남편이 뚱뚱한 비서와 함께 일하면 아내들은 대체로 만족스러워한다는 사실을 나도 잘 알고 있었다.

다음 순간, 나는 힐데가 부티크 여주인과 통화하는 내용을 듣게 되었다. 그 미친 여자는 로마노프 씨가 정실부인과 함께 사는지 어떤 여자와 동거하는지 알고 싶어했다.

"미안합니다." 힐데가 대답했다. "비서실에서는 로마노프 선생님의 사생활에 대한 정보를 유출할 수 없습니다. 덧붙여 말씀드리면, 부인께서는 지금, 로마노프 선생님의 부인과 통화하고 계십니다."

촬영일을 앞두고 힐데와 나 사이에는 단 한 번 언쟁이 있었다. 야채가게의 치섹은 그 쪽파를 좋아하는 무명의 손님이 TV스타라는 사실을 알게 되자 우리 집으로 곧장 쪽파 한 상자를 보내왔다. 쪽파는 한 단마다 금빛 리본으로 예쁘게 장식되어 있었다. 힐데는 무자비하게도 그 향기로운 냄새를 풍기는 보물상자를 그대로 쓰레기통에 갖다 버리고는 나를 위협했다. 한 번만 더 이런 이탈행위가 있을 경우에는 앞으로 모든 전화를 내가 받아야 한다는 것이었다. 나는 행실을 개선하겠노라고 맹세했고 힐데는 계속 비서실에 남았다. 쪽파 없이는 살 수 있었지만 힐데 없이는 목숨이 위태로웠다.

이름 있는 조간신문 편집장이 우리 집 문 앞에 나타났을 때 힐데는 그가 나를 만나는 것을 허락하지 않았다.

"카밀로 로이드 로마노프는 현재 인터뷰에 응할 수 없습니다."

그다음 날 신문에는 요란한 제목이 실렸다.

"로마노프 침묵하다!"

그에 이어 그 신문과 경쟁지인 석간신문 하나는 대단한 광고 아이디어를 냈다. 신문 2면에 굵은 테두리를 쳐 이탤릭체로 다음과 같이 눈에 확 들어오는 정중한 광고문구를 새겨 넣었던 것이다. "독자 여러분, C. L. R.과 연결을 원하시는 분은 서면으로 저희 신문 광고부에 연락해주시기 바랍니다."

그다음 며칠간 그 신문의 발행부수는 엄청나게 올라갔고 편집부에서는 7천 명의 급한 질문에 응대해야 했다. 젊은 스포츠 기자 한 사람이 담당하는 광고부는 독자들이 열망하는 나와의 연결을 성사시키기에는 역부족이었다. 소문에 따르면 그 7천 개의 질문지는 자루에 채워져 방탄차에 실려서 러시아 대사관을 향했다. 이 프로젝트를 가능한 한 빨리 성사시켜달라는 급한 청원과 함께 말이다.

이런 일이 있어 나는 더 많은 휴식을 취할 수 있었다. 베티가 전화를 걸어올 때까지는 그랬다. 비서 역할을 하고 있는 힐데가 자기의 업무 수행을 위해 주문해둔 인장을 찾으러 나갔기 때문에 우연히 내가 그 전화를 받게 되었다. 그 목소리가 어딘지 낯이 익어 나는 수화기를 얼른 내려놓지 못했다.

"카밀로, 내가 보낸 초콜릿 맛있게 먹었어요? 당신이 나오는 영화를 보면서 나도 그 초콜릿을 맛있게 먹었거든요." 젊은 여자 목소리였다. "내가 당신 사진을 찍은 뒤로 자주 당신을 생각했어요."

그러니까 베티는 사슴 같은 갈색 눈을 가진 그 귀여운 사진기자였던 것이다. 나는 초콜릿 선물을 보내준 데 대해 감사를 표하고 게르숀 글라스코프의 리뷰에 실렸던 내 사진을 멋지게 찍어준 데 대해서도 고맙다고 말했다.

"게르숀 글라스코프가 당신 기사에 쓴 단어 하나하나를 다 외웠어요." 베티가 고백했다. "솔직하게 말해서, 나는 당신을 처음 보았을 때부터, 카밀로, 당신 자신이 생각하는 것보다 훨씬 대단한 사람이라는 걸 알아봤어요. 당신의 눈부신 외모만 가지고 이렇게 말하는 건 아니에요."

이 예쁜 베티가 우리의 관계를 더 깊게 만들고 싶어한다는 걸 금방 파악할 수 있었다.

"당신을 내 스튜디오에서 다시 한 번 촬영하고 싶어요, 카밀로." 베티는 노래하듯 말했다. "두세 시간이면 충분할 거예요. 특히 나는 당신의 옆모습에 관심 있어요."

바로 이 순간에 힐데가 인장을 찾아서 돌아왔다. 그래서 나는 대화를 얼른 마무리했다. "전화 감사합니다. 다시 연락 주세요."

그 자리에서 나는 비서 힐데에게서 야단을 맞았다.

"전화는 나만 받기로 정했잖아. 그런데, 누가 전화했어?"

"신문사 사진기자."

"이름이 베티 맞지?"

"응."

힐데는 나를 찬찬히 훑어보더니 화제를 바꿨다. 그러나 나는 속으로 힐데가 그 수상한 초콜릿 상자를 생각하고 있다는 사실을 깨달았다. 지금 힐데는 내가 거짓말을 했다고 생각하는 거야, 그런 생각이 뇌리를 스쳤다. 그러자 처음으로 나는 스포크 박사의 책 어딘가에 적혀 있던 약간 비열한 서술을 이해할 수 있었다. "언제나 무조건 진실만을 말하는 종류의 사람들은 결혼하기 전에 이렇게 저렇게 거짓말을 꾸며대는 방법을 충분히 연습해두어야 한다."

베티의 초콜릿에 대한 힐데의 경각심은 핑크빛 봉투 하나 때문에 누그러졌다. 그 봉투 속에는 수중발레 경연대회 초대장이 두 장 들어 있었다. 초대장과 함께 힐데의 새 여자친구인 카를라 바인슈톡이 아슬아슬한 비키니를 입고 찍은 사진도 한 장 들어 있었다.

"정말 기가 막힌 몸매야. 누구든지 빠질 만해." 힐데가 칭찬했다.

"왜 그런 이야기를 하지? 내가 그 여자를 너무나 못 견뎌한다는 걸 당신도 알면서 말야." 내가 인상을 쓰며 말했다.

내 비서 힐데는 카를라의 사진을 코앞에 바짝 들이대며 몇 년간 한 번도 들어보지 못했던 키득거리는 웃음소리와 함께 물었다.

"이 여인을 도저히 못 견디시겠다구요, 로마노프 씨?"

이런 말투는 나를 언짢게 했다. 나는 뤼스테나우어 김나지움의 다른 선생들만큼 총명하지는 않을지 모른다. 하지만 정직하고 바른 인간이다. 촬영장에서는 연기를 하지만 집에서는 하지 않는다.

"힐데, 이 여자를 질투한다고 정직하게 고백해도 돼."

힐데는 차분한 목소리로 대답했다.

"맞아, 나는 카를라를 질투해. 하지만 당신 때문은 아니야."

"어째서 나 때문이 아니라는 거야."

"스스로 거울을 봐."

내 비서 힐데가 줄츠 제작사에서 첫 이틀간의 촬영에 대한 선금으로 받아온 6,120달러를 집에서 함께 세어보았다. 그러면서 힐데와 나의 관계는 다시 좋아졌다. 뿐만 아니라 배우노조의 성대한 파티가 우리를 기다리고 있었다. 힐데는 예쁘고 폭이 넓은 드레스를 샀고 다시 한 번 내 단벌인 검은 양복과 흰 셔츠를 다림질했다. 우리가 출발하기 전에 힐데는 검은색 나비넥타이로 나를 다시 한 번 놀라게 했다.

우리는 정말 흥분해 있었다는 사실을 기꺼이 고백한다. 사실 나는 오래전부터, 언젠가는 배우노조에 가입할 수 있기를 희망해왔다. 그런데

이 일이 대규모의 성대한 예식으로 이루어지리라고는 감히 꿈꿔보지 못했다. 이제 문제는 우리가 팬들을 어떻게 따돌리고 집을 빠져나가느냐 하는 것이었다. 우리는 택시를 불러 어둠이 깔릴 즈음에 재빨리 올라타기로 결정했다. 모든 일이 계획대로 진행되었다. 집을 빠져나갈 때 누구도 우리를 보지 못했다. 늙은 아파트 관리인이 우리를 보긴 했지만 갑작스럽게 나타난 내 모습에 너무 놀란 나머지 그는 아무 말도 하지 못했다. 택시에 앉은 채로 우리는 멀리 보이는 노조의 높은 빌딩을 알아볼 수 있었다. 건물 한 층 전체가 조명으로 환하게 빛나고 있었다. 문 앞에서는 젊은 여자가 우리를 기다리고 있다가 택시에서 내릴 때 친절하게 도와주었다.

"교육부에서 나오셨나요?" 그녀가 물었다. 우리가 아니라고 대답하자 여자는 입구의 자기 자리를 지켰다. 힐데와 나는 건물 계단을 올라갔다. 제시간에 맞춰 우리는 불이 환히 밝혀진 파티장으로 들어섰다. 이 현대적 건물의 벽은 유명한 화가의 작품으로 꾸며져 있었다. 의자들이 늘어선 맨 끝에 작은 연단이 있었고 그 위에도 의자들이 놓여 있었다. 조합장이 이미 거기 앉아 우리를 기다리는 중이었다.

파티장 분위기는 조용하고 세련되어 보였다. 그러나 힐데와 나는 파티장이 텅 비어 있다는 사실에 약간 불안해졌다. 완전히 비어 있는 것은 아니었다. 맨 앞줄에는 안경을 쓴 여자가 앉아 있었는데, 그녀는 조합장의 부인이라고 했다. 그리고 파티장 중간쯤에서는 나이 든 귀부인 한 사람이 조르조 라마주리와 이야기를 나누고 있었다. 마지막으로 바깥 문 앞에 서 있던 젊은 여자가 다가왔다. 교육부와 문화부를 대표하는 사람들은 오지 않았다.

힐데는 참석자 수를 손가락으로 세더니 나에게 속삭였다. 분명히 이곳에는 안타깝게도 어떤 오해가 있었던 것이 틀림없다고 말이다. 그러나 오해는 없었다. 그저 초대받은 202명의 배우들이 나타나지 않았을 뿐이다. 몇 명은 공연이나 출연이 있어 오지 못했고 다른 대다수는 그저 오지 않았을 뿐이었다. 나는 검은 나비넥타이에 졸려 있던 목을 느슨하게 풀어주었다.

조합장은 작은 종을 울리고 나서 자기 손목시계를 책상 위에 풀어놓고 참석자에 대한 따뜻한 환영의 인사로 예식을 시작했다. 제일 먼저 그는 나와 내 아내를 환영하는 인사를 했고, 그다음으로는 예전 교통부 대변인이었던 자기 아내를 소개했다. 그리고 라마주리와 이야기를 나누던 노부인에게도 인사를 했다. 그런 다음 조합장은 게르숀 글라스코프의 역사적인 리뷰 기사 중 몇몇 부분을 발췌해서 낭독했고 참석자들의 환호 속에서 TV스타 조르조 라마주리에게 마이크를 넘겼다.

축하 연사 라마주리는 가벼운 발걸음으로 연단에 뛰어올라 마이크를 잡고 곧장 나를 향했다.

"카밀로, 우리 노조 전 조합원의 이름으로 자네를 맞아들이게 되어 정말 기쁘게 생각한다네. 지난 16년간 방영된 모든 시리즈 중 최고의 TV 시리즈에서 자네와 함께 너무나 즐거운 시간을 가졌다는 사실을 밝히고 싶네. 우리 두 사람 사이에 완벽한 조화가 우리 데모 필름의 그 경이로운 시청률을 이끌어낸 것이라고 확신하네. 내 부족한 재능을 쏟아 부을 수 있었던 그 필름에서……."

라마주리는 거의 45분 동안 연설을 했다. 때로는 직접 나를 향해 이야기했고, 그런 다음에는 담배를 피우고 있는 조합장을 향해, 또는 눈을 감고 꼼짝도 하지 않아 마치 이 자리에서 세상을 떠나지나 않을는지 의심을 불러일으키는 노부인을 향해 큰소리로 외치기도 했다. 자신이 그동안 얼마나 많은 스타 배역을 맡았던가를 상세하게 설명한 뒤에 라마주리는 연단에서 내려와 청중의 우레 같은 박수 속에서 자신의 건장한 팔로 나를 포옹하며 두 번의 길고 우정 어린 포옹 사이에 나에게 축하의 인사를 했다.

"잘했어, 카밀로! 이젠 온 세상이 자네 앞에 열려 있네!"

내가 그의 따뜻한 연설에 감사를 표하고 있는 사이에 조합장은 당장 연단으로 올라오라고 나에게 청했다. 노조 조합원 증서를 엄숙하게 수여하기 위해서였다. 그런 다음 그는 다급하게 양해를 구했다. 장관이 기다리고 있다면서 그는 자기 아내를 데리고 재빨리 이곳을 빠져나갔다. 라마주리도 그의 뒤를 따라 달려 나갔고 노부인을 위해서는 앰뷸런스가 도착했다.

완전히 지친 상태로 집에 돌아오는 길에 힐데와 나는 군중을 피하기 위한 기본적인 온갖 위장도구를 내던져버렸다. 그 결과, 우리는 집 앞에서 호기심에 가득 찬 군중에게 포위되어야 했다. 15분 정도 나는 로마노프라는 이름을 f 하나짜리로 사인해주었다. 내 코앞에 들이미는 종이마다 그렇게 적었다. 뜻하지 않은 행운에 표정이 밝아진 야채 상인 치섹이 손전등을 손에 들고 사인할 수 있도록 빛을 비춰주었다. 나는 사실 더 오래 계속할 수 있었지만 갑자기 히스테릭해진 내 아내가 나를 대문 안으로 밀쳐 넣으며 자기 몸으로 대문을 막아섰다.

"로마노프는 방금 아주 힘든 행사를 마치고 왔습니다." 힐데는 그 자리에서 꼼짝도 하지 않으려는 팬들에게 외쳤다. "그를 쉬게 해주세요. 시리즈의 다음 편을 찍으려면 안정을 취해야 한답니다."

나는 남은 힘을 다해 겨우 방으로 기어 들어가 침대에 몸을 던졌다. 그러나 집 앞 거리에서는 여전히 내 이름을 부르는 소리가 들렸다.

"로마노프, 로마노프, 로마노프……."

나는 가수가 된 꿈을 꾸었다.

촬영에 들어갈 날이 코앞으로 다가왔다. 그러자 다시 카메라 앞에 서야 한다는 불안감이 내 영혼을 괴롭히기 시작했다. 그때 전혀 예기치 않았던 격려를 좀 받았다. 필름을 편집하는 마르가레테가 힐데를 통해 내게 전화를 걸어온 것이다.

"칼, 주위에서 일어나는 온갖 소란을 무시해버려요. 연기를 하려고 하지도 말고, 무대 위에서 행패를 부리는 자기애에 빠진 다른 배우를 모방하려 하지도 말아요. 당신은 근본으로 돌아간 탁월한 연기로 관객의 마음을 사로잡았어요. 그렇게 축복받은 딜레탕트로 머물러요, 칼. 당신 마음에 떠오르는 대로 카메라 앞에서 이야기하세요. 그러면 전문가들은 로마노프를 다시금 연극적인 사고를 뒤바꾼 영웅으로 칭송할 거예요. 최근에 리뷰 기사를 쓴 그 멍청한 평론가처럼 말예요. 당신을 좋아하고 당신을 걱정하는 단순한 필름 편집자가 하고 싶은 말입니다. 잘 지내요."

마르가레테의 멋진 말들이 여전히 귓전을 맴돌고 있는 사이에 딸 베네딕티나가 우리에게 하소연을 늘어놓았다. 결혼할 남자가 갑자기 미국으로 돌아가버렸다는 것이다. 그래서 자기도 무조건 그 남자가 있는 미국으로 가야겠다고 했다. 그렇게 단정하고 성실한 청년은 평생 어디서도 찾을 수 없기 때문이라는 거였다. "하지만 거기 드는 비용이……"

"만만치 않다 이거지? 그 남자가 너한테 날아오려면 말이지." 힐데가 물었다. "도대체 그 남자가 어디 있는데?"

"몰라. 그 불쌍한 남자는 아무것도 알려주지 못하고 떠나야만 했어."

그날 오후에는 힐데도 언제나처럼 잡지들을 사러 나갔다. 그래서 내가 직접 현관문을 열 수밖에 없었다. 내 앞에 선 중년 부인은 코를 파란 손수건 속에 파묻고 있었다.

"저는 건너편에 사는 이웃이에요." 그녀가 자신을 소개했다. "저를 좀 도와주실 수 있을까요, 로마노프 선생님?"

그녀는 흐느끼기 시작했다.

"제 형부가 어젯밤 세상을 떠났답니다."

나는 완전히 혼자였다.

"정말 슬프시겠군요." 나는 그 이웃집 여자를 위로했다. "하지만 삶이란 그런 거죠."

"아뇨, 로마노프 선생님. 제 형부는 마약중독자였어요."

"그랬군요. 하지만 제게 뭘 원하시는 건가요?"

"선생님의 조의를요. 선생님을 TV에서 봤거든요."

"심심한 조의를 표합니다, 부인. 하지만 저는 지금 굉장히 바쁘거든요."

"그러시겠죠."

파란 손수건의 여자는 그렇게 말했다. "사람들이 다들 스타를 조심하라고 하더군요."

이 위기의 순간에 힐데가 다시 나타났다. 힐데는 내 손에 어떤 여성지를 쥐어주고 형부가 세상을 떠났다는 그 여자를 맡았다. 나는 내 방으로 도망쳐서 문을 잠그고 잡지 〈언제나 준비된 여성〉을 펼쳤다. 제목부터 불길했다.

"묻지 마세요!"

카밀로 로이드 로마노프가 말하는 그의 출신

독점 인터뷰

나는 신경이 예민해졌다. 힐데는 아직도 형부가 죽었다는 여자를 위로하고 있었다. 그래서 나는 독점 인터뷰를 완전히 독점해서 읽을 수밖에 없었다. 그 기사는 1918년 6월 16일, 그러니까 황제 니콜라우스 2세가 블라디미르 일리치 울리야노프 레닌이 주도하던 볼세비키 당의 명령에 따라 조직된 국민경찰 혁명기동대의 암살자들에 의해, 로마노프 일가와 더불어 세상을 떠난 그 운명적 날에 대한 이야기로 시작되었다. 그 황제일가의 몰살은 끔찍한 폭력으로 이루어졌다. 그러나 〈언제나 준비된 여성〉의 내용에 따르면 황제의 딸 게오르기 미하일로비치 로마노프가 살아남았다는 것이다. 이 사실에 대해, 그리고 그녀의 아이들과 손자 손녀들의 운명에 대해서는 혹시 모를 암살범에 대한 공포 때문에 완전히 비밀에 부쳐졌다고 한다.

이제 이 여성지 편집부는 슈퍼스타인 카밀로 로이드 로마노프가 왜 그동안 칼 뮐러라는 평범한 이름 뒤에 자신을 숨기고 있었는가를 묻고 있다.

　　C. L. 로마노프 : 묻지 마세요. 부탁입니다.
　　잡지 : 라스푸틴의 정신적인 영향을 어딘가에 지니고 계시지 않나요?
　　C. L. 로마노프 : 그 질문에 대해서도 대답하지 않겠습니다.
　　잡지 : 그것도 역시 일종의 대답이겠죠.

힐데는 당장 우리 변호사에게 전화를 걸었다. 나는 이런 독점 인터뷰 따위는 한 적이 없었다. 닥터 프리트랜더의 대답은 짧았으나 이중적인 의미를 담고 있었다.

"힐데, 이런 문제는 건드리지 않는 게 나아요. 왜 잠자는 사자를 깨웁니까?"

나는 내 속마음을 감추지 않았다.

"그 사람들은 한 번도 내 이름조차 제대로 쓴 적이 없어요."

"아마 당신이 착각했을 거야." 힐데가 말했다.

"내 이름의 끝 철자는 v가 아니라 f라구. f 아니면 ff."

그렇게 우기면서 나는 벌써 또 뚱뚱해진 힐데의 몸매를 일깨웠다. 힐데는 그 자리에서 내게 대답했다. 자신이 몸무게를 몇 킬로그램 줄이는 것은 문제가 아니지만 최근 얼마 동안 내 머리카락은 급속도로 빠지고 있고, 내 머리통이 대머리가 되는 것을 막을 방법은 아무것도 없다고. 화가 치밀어 나는 즉시 욕실 거울 앞으로 달려가서 확인해보았다. 힐데 말이 맞았다. 내 뒷머리에는 상당히 큰 동그라미가 뚜렷이 그려져 있었다. 머리털이 전혀 없는 훤한 원형이었다. 힐데가 신랄하게 지적하기 전까지는 그런 사실을 모르고 있었다. 뒤통수를 한 번도 거울로 본 적이 없었기 때문이다. 이제까지는 아무것도 느끼지 못했다. 그러나 이제는 거울 속에서 수심에 찬 슈퍼스타가 나를 바라보고 있었는데, 별로 호감이 가지 않는 모습이었다.

심란할 때면 언제나 그러듯 나는 아버지의 휴대전화를 울리게 했다.

"머리카락 말이야, 아빠. 갑자기 머리가 빠져……."

"그건 나이 땜에 그런 거고 한편으론 각 사람의 운이기도 하지." 내 지혜로운 아버지가 이렇게 설명하셨다. "뾰족한 수가 없어. 가발을 쓰든 유대교로 개종하든 하는 것밖에. 유대인들은 대머리를 뜨개질한 작은 모자로 덮고 다니잖아."

"뭐? 그럼 그 모자를 쓴 유대인들은 전부 대머리란 말야?"

"물론 예외는 있지. 하지만 대머리가 되지 않은 사람들은 신앙을 버린단다."

"아빠, 정말 생각만 해도 끔찍해. 내가 정말 완전히 대머리가 될까?"

"난들 아냐? 흘러간 세월과 빠져버린 머리카락은 다시 되돌릴 수 없는 법이거든. 지금 당장은 네가 스타지만 하느님은 다른 별들도 돌봐야 하지 않겠어?"

아버지의 목소리는 이번에는 약간 지친 듯했다. 활기가 없었다.

"아빠, 아빠한테 신앙심이 있었던가, 기억이 안 나네?"

"그건 나도 몰라. 어릴 적에는 사람들이 말하는 모든 걸 믿었는데, 혼자가 되고는 신부님이 날 설득하려 들더구나. 네 엄마를 미워하지 말라고 말야. 신부님은 나한테 '네 이웃을 네 몸같이 사랑하라'고 말씀하셨지. 그래서 내가 그렇게 묻지 않았겠냐. '내가 나 자신을 참을 수 없을 때는 어떡하냐'고. 신통한 답을 못 들었지."

"아빠는 신이 있다는 사실을 안 믿어?"

"신이 있다면 그건 신이 알아서 할 문제 아니겠냐."

우리 아버지 목소리는 정말 서글프게 들렸다. 아마도 술을 끊은 것 같았다. 나는 아버지와 오래 통화하는 데 익숙지 않았다. 사실 아버지가 어떤 사람인지 잘 알지도 못했다.

"솔직하게 얘기해봐. 엄마가 아버지를 떠났기 때문에 엄마를 용서할 수 없는 거 아냐?

"난 아직도 네 엄마를 사랑하고 있지."

아버지 목소리는 너무도 허약하게 들렸다. 나는 그에게 건강이 괜찮으냐고 물었다.

"웬걸, 내 간이 나한테 복수를 하는구나. 실은 당장 병원에 입원해야 할 처지야."

"아니 그럼 왜 병원에 안 가는데?"

"병원비가 어딨냐. 내 연금으로! 벼룩시장에 낡아빠진 옷들을 내다 팔 수는 있겠지만, 유감스럽게도 그 옷들은 지금 내가 걸치고 있는걸."

저녁에 나는 병든 아버지에게 돈을 조금 보내드리고 싶다고 힐데에게 말했다. 내가 아버지를 사랑하고 있다는 사실을 깨달았다는 말도 했다. 힐데는 내 눈을 똑바로 들여다보면서 말했다.

"왜 조금만 보내드려? 우리가 가진 돈을 다 보내드리자."

이날 저녁에는 힐데가 너무나 사랑스러웠다.

"고마워, 힐데."

〈언제나 준비된 여성〉에 실린 내 수수께끼 같은 출신에 대한 기사는 나를 일종의 정체성 위기로 몰아넣었다. 힐데는 환한 불빛 속에 적나라한 모습으로 서 있어야 하는 것이 예술가의 일반적인 운명이라고 말했다. 유명세에 대한 대가라는 것이었다. 그러나 아파트 관리인이 힐데에게 "남작부인"이라는 호칭으로 말을 걸자 힐데는 자제력을 잃고 늙은 관리인에게 쏘아붙였다.

"감사합니다, 폐하."

그 관리인은 오스트리아 출신이었기 때문에 그에게는 이런 호칭이 별로 특별한 것도 아니었다. 관리인은 나처럼 기자회견을 준비할 필요도 없으니 얼마나 좋을까. 다시 촬영이 시작되는 첫날, 제작진은 내가 기자회견에 응해야 한다고 말했다. "로마노프 씨는 이 중요한 일에 우리가 제작하는 프로그램을 적극 홍보한다는 생각으로 임해주시기 바랍니다."

"난 그냥 안 갈래." 나는 그렇게 말하면서 힐데에게 남미로 도망가면 어떻겠느냐고 물어보았다. 힐데는 생각이 달랐다.

"당신은 그냥 물고기처럼 입을 꼭 다물고 있으면 돼. 금붕어처럼 말야. '침묵하는 자는 언제나 옳다'라는 속담도 있잖아."

"하지만 그래도 뭔가는 얘기를 해야 할 것 아냐, 안 그래?"

"그냥 '노코멘트'라고만 말해. 그 말은 언제나 그럴듯하게 들리더라. 특히 영어로 말하면."

하지만 베티가 다시 전화를 하자 힐데는 그 당당함을 잃어버렸다. 손에 수화기를 든 채 힐데는 나한테 물었다. 내가 베티에게 새로 사진을 찍어달라고 부탁한 게 정말이냐고. 나는 손짓으로 관심 없다는 표시를 했고, 그런 뒤에 힐데는 나에게 수화기를 건네주었다.

"무조건 이 여자와 통화를 하겠다면 그렇게 해······."

베티와의 통화는 짧고 소득이 없었다.

"카밀로." 사진기자 베티가 속삭였다. "당신을 얻기 위해서라면 물불을 안 가리는 멋진 여자들이 당신 앞에 줄 서 있다는 걸 나도 알아요. 하지만 나는 정말 당신한테 완전히 미쳐버렸어요. 우리 어디서 만날까요?"

사실 내 주변에는 멋진 여자라고는 찾아볼 수 없었다. 기껏해야 TV 속 아만다가 있을 뿐이었다. 더욱이 베티는 상당히 매력적인 여자라 할 수 있다. 그러니 굳건하게 절개를 지키는 일이 쉬울 리 없었다.

"촬영이 끝난 다음에 약속을 잡죠, 베티." 나도 모르게 그렇게 말했다. "2주 후에 다시 전화 걸어줘요. 하지만 점심때 말구요."

사진기자 베티는 갑자기 화를 냈다.

"날 뭘로 보는 거예요, 카밀로. 나한테 와서 사진 찍히고 싶어하는 높은 사람들이 날마다 줄을 서 있다고요. 정말 정신 나간 사람이군요."

"우편엽서 크기로 석 장 부탁해요."

마침 힐데가 방 안으로 들어왔기 때문에 나는 이렇게 말할 수밖에 없었다. 힐데는 별 볼 일 없는 사진을 받으려 애쓰지 말라는 말을 남기고 다시 나가버렸다. 나는 곧 후회했다. 베티를 제대로 거절하지 못한 것에 대한 후회였다. 나는 아내를 속였다. 그 아내 없이는 별을 보고 살 수도 없었을 뿐 아니라 각광을 받는다는 건 상상할 수도 없는 내가 말이다. 윙크하는, 사슴의 눈을 가진 여자는 깨끗이 잊어버리는 것이 옳았다.

여자에 관한 한 나는 여전히 어린애 수준을 벗어나지 못했다. 한번은 이른 새벽에 신선한 스모그를 마시려고 집 밖으로 몰래 빠져나가는데 첫 번째 길모퉁이를 돌자마자 당황한 듯한 젊은 여자 하나가 내게 다가왔다.

"저는 이 도시가 처음이라서요." 그녀가 노래하듯 말했다. "저를 집으로 데려가주실 수 있을까요?"

나는 말을 잘못 알아들은 줄 알았다. 그러나 이건 소요시간과 내 요구에 따라 150~200달러를 지불해야 하는 일이었다. 내 생애 처음으로 당해보는 일이었다. 그리고 무엇보다 내 스스로 수치스러웠던 건 내가 로마노프라는 사실을 이 젊은 여자가 모른다는 것이었다. 새로운 이미지를 얻게 된 나는 예전보다 훨씬 남성적으로 변했다. 스포크 박사가 말한 그대로였다. 이 도시가 처음이라는 그 젊은 여자는 아주 상냥한 미소를 지었고, 나는 그녀를 모욕하고 싶지 않았다.

"미안해요, 아가씨. 나는 그냥 산책하러 나왔어요."

"오케이. 120달러로 하죠."

그 무렵 내게는 정말 기묘한 일들이 일어났다. 한번은 어떤 남자가 15분 동안 우리 아파트 닫힌 문 앞에 서 있다가 목청껏 소리를 질렀다.

"팝콘, 로마노프! 팝콘, 로마노프!"

한번은 커다란 소포를 받았다. 주소 옆에는 "유리 조심!"이라고 쓰여 있었다. 상자 속에는 신문지로 여러 번 싼 커다란 유리 모자가 들어 있었다. 그 발명가가 나한테 자신의 괴상한 특허품을 팔려는 것이었다. "이 유리 모자가 바람에 날려 가버릴 경우, 아무리 비바람 몰아치는 날이어도 사용자는 모자를 주우려고 달려갈 필요가 없습니다. 깨진 모자 파편을 주워 올리려고 허리를 굽힐 필요조차 없죠." 첨부된 사용설명서에는 그렇게 적혀 있었다. 내 훌륭한 비서 힐데는 그 천재적인 디자이너에게 이렇게 답장을 썼다. "로마노프 씨는 기온이 영하 15도 이하로 내려가기 전에는 모자를 쓰지 않습니다."

때때로 베네딕티나도 연락을 해왔다. 힐데는 기뻐서 얼굴이 환해졌다. 베네딕티나의 신랑감은 마침내 뉴올리언스에서 우리 딸에게 연락을 해왔는데, 급히 돈을 보내달라고 부탁을 했다는 것이다. 나는 힐데와 베네딕티나가 나누는 긴 통화를 건성으로 듣다가, 너무 성급한 결론인지 모르지만, 공동의 적을 가진 두 여자만이 그처럼 서로 사이좋게 지낼 수 있다는 사실을 이해하기 시작했다.

그러나 갑자기 힐데와 나 사이에 위기가 닥쳤다. 힐데는 수중발레 대회에 절대 혼자 가지 않겠다고 고집을 부렸고, 나는 무슨 일이 있어도 같이 가지 않겠다고 단호하게 주장했다.

"카를라는 정말 매혹적이잖아. 무슨 일이 있어도 카를라를 실망시켜서는 안 돼." 힐데가 선언했다.

"난 절대로 안 가. 내가 한번 아니라고 말하면 그건 정말 아닌 거야."

다음 날 아침 힐데는 새벽부터 서둘러 미용실에 가더니 남자 같은 숏컷 스타일로 돌아왔다. 전문잡지에 따르면 어떤 여자든 이 헤어스타일을 하면 젊어 보인다는 것이었다. 정말 힐데는 20년 전과 똑같아 보였다. 유감이었다. 힐데는 길고 폭이 아주 넓은 스커트를 입었다. 그렇게 옷을 입으니 너무 뚱뚱하다는 느낌은 들지 않았고, 그저 취향이 엉망이라는 인상을 주는 정도였다. 힐데는 나에게 첩보원이 쓰는 것 같은 새까만 선글라스를 씌워주었다. 그러나 나를 숨기는 데는 전혀 도움이 되지 않았다. 우리가 대회장 특별석에 자리를 잡자마자 수중발레 대회를 보러 온 사람들이 내게 몰려들어 입장권이나 팔목에 사인을 부탁했다.

"이럴 수가, 로마노프가 여기 왔어!" 사람들 사이에 빠르게 이 말이 퍼져나갔다. 어떤 남자는 황제의 따님이 잘 지내시느냐고 안부를 물었고 한 소녀는 나에게 우크라이나 민요를 불러주었다. 내 팬들은 인기 절정의 수중발레 선수인 카를라 바인슈톡이 나타난 뒤에야 내 곁을 떠났다. 카를라는 우선 내 아내를 포옹하더니 내 귀에 속삭였다.

"대회 끝난 다음에 가지 말아요."

카를라는 길이가 짧은 빨강 수영복 가운을 입고 있었다. 놀랍도록 아름다웠다. 그녀에 비하면 다른 선수들은 너무 밋밋해 보였다. 어떤 무뚝뚝한 노인네가 열 장이나 되는 원고를 개회사로 낭독했다. 그런 다음 그는 카밀로 로이드 로마노프가 오늘 저녁 관중석에 앉아 있다고 알렸다. 힐데는 내게 자리에서 일어서서 박수를 보내는 관중에게 답례 인사를 하라고 재촉했지만 나는 창피해서 결국 박수가 다 지나간 다음에야 자리에서 어정쩡하게 일어섰다.

"거봐. 당신은 언제나 내가 싫어하는 걸 시키잖아." 나는 아래윗니를 지그시 깨물고 힐데에게 말했다.

"시키는 게 아니라, 기대하는 거지."

그 차이를 나는 이해할 수 없었다. 그사이에 벌써 몇몇 예쁜 여자들이 수영장 안에서 발랄하게 움직이며 다양한 종류의 다리들을 한번 골라보라는 듯 과시하고 있었다. 다들 똑같은 동작을 선보였기 때문에 도대체 그들 사이의 차이를 알아차릴 수 없었다. 여자들의 코를 막고 있는 작은 클립 색깔 말고는 정말 차이가 없었다. 가장 아름다운 선수는 역시 카를라였다. 그녀의 매혹적인 양쪽 엉덩이가 물 위로 솟아오르면서, 반짝이는 수영복 상체가 이따금 물속으로 사라졌다.

힐데는 미친 듯이 박수를 치며 나를 보고 짓궂게 웃었다.

"이런 구경거리를 놔두고, 칼, 집에 있으려고 했단 말이지……."

나는 충격을 받았다. 카를라 때문이 아니었다. 힐데 때문도 아니었다. 나 자신에게서 쇼크를 받은 것이다. 카를라가 물속으로 들어가서 다리와 허리를 물 밖으로 내놓을 때면 이상한 소망, 또는 정신 나간 생각이 나를 사로잡았다. 저 맛있게 생긴 여자를 깨물고 싶다는 분명한 충동이 솟았던 것이다. 솔직하게 고백하자면 깨물고 싶은 곳은 바로 엉덩이였다. 사실 이제까지는 아만다 같은 여자들의 다양한 허벅지에만 관심이 있던 나였다. 그렇지만 단 한 번도 그녀들의 허벅지를 깨물고 싶다는 생각을 해본 적은 없었다. 수많은 아만다들은 내 미적 감각을 충족시켜주었을 뿐이다. 그러나 이 대회 특별석에서 나는 내 순수함을 잃어버렸다. 카를라가 물속에서 연기를 하고 있는 동안에도 나는 줄곧 어서 집에 가서 스포크 박사가 이런 경우에 대해 무엇이라고 이야기했는지 찾아보아야겠다고 생각하고 있었다.

카를라는 출전한 아홉 명의 선수들 가운데 5위를 차지했다. 그 때문에 몇몇 관객들은 심판에게 휘파람으로 야유를 보냈다. 힐데는 그에 동조하는 뜻으로 나무바닥에 발을 굴러 야유를 보내자고 나를 충동질했다.

그러나 나는 거절했다.

"사실 카를라가 그렇게 잘하지는 않았잖아. 엉덩이가 내내 물 밖에 나와 있었어."

대회가 끝나자 카를라는 우리가 앉아 있는 곳으로 달려왔다.

"나랑 탈의실로 함께 가요." 카를라는 몸에서 물방울을 떨어뜨리며 숨을 몰아쉬었다. "두 사람이 함께 와줘서 정말 기뻐요."

나는 가겠다고 했지만 힐데는 그냥 자리에 앉아 있었다.

"난 좀 피곤해, 여보. 카를라, 카밀로를 데리고 가요. 난 여기서 기다리고 있을게."

"그래요, 그럼. 금방 돌아올게요."

탈의실로 가는 길에 나는 메트로놈처럼 규칙적으로 흔들리는 카를라의 엉덩이를 뒤에서 바라보며 걸었다. 그 엉덩이를 무시하고 싶었지만 나도 모르게 그 뒤에 바짝 붙어 따라갈 수밖에 없었다.

카를라는 내 쪽으로 돌아섰다.

"다행히도 마침내, 단둘이 있게 됐네요. 힐데는 아마 몸매 때문에 창피해서……." 작은 탈의실 문을 닫자마자 카를라는 나를 포옹했다.

"당신이 너무 자랑스러워요, 카밀로. 우리가 파일럿을 촬영할 때 어떻게 함께 일했는지 주위 사람들한테 다 이야기했어요."

나는 탈의실 세면대 옆 구석에 갇힌 채 한마디도 못하고 카를라의 몸에 눌려 있었다. 카를라는 "잠깐 실례할게요"라고 하더니 짧은 수영복 가운을 벗고 옷을 입기 시작했다. 나는 숨을 쉬기가 어려웠다. 이런 거꾸로 가는 스트립쇼를 보기는 난생처음이었다. 천천히 옷을 입으면서 아름다운 카를라는 기억을 들먹였다.

"처음 당신을 봤을 때부터 아찔했어요. 당신도 그랬어요?"

"아니, 난 안 그랬는데." 내가 대답했다.

"우리 둘이 서로 자석처럼 끌렸다는 사실을 인정하고 싶지 않은 거죠, 카밀로?"

"당신이 줄츠한테 내가 손가락 하나라도 당신 몸에 대서는 안 된다고 요구했다는 사실만 생각했을 뿐이야."

"아, 카밀로, 카밀로. 당신은 너무나 순진하네요. 당신 손끝이 닿기만 해도 내가 흥분해서 폭발해버릴까 봐 겁이 났던 거예요. 그렇게 되면 스스로 통제할 수 없을 테니까요. 난 목각인형이 아니거든요, 카밀로."

카를라는 나에게 바짝 다가서서 내 귀에 대고 신음소리를 냈다. "이럴 수가 있어요, 카밀로? 이제부터 촬영에 들어가는 우리의 그 유명한 시리즈에서 줄츠는 나를 빼버리겠대요. 그래서 내가 줄츠에게 말했죠. '천만에요, 그럴 수는 없어요.' 그 개 같은 자식이 나한테 복수하려는 거예요. 같이 자자고 대시하는 걸 내가 거절했거든요."

"그런데 왜 그랬지?"

"그걸 몰라서 물어요?"

카를라는 내 입술 언저리에 부드럽게 키스했다. 나는 그곳에서 달려 나가고 싶었지만 바로 그 순간에 카를라가 엉덩이에 꼭 끼는 검은색 팬티를 입었다.

"카밀로." 그녀는 촉촉한 목소리로 내 귀에 속삭였다. "나 없이는 촬영을 계속하지 않겠다고 당신이 줄츠한테 말해야 돼요. 이제 당신은 아이돌스타예요. 오성급 스타라고요. 줄츠한테 말해줘요. 나 없이는 안 하겠다고. 당장 그렇게 말해요."

"당장 말할게."

"맹세해줘요. 오직 나하고만, 오직 나하고만."

"좋아."

이제 카를라는 나한테 제대로 키스를 했다. 이미 립스틱을 새로 바른 뒤였기 때문에, 카를라는 음모를 꾸미는 듯한 은밀한 미소를 띠며 자기 손가락으로 내 입술에 묻은 립스틱 자국을 지웠다. 그런 다음 내 바지주머니 속에 작은 쪽지를 집어넣고 말했다.

"곧 다시 봐요. 조심해요!"

그때 탈의실 문이 열리더니 힐데가 나타났다. 카를라는 얼른 힐데에게 달려가 다정하게 포옹했다.

"나 때문에 너무 오래 걸렸어요." 카를라는 힐데에게 사과했다. "하지만 예전 일을 회상하는 건 정말 멋졌어요. 다음번에는 우리, 카밀로를 빼놓고 우리끼리 수다 떨어요······."

카를라가 내 주머니에 넣어준 메모지에는 그녀의 전화번호가 적혀 있었다. 그리고 이틀 후 저녁 6시에 어떤 호텔 카페에서 만나 한잔하자는 말도 적혀 있었다. 이 글귀 옆에도 립스틱을 바른 입술 자국이 찍혀 있었다.

이 모든 것이 나를 구역질나게 했다. 앞에서도 이야기했듯 내 나이에 이처럼 여자 경험이 없는 놈도 드물 것이다. 내 인생에서 중요한 역할을 했던 여자들을 꼽아볼 때면 언제나 나는 스스로 이렇게 묻게 된다. 내가 벌써 힐데를 꼽았던가. 이렇게 몇 안 되는 여자들을 꼽다 보면 항상 씁쓸했다. 그러나 나는 그렇게 태어난 모양이다.

내가 그 당시에 나를 통해 줄츠의 성공적인 TV 시리즈에 슬쩍 복귀하려는 카를라의 시도에 적절하게 대응하지 못한 것도 당연한 일이다. 나 자신에 대해서도 나는 스스로를 자랑스럽게 여기지도 못했다. 그 탈의실에서 나는 어리버리한 사춘기 소년처럼 행동했기 때문이다. 하지만 환상적인 여자가 내 코앞에서 일부러 몸매를 과시하며 천천히 옷을 입고 있는데 내가 대체 무엇을 할 수 있었겠는가?

힐데와 함께 우리의 편안한 집에 도착하자마자 나는 카를라의 쪽지를 갈가리 찢어 휴지통에 던져 넣었다. 그러나 난처한 상상이 금방 나를 괴롭히기 시작했다. 혹시라도 힐데가 뭔가를 휴지통에서 찾으려고 하는 일이 생기면 어쩌나? 나는 곧장 다시 휴지통으로 달려가 던져버린 조각들을 주워 들었다. 그리고 그걸로 무엇을 해야 할지 알 수 없어 다시 퍼즐 맞추듯 쪽지를 짜 맞추어 붙여놓았다. 카를라의 흔적을 눈곱만큼이라도 남기면 안 되는 일이었으니까. 게다가 카를라의 필체는 여자답고 감각이 있었다. 그냥 버리기엔 아까웠다.

하지만 이 쪽지를 어디다 치울 것인가? 워낙 스포크 박사의 책을 자주 읽다 보니 41쪽에서 이런 소제목까지 찾아낼 수 있었다. "행복한 결혼생활에서 무언가 꼭꼭 숨겨야 할 것이 있는가?" 스포크 박사는 이 질문에 대한 철학적 배경을 다음과 같이 해설해놓았다. "인류의 역사는 타인이 한 개인에게서 모든 것을 가져갈 수 있음을 입증한다. 그의 자유, 재산, 그의 목숨까지도 말이다. 그러나 단 한 가지만은 가져갈 수 없다. 그것은 그가 제대로 숨겨놓은 그 무엇이다." 결혼한 지 108개월이 넘은 남자들에게 스포크 박사는 제안했다. 은밀한 문서, 연애편지, 숨겨야 할 기록, 의심을 살 만한 사진은 아내가 결코 건드릴 일이 없는 물건 안에 또는 그런 장소에 보관해야 한다고 말이다. 스포크 박사는 이렇게 예를 들었다. "남편이 저술한 책, 또는 아내에게 생일 선물로 준 책 속에 숨겨라."

스포크 박사는 역시 현명했다. 그의 충고에 따라 나는 힐데의 책꽂이에서 『죽기 살기로 살 빼기』라는 다이어트 지침서를 꺼내 들었다. 내가 벌써 여러 해 전에 힐데에게 선물한 책이었다. 나는 카를라의 쪽지를 전혀 읽지 않은 그 페이지들 사이에 끼워놓았다.

나는 사실, 그다음 날 아침 신문에 커다랗게 인쇄된 기사 제목도 할 수만 있다면 숨겨놓고 싶었다. "로마노프가 그의 어머니와 함께 수중발레 경연대회를 관람하다." 끔찍했다. 스포크 박사 역시 같은 생각이었다. "부부 사이에는 결코 해결되지 않을 문제들이 존재한다." 박사는 이렇게 썼다. "나이 든 아내는 아무런 칭찬도 받지 못하면 모욕감을 느낀다. 반대로 아첨하는 말을 너무 많이 들으면, 자기가 더 나은 남편을 얻을 수도 있을 거라는 확신을 갖게 된다."

그러나 작은 글씨로 된 설명은 이랬다. "오랜 결혼생활에서 보이는 견해차는 별로 문제가 되지 않는다. 아내가 그에 대해 아무것도 모르고 있다면."

　　　　　　　　　　※

힐데는 대단한 지구력을 과시하며 조간신문에 실렸던 어머니 역에서 비서 역할로 돌아왔다. 힐데는 사진기자 베티가 다시 전화를 걸어왔기에, 내가 밤낮으로 연습에 매달리고 있다고 그녀에게 전했다며 지나가는 말로 흘렸다.

"당신은 짧지만 대단한 커리어를 목전에 두고 있어." 힐데가 말했다. "우리는 그런 헤픈 여자들을 멀리해야 돼. 그리고 우리끼리 얘긴데 칼, 당신 직업은 사실 당신한테 맞지 않아. 이 모든 걸 그저 취미라고 생각해 봐. 취미라고 생각하면 잘될 거야."

취미라니, 말은 쉽지. 줄츠가 전화를 걸어 우르줄라 마리 루가 내게 보낸 최고 수준의 대본을 어떻게 생각하느냐고 물었을 때, 나는 전혀 동의할 수 없었다. 그 쓰레기를 나는 아주 잠깐 뒤적여보았을 뿐이다. 그런 성가신 대본 따위가 내게 부담을 주지 않는다면 나는 훨씬 더 연기를 잘 할 수 있겠다고 생각했다.

잠시도 망설이지 않고 나는 줄츠에게 답했다.

"그 배역은 나랑 혼연일체가 됐어요."

"혼연일체라니 하는 말인데." 줄츠가 말했다. "바인슈톡은 잘라버렸어."

줄츠는 내 예술가 기질을 과소평가했다.

"이것 보세요, 제작자 혼자 배역을 마음대로 바꿔서는 안 되죠. 사전에 나하고 얘기를 했어야죠."

"자네하고는 상관없는 일 아닌가?"

"왜 상관이 없어요? 바인슈톡을 빼면 안 됩니다."

도대체 내가 왜 그런 말을 했는지 모르겠다.

카를라를 다시는 보지 않기로 굳게 결심하지 않았던가. 사실 나는 줄츠에게 부탁해서 그녀를 해고하라고 할 계획까지 세웠다. 그러나 이제 제작자가 나의 예술가로서의 자아를 건드린 것이다. 예술가의 자아? 내가 그런 것을 가지고 있다는 것 자체가 사실 놀라운 일이지만.

"카밀로." 줄츠는 전문가로서의 내 주장을 누그러뜨리려 했다. "하지만 카를라는 재능도 없고 매력도 없고 머리에 든 것도 없고, 그렇다고 사진발이 잘 받는 것도 아니야. 대체 무엇 때문에 카를라에게 관심을 갖는 건가?"

"단도직입적으로 말하자면요, 게르숀 글라스코프가 카를라한테 껄떡대고 있거든요."

"그래서?"

"카를라는 놔둬야 한다는 거죠."

그날 저녁, 비서 힐데가 환한 웃음을 띠고 나타났다.

"귀여운 카를라가 전화했어. 당신한테 너무너무 고맙대. 줄츠하고의 일을 잘 해결해줘서 말야. 당신한테 찐한 키스를 100번 보낸다고 전해달래."

카를라는 카페에서 만나자는 쪽지를 나한테 보낸 얘기는 쏙 빼놓은 모양이다. 그런데도 나는 열이 올랐다. 그날 밤 나는 뭔가 혼란스러운 꿈을 꾸었다. 뭔가 두려움을 느끼게 하는 꿈이었다.

나는 부다페스트 푸에르토리코 거리에 있었다. 거기서 나는 막 의회 건물을 나서려던 참이었다. 그곳 매표소가 문을 닫았기 때문이다. 그런데 갑자기 붉은 광장 한복판에서, 아스팔트가 갈라지면서 수천 조각으로 부서지더니, 더 이야기하기도 민망하지만, 그 밑에 푸른 초원이 나타나면서 사진기자 베티가 알몸으로 솟아올랐다. 베티는 내게 등을 돌린 채 태양을 향해 몸을 뻗쳤다. 나는 베티의 몸 어느 한 부분을 깨물려고 그녀 쪽으로 다가갔던 것 같다. 하지만 그녀는 내 쪽으로 돌아섰고 갑자기 카를라로 변해 있었다. 카를라는 내게 윙크하며 물었다. "한판 더 할까?" 그때 나는 땀에 흠뻑 젖은 채, 그리고 부끄러울 정도로 흥분한 채로 잠에서 깨어났다.

힐데는 걱정스러운 표정으로 나를 내려다보고 있었다.

"엄청 크게 소리지르던데, 포포영덩이의 속이라나 뭐, 그런 비슷한 말이었어. 그게 뭐야?"

오래전에 지나간 학창시절의 지리 시간이 나를 구원했다.

"그건 아직도 연기를 뿜고 있는 멕시코의 화산이야. 포포카테페틀이라는 곳이지."

그날 아침, 나는 해몽을 얻으려고 4층으로 올라갔다. 그러나 심리상담가는 집에 없었다. 비칠거리는 노파가 문을 빼꼼 열고는 힘겹게 말했다.

"상담실은 문 닫았어. 뵘 선생은 그저께 정신병원으로 끌려갔지."

"어떻게 된 일인데요?"

"건장한 남자 간호사 두 사람이 뵘 선생을 데려갔어. 간호사 하나는 그 불쌍한 선생을 때렸고 말야. 왜 그 불쌍한 남자를 때리느냐고 내가 말했어. 하지만 그들은 뵘을 끌고 갔어. 요즘엔 누구도 사람을 존중하지 않아. 내 착한 남편도 사람들이 경찰서로 끌고 가버렸지. 사실 내 남편이 브루노의 차를 훔쳐 타고 가지도 않았는데 말이지. 그게 아니라 그 싸구려 창녀하고 첫 번째로 결혼해서 낳은 아들 녀석이……."

나는 시간이 없어서 미안하다고 양해를 구하고 재빨리 발걸음을 서둘러 계단을 내려왔다. 그리고 스포크 박사의 품으로 뛰어들었다. 나는 기를 쓰고 '엉덩이'가 나오는 항목을 찾아보았다. 그러나 찾을 수 없었다. 311쪽에서 "늦게 찾아오는 흡혈귀의 욕망"이라는, 뭔가를 암시하는 항목을 발견했다. 그 장에서는 결혼한 지 492개월이 넘은 남자들이 여자들을 깨무는 경향을 기술하고 있었다. 그러나 어떤 신체 부위인지는 명확하지 않았다. 스포크 박사에게서 나는 뭔가 구체적인 것을 기대했었다. 굵게 인쇄된 166~167쪽에서는 적어도 뭔가 배울 것이 있었다. "결혼한 남자들은 54세가 되면 호르몬의 급작스런 변화를 겪게 된다." 작은 글씨로 스포크 박사가 "남자는 태어날 때부터 복수複數주의자다"라는 정언적 규정 속에서 그 콤플렉스의 뚜렷한 실체를 표현한 것이었다.

스포크 박사는 이 중요한 장 서두에서 이렇게 밝혔다. 여기서 그는 남자의 가족상황과는 무관한 생물학적 현상들을 취급하려 한다는 것이다.

그는 이 장에서 여자를 "자위행위를 대신할 해결책"으로 바라보는 남자들이 아니라, 플라토닉 러브를 "전쟁 포로를 위한 것"이라고 평가하는 남자들을 향해 이야기하겠다고 강조했다. 스포크 박사에 따르면, 차분하고 이성적인 54세 남자들조차도 그해 11월 네 번째 주가 되면 그들의 "신체 구조상 눈에 띄게 변화가 일어남을 확인할 수밖에 없다."

그 장을 읽는 동안 166쪽과 167쪽은 마치 나를 향해서 말하고 있는 것 같은 느낌이 들었다. 아직 내가 11월 네 번째 주에 이르지 않았는데도 말이다.

"그저 육체적인 행위로서의 섹스는 가장 저급한 형태의 사랑이다." 스포크 박사는 여기에 이렇게 덧붙였다. "그럼에도 불구하고 그런 섹스는 주의를 끈다. 이런 행위와 관련한 충동과 흥분은 설명할 수 없는 것이다. 어째서 스트라디바리가 다른 바이올린은 낼 수 없는 황홀한 소리를 내는지 그 수수께끼를 인간이 풀 수 없는 것과 마찬가지다. 이 옛 악기는 사실 엄청나게 비싸다. 오늘 날의 섹스 역시 공짜가 아니다. 무엇보다도 54세 후반에 접어든 결혼한 남자들은 이 점을 확실하게 알아야 한다. 5년 또는 그 이상의 햇수 동안 호르몬에 변화가 일어날 때 이 연령의 남자는 자신을 흥분시키는 에로틱한 발견에 취해버릴 위험에 처하게 된다. 결혼한 지 108개월이 넘는 남자의 상태는 특히 문제가 많다. 한편으로 그는 배우자에게 단단히 묶여 있지만 다른 한편으로는 딴 여자를 안고 싶은 열정에 휩싸인다.

이 대단히 위태로운 시기에 평범한 남자들은 다음과 같은 사실을 잊어버리기가 쉽다. 자신은 기혼자 진영에 속해 있고, 그 때문에 요구조건이 까다로운 이성들에게는 나병 환자처럼, 접근해서는 안 될 사람으로 간주된다는 사실이다. 모험적이거나 분방한 행동을 하려 들면 이 사회와 언론매체의 사냥개들에게 집중 공격을 받게 된다. 특히 언론 매체들은 그를 범죄적인 칼럼에 팔아먹는다.

그래서 진정한 사랑이라는 환상에 자신을 바치는 기혼자들에게 우리는 다음을 경고해야 한다. 여자들은 대체로 일상생활에서 거짓으로 진정한 사랑을 꾸며대는 경향이 있다는 사실이다. 센세이셔널한 TV 프로그램에서와 마찬가지다. 그러므로 감시를 받는 기혼남성은 자신의 호르몬을 통제해야 한다. 우선 그는 봉사의 대가로 돈을 받지 않을 준비가 되어 있는 연인이 존재한다는 사실을 기억해야 한다. 사실 그런 여자들은 가장 위험한 여자들이다. 왜냐하면 그녀들은 남자를 조만간에 파산으로 몰아갈 것이 틀림없기 때문이다. 그러므로 직업을 가지고 있는 남자들은 좌절한 사회에서 매춘부(썩은, 더러운, 에이즈를 앓는)라고 불리는 여자들을 두려워할 하등의 이유가 없다. 왜냐하면 이 매춘부들은 애인을 둘 경우에 발생하는 재정적 불확실성에서 남자를 해방시켜주기 때문이다. 때로 이 괄시받는 매춘부들은 심리학 분야에서 풍부한 경험을 가진 정숙한 여성들임을 스스로 입증하기도 한다. 속수무책인 남편들은 소위 '품위 있는 사회'에 속해 있으면서도 님포마니아(섹스 중독)의 잦은 발작으로 고통을 겪는 여성들 같은 아주 특별한 범주로 눈을 돌릴 수도 있다. 이 여자들은 공짜이기 때문이다. 이 점에서 특히 권할 만한 경우는 스위스의 님포마니아 여성들인데, 이들은 반년에 한 번만 남자를 필요로 한다."

이 장은 168쪽으로 계속되었다. 그러나 그사이에 힐데가 집 앞 야채가게 주인을 데리고 돌아왔다. 이 늙은 야채가게 주인은 당황해서 조심스럽게 걸음을 떼어놓고 있었는데, 그의 손에는 셀로판지로 포장한 커다란 새 책이 들려 있었다. "치섹 씨가 당신한테 사인을 부탁한대. 사인을 받으려고 일부러 책을 샀다는 거야." 비서 힐데가 말했다.

야채가게 주인은 너무 흥분해서 말을 하지 못했다. 그러나 그의 눈은 행복으로 충만해 있었다. 그 책은 『그리스 신화의 주인공들』이었다. 나는 치섹에게 그리스 역사에 관심이 있느냐고 물었다. 그러자 치섹은 내가, 그러니까 로마노프가 불멸의 영웅이라고 중얼거렸다. 나는 'ff'를 써서 사인을 해주었고, 힐데는 이 감동적인 사건으로 몸이 굳어져버린 그를 현관까지 배웅했다. 그런 다음 힐데는 비서로, 아내로 두 가지 역할을 동시에 하는 것이 얼마나 힘든가를 하소연했다.

"걱정할 필요 없어, 여보. 가사도우미를 불러." 내가 말했다.

"그러고 싶지는 않아." 힐데가 대답했다. "도우미가 두 달 뒤에 어떤 토크쇼에 출연해 우리 사생활을 떠벌리는 걸 참을 수 없어."

"우리에게 사생활이란 게 있나?"

"없지. 바로 그 점을 도우미가 떠벌릴 거란 말야."

집이 조용해지자 나는 힐데의 책꽂이에서 카를라가 쓴 쪽지를 가져왔다. 내일로 예정된 우리의 만남을 잊어버리라고 카를라에게 단호하게 말할 생각이었다. 그러나 그다음 날 힐데가 신문을 사러 나가자 나는 카를라에게 전화할 기회를 얻었다. 내 머릿속에서는 여전히 스포크 박사의 책 166~167쪽에 있는 남성적인 충고가 펼쳐져 있었다.

하지만 카를라는 너무도 사랑스러운 여자였다.

"웬일이에요. 전화도 걸어주고, 카밀로." 카를라가 이렇게 말문을 열었다.

"만일 내가 늦으면 당신 먼저 커피를 마시고 있으라고 말하려고." 그런 다음 나는 준비된 말을 쏟아놓았다. "카를라, 당신과 촬영장에서 함께 일할 수 있게 되어 정말 기분이 좋아. 하지만 넘지 말아야 할 선이 있는 법이야. 당신의 호의적인 초대에 내가 응할 수 없다는 것을 이해해주기 바라."

"물론이에요." 카를라가 대답했다. "난 당신 입장을 이해하고 또 존중해요. 하지만 이런 얘기는 전화로 할 게 아니라 직접 만나서 해야 하지 않을까요?"

카를라가 이런 말을 할 거라고는 예상하지 못했다.

"좋아. 그럼 어떻게 할까?" 나는 말을 더듬었다.

"만나요, 카밀로. 그리고 이 문제를 동료로서 기분 좋게 마무리 짓도록 해요."

"좋아. 그럼 6시에 봐요."

"안녕."

그 순간에 나는 승낙해버린 걸 후회했다. 하지만 엎질러진 물이었다.

카를라보다 더 겁이 나는 건 그녀와 함께 사람들 눈에 띈다는 사실이었다. 나는 겁쟁이가 아니다. 하지만 힐데가 오늘 아침 신문을 들고 들어왔을 때는 목이 졸리는 기분이었다. 이번에는 신문 마지막 면에 악의가 엿보이는 제목이 보였기 때문이다. "로마노프는 왜 망원경을 샀을까?"

내가 집 앞에 있는 안경점에 가서 작은 망원경을 산 것은 사실이었다. 힐데가 갑자기 나와 함께 오페라에 가고 싶다고 했기 때문이었다. 그러니 그 신문기사는 정확한 것이었다. 그러나 신문 편집실에서는 악의적인 질문을 또 하나 덧붙였다. "우리 소심한 스타는 그 긴긴 밤에 어느 집 침실을 들여다보려는 것일까?"

힐데는 나를 위로했다. 나 같은 유명 인사들은 이런 경우에 반응을 보이지 않거나 침묵하거나 둘 중 하나를 선택한다는 것이었다. 그 결정은 내가 스스로 해야 한다고 힐데는 말했다.

마침내 나는 카를라를 만날 수 있었다. 나는 특별히 멋지게 옷을 차려 입지는 않았다. 그저 잠시 카페에 들렀다는 인상을 주기 위해서였다. 내가 만날 카를라가 그 누구보다 긴 다리 위에 그 누구보다 짧은 미니스커트를 입고 나온다 하더라도 말이다. 나는 힐데에게 카를라를 만나는 곳에 같이 가자고 제안하기까지 했다. 그러나 힐데는 너무도 너그럽게 이런 말로 나를 혼자 보냈는데, 그 말은 모욕적으로 들릴 지경이었다.

"그냥 혼자 가, 칼. 외간 여자와 함께 한 번쯤 사람들 눈에 띄는 것도 나쁘지 않아. 당신 엄마처럼 보이지 않는 젊은 여자와 함께 말야. 카를라와 당신은 어차피 만나면 그 TV 시리즈 이야기나 할 거고, 미안하지만 그건 나한테는 너무 따분해. 그 귀염둥이한테 내 정다운 인사나 전해줘. 그럼 잘 놀고 와……."

힐데의 소원은 내게는 명령이었다. 우스꽝스럽게 들리겠지만, 나는 힐데가 부럽기까지 했다. 힐데는 여자들과 아무런 문제가 없으니 말이다. 어떤 남자의 멋진 다리에 빠져버린 힐데 또래의 여자 얘기는 한 번도 들은 일이 없다. 그러나 나는 카를라의 완벽한 몸매 때문에 힐데가 조금은 불안해하기를 기대했던 것이다.

카를라는 약속시간보다 3분 늦게 나타났는데, 작고 활달한 푸들과 함께였다. 바닥까지 닿는 긴 스커트에, 그녀의 백조 같은 목을 완전히 감싸는 목이 높은 블라우스를 입고 있었다. 그런데 어떤 때보다도 아름다워 보였다. 긴 머리카락은 장난스럽게 말 꼬랑지처럼 하나로 묶고 있었다. 그녀는 나를 보자 허공으로 키스를 던지며 초록 눈동자를 반짝였다.

"어서 와요, 내 환상의 남자! 당신이 추키를 싫어하지 않으면 좋겠네요."

추키라는 어린 푸들은 탁자 밑에서 내 왼발에 매달려 정신을 못 차렸다. 카페 손님들이 우리를 빤히 쳐다보며 자기들끼리 귓속말을 나누는 이런 환경에서 대체 나는 어떻게 대화를 시작해야 할지 몰랐다. 그래서 용건만 간단히 이야기하기로 마음먹었다.

"자, 카를라, 드디어 만났군. 이제 뭘 할까?"

"우선 좀 마시고 싶지 않아요?"

"아니. 난 일할 때는 술 안 마셔요."

카를라는 손짓으로 파키스탄 사람인 종업원을 불렀다. 그리고 화이트 와인 한 잔과 치즈 케이크 한 조각, '로마노프 온 더 락스'라는 칵테일을 주문했다.

나는 카를라의 손에서 메뉴를 빼앗아 들여다보았다. 진짜 내 이름을 딴 칵테일이 거기 있었다. 종업원은 목이 높은 유리잔에 담긴 그 칵테일을 가져와 카를라에게 주면서 허리를 굽혀 내게 인사했다. 카를라는 스트로를 내 쪽으로 돌려주었다.

"한번 마셔볼래요?"

그 칵테일은 황금빛이고 톡 쏘는 맛이 있었다. 하지만 그리 특별하지는 않았다. 카를라는 그 술을 조금씩 귀엽게 빨아먹으면서 테이블 아래로 리드미컬하고 정겹게 자기 발로 내 발을 톡톡 쳤다.

"우리 두 사람을 위해, 카밀로!"

내가 유부남이라는 사실을 상기시키기 위해 카를라에게 내 아내의 인사를 전했다. 그러나 카를라는 덤덤한 표정으로 우리 두 사람을 위해 와인 한 병과 소시지 두 개, 이 호텔이 제공하는 샐러드 한 접시를 주문했다. 나는 내 구두가 임신을 하기 전에 강아지 추키를 내 발에서 떼어놓을 수 있겠느냐고 카를라에게 물었다.

"세상에!" 카를라는 희고 가지런한 치아를 반짝이며 웃음을 터뜨렸다. "하지만 추키는 벌써 열여섯 살이에요."

어쨌든 나는 카를라와 완전히 끝을 내야겠다고 결심했다.

"대체 나한테 원하는 게 뭐지?"

카를라는 초록빛 눈동자 위로 천천히 속눈썹을 들어올리더니 다정하게 말했다.

"카밀로, 당신에게 원하는 건 아무것도 없어요. 그저 당신을 그리워하는 것뿐이에요. 당신은 이 쇼 비즈니스계에서 혜성 같은 존재죠. 난 당신 그늘에 머물고 싶어요. 저는 당신 거예요. 당신에게는 아무런 의무도 없어요." 그때 카를라의 휴대전화가 울렸고 카를라는 냉정하게 "지금은 안 돼요"라며 전화를 끊었다. 그런 다음 카를라는 고백을 계속했다.

"당신 같은 남자들은 우리 같은 여자들을 좋게 보지 않는다는 걸 알아요. 당신들은 우리가 오로지 출세와 섹스에만 관심이 있다고 생각하죠. 하지만 우리도 사랑을 할 줄 알아요, 카밀로."

나는 그 의미심장한 독백을 귀 기울여 듣고 있었다. 그러나 내 마음속에서는 왜 엉덩이라는 단어에는 복수형이 없을까, 라는 생각밖에 아무것도 할 수 없었다. 다행히도 다시 카를라의 휴대전화가 울렸다. 그리고 이번에는 그녀가 통화를 길게 했다.

"안녕하세요, 게르손. 선생님 목소리를 들어서 기뻐요……. 아뇨, 전 당연히 시간이 있어요. 선생님을 위해서라면 언제든지……. 내일은 촬영이 있어 어쩔 수 없네요. 그럼 주말에…… 안녕!"

"미안해요." 카를라가 사과했다. "글라스코프예요."

파키스탄 종업원은 주문한 것들이 가득 찬 쟁반을 들고 돌아왔다. 카를라는 자신은 채식주의자이며 모든 종류의 폭력을 혐오한다고 말했다. 그러면서 테이블 밑에 있는 추키에게 소시지 두 개를 던져주었다.

나는 웃음을 터뜨렸다. 카를라는 자리에서 일어서서 그녀 특유의 리드미컬한 걸음걸이로 내게 다가왔다. 그러자 꼭 끼는 긴 스커트 밑으로 펼쳐진 그녀의 날씬한 몸매는 글자 그대로 유혹 그 자체였다. 카를라는 내 양쪽 뺨에 키스했다. 카페 손님들은 박수를 쳤다. 나는 너무나 당황해서 내 앞에 놓인 와인 잔을 쓰러뜨리고는 벌떡 일어섰다.

"카를라, 우리는 내일 촬영이 있으니까 이제……."

카를라는 자기 의자를 내 곁으로 바싹 끌어다 붙이더니 잠깐만 더 앉아 있자고 말했다.

나는 자리에 앉았다.

"바로 내일 촬영 때문에 당신을 만나자고 한 거예요, 카밀로." 카를라가 내 귀에 속삭였다. "줄츠 그 개자식이 역할을 바꿔서 당신을 이제 양성애자로 만들어놓은 거 알죠?" 카를라는 눈을 아래로 내리깔았다. "당신이 성적으로 불능이 아니라는 걸 나에게 입증하는 장면 말예요. 그 장면을 나는 연기할 수가 없어요. 당신의 몸에 닿는다고만 생각해도 겁이 나요."

"아…… 그래서, 그러면 우리가 어떻게……."

"내일 아침이 되기 전에 우리는 어떻게든 이 장면을 연습해야 돼요."

"어디서?"

"여기 호텔에서요."

"지금?"

"어머!"

카를라가 흥분한 나머지 그녀가 끼고 있던 콘택트렌즈 하나가 바닥으로 떨어졌다. 카를라는 긴 스커트를 재빨리 위로 걷어 올리더니 몸을 굽혀 테이블 밑에서 렌즈를 찾기 시작했다. 방금 마신 와인이 내 감각을 몽롱하게 만들고…… 카를라의 구두 굽은 아찔하게 높았다. 그녀의 양쪽 허벅지는…….

그다음은 기억이 희미하다. 퍼즐 조각들을 하나로 짜 맞추는 것이 어렵다. 기억나는 것은 카를라가 프런트에 가서 호텔방 열쇠를 들고 돌아왔다는 것과 우리가 엘리베이터를 타고 방으로 올라갔다는 것뿐이다. 내가 먼저 올라갔다. 카를라는 추키를 프런트에 맡기고 와야 했기 때문이다.

"올라가요, 카밀로." 카를라가 미소를 지었다. "내가 늦으면 당신 먼저 시작해요."

나는 커다란 호텔 침대 위에 눕자마자 바로 깊은 잠에 빠져들었다. 카를라가 나를 깨웠을 때 그녀는 곁에 누워 있었다. 검은 팬티 외에는 아무것도 입지 않은 채였다. 그렇게 아름다운 몸매는 한 번도 본 적이 없었다.

"나는……." 나는 말을 더듬었다. "나는…… 집에…… 전화를 해야겠어."

아마 나는 다시 잠이 들었던 것 같다. 최면 상태에서 다시 일어났는지는 기억이 나지 않는다. 내가 다시 눈을 떴을 때 카를라는 내 팔베개를 베고 누워 있었고 그녀의 검은 팬티는 바닥에 떨어져 있었다.

"어떻게 된 거지?"

"다 잘됐어요, 카밀로." 카를라가 알려주었다. "집에 가기 전에 샤워 해요."

모든 것이 너무나 부끄러웠다. 멍청하게도 나는 카를라에게 괜찮았느냐고 물어보았다.

"모르겠어요, 카밀로. 집중이 안 됐어요."

그래도 카를라는 내일 우리의 베드신을 제대로 해낼 자신이 생겼다며 나를 안심시켰다. 나는 침대에서 일어나 욕실로 갔다. 저녁 9시 반이었다. 어떻게 이런 일이 생겼을까, 이제 집에 가서 뭐라고 말을 해야 하나? 따뜻한 물줄기는 나에게 아무런 대답도 가르쳐주지 않았다······. 당황한 기분으로 녹초가 된 채 나는 택시에 올라탔다. 수치심이 날카로운 발톱으로 나를 움켜잡았다. 온 세상이 내 머리 위로 무너지는 기분이었다. 그와 동시에 지금까지 한 번도 느껴보지 못했던 희열이 온몸으로 번져갔다.

 천국에서

덫에 걸린 게 분명했다. 아무도 살지 않는 세계에서, 존재하는지도 몰랐던 대답 없는 질문에 걸려든 셈이었다. 눈부시게 매혹적이지만 냉소적인 한 여자가 내 순진함을 이용해 본능을 자극해서 내 머리를 돌게 했던 것이다.

언젠가 나는 힐데의 책꽂이에서 프랑스 작가 오노레 드 발자크의 책을 꺼내 호기심에 뒤적거린 일이 있다. 그중의 한 문장이 이제 다시 떠올랐는데, 세상에서 가장 아름다운 것은 "아름다운 한 여자"라는 구절이었다. 내 인생의 짧은 고공비행을 발자크 같은 위대한 문호와 비교하는 것은 물론 당치 않은 일이다. 그러나 나를 덮쳤던 그 치유 불가능한 의식의 균열을 발자크의 견해가 아마도 조금은 해명해줄 수 있을 것이다. 그 아름다운 여자가 내 곁에 누워 있었다. 그녀를 만질 수 있었고, 그 살결을 쓰다듬을 수 있었고, 그녀의 머리는 내 팔 위에서 쉬고 있었다. 어떻게 내가 이 기만적인, 그리고 너무나 환상적인 마법을 감당한단 말인가.

　카를라와 헤어져 집으로 돌아왔을 때, 나는 삶이 TV를 흉내내고 있다는 사실을 깨달았다. 내가 마치 TV의 싸구려 연속극에 등장하는, 여기저기 한눈파는 남자들처럼 행동하고 있었던 것이다. 시곗바늘은 10시 40분을 가리키고 있었다. 나는 현관문을 아주 조심해서 닫고 발끝으로 살금살금 걸어서 침실로 들어갔다. 힐데는 벌써 자고 있었지만 그렇다고 해서 내 마음이 가벼워진 것은 아니었다. 갑자기 자고 있는 이 뚱순이가 사랑스럽게 느껴졌다. 힐데의 고른 숨소리를 들으면서 나는 내 인생의 피난처를 찾은 기분이었다.

　"냉장고 안에 당신 오믈렛을 넣어뒀어." 힐데는 이렇게 중얼거리고 돌아누웠다. "잘자, 칼."

　이 순간 나는 카를라와의 일을 깨끗이 끝내버리겠다고 결심했던 것이 기억났다. 나는 조심조심 옷을 벗고 곧장 아내 곁에 누웠다. 잠시 후 나는 다시 일어났다. 카를라가 무슨 일이 있어도 연습해보고 싶어했던 줄츠가 쓴 대본 속의 베드신이 갑자기 궁금해졌던 것이다. 늦은 밤까지 나는 대본을 다 읽었다. 그러나 그런 장면은 눈을 씻고 찾아봐도 없었다. 그 교활한 줄츠가 베드신을 의도적으로 시리즈 후반으로 미뤄놓은 것이 틀림없었다. 그래야 내가 계속 이 시리즈에서 빠지지 않을 거라고 계산했던 것이다. 그리고 예쁜 카를라는 내 직업적 순진함을 악용한 셈이다. 다음 촬영분 줄거리에서 내가 파악한 내용은, 내 아내 글로리아가 갑자기 다시 내게 애정을 느끼는데, 나는 외과 과장 라마주리와 사랑에 빠진

다는 얘기다. 그러니까 줄츠는 내게 약속했던 양성애자의 역할을 뭉개 버리고, 나를 다시 데모 필름에서 보여준 대로 동성애자로 만들어버렸던 것이다.

아침이 되자 나는 그 빌어먹을 놈에게 전화를 걸었다. 그때까지 나는 절망에 빠져 집 안을 어슬렁거리고 있었다. 때때로 힐데 곁에 잠시 머물며 가늘게 씩씩거리는 그 숨소리를 듣고 있기도 했지만 깨울 용기는 나지 않았다. 온통 신경이 곤두섰기에 나는 맥주 두어 병을 마시며 모든 것을 잊어버리려 했다.

그건 마음대로 되지 않았다. 지난 얼마간의 시간은 내게 너무 힘든 것이었다.

완전히 지친 상태로 나는 잠에 빠져들었다. 날이 밝기 시작했을 때, 갑자기 이런 깨달음이 엄습했다. 그 멍청한 데모 필름에서 나는 몇 번 말을 더듬은 것 말고는 특별히 성취한 게 없다는 사실이었다. 게르숀 글라스코프라는 비평가는 바보 천치였고 나도 다른 모든 인간들과 마찬가지로 사기꾼이었던 것이다.

나는 아버지의 휴대전화로 전화를 걸었다. 자고 있던 아버지를 깨운 것이 미안해 8시 반까지 촬영장에 나가야 하기 때문에 일찍 전화를 걸었다고 변명했다. 그런 다음 건강은 좀 어떠시냐고 물었다.

"네가 돈을 보내준 덕분에 치료를 받고 있단다, 얘야." 아버지는 지친 목소리로 말했다. "너희들한테 고마운 마음뿐이야. 하얀 가운을 걸친 멍청이들은 내가 술만 끊으면 다시 건강해질 수 있다더구나. 그럴 거라면 내가 건강해질 이유가 없잖냐."

"아빠 말이 백번 옳아."

"네 쉰 목소리를 들으니 그런 것 같구나, 칼. 근데 무슨 일이냐?"

"난 이제 대단한 스타로 촬영장에 나가야 해. 하지만 난 배우도 아냐. 괴상한 예명까지 달고 있는 뻥튀기일 뿐이야."

"나도 알지. 얼마나 마셨냐?"

"맥주 세 병."

"이제 시작이구나. 네 번째 맥주병에 보드카 두 잔을 섞어라. 내 처방대로 해. 그러면 너는 다시 위대한 스타로 돌아갈 거다."

"정말?"

"40년간 축적된 경험이다, 이놈아."

나는 맥주병을 손에 든 채 힐데에게 가서 아무 소리도 내지 않고 그 곁에 엎어졌다. 아내가 일어나서 전화를 하는 소리가 들렸다. 힐데는 우르줄라 마리 루에게, 내가 피치 못할 사정으로 두어 시간 늦을 거라고 통보했다.

나는 정오에 눈을 떴다. 그리고 다시 카밀로 로이드 로마노프가 되었다.

촬영장, 그러니까 줄츠의 아파트로 가는 길에 내 정신적 지도자인 스포크 박사의 말이 떠올랐다. 거짓말하는 사람이 스스로 거짓말을 진실로 믿으면, 다른 사람에게 훨씬 쉽게 거짓말을 할 수 있다는 얘기였다. 아침 일찍부터 거리에 나와 나를 기다리고 있는 청소년들을 보자 내 얼굴에는 웃음이 번졌다. 로마노프가 가까이 오고 있다는 사실을 알아차리고는 몇몇은 흥분에 차 환호했다.

"정말 창피해, 힐데. 이 야단법석은 정말 짜증난다구."

"창피하긴 왜 창피해, 칼. 이런 환호도 받지 못하면 무엇 때문에 사람들이 성공하려고 하겠어."

"성공이라고? 나는 그저 장단을 맞추고 있는 것뿐이야."

"그게 바로 당신이 대단한 배우라는 증거지."

"아냐. 난 취했어." 보드카 두 잔을 섞은 네 번째 병맥주가 위력을 발휘했다. 우리는 아이들 무리를 뚫고 나아갔다. 힐데는 사인을 해달라고 아우성치는 애들에게 촬영이 끝나고 나면 다시 슈퍼스타를 만날 수 있다고 말해주었다. 사실 나는 지금까지도 이해할 수 없다. 왜 멀쩡한 인간들이 누군가가 끼적거린 철자 몇 개를 얻기 위해 몇 시간씩 서서 기다리는지 말이다.

줄츠의 아파트 앞에 온갖 기자 나부랭이들이 우리를 기다리고 있었다. 공영방송의 위임을 받은 그들은 내 코앞에 마이크를 갖다 대고, 왜 내가 마침 이때 러시아에서 날아왔는지 물었다. 우리가 촬영장에 발을 들여놓자마자 기자회견에 참석한 기자들 몇몇이 박수로 나를 환영했다. 맨 앞줄에는 열 명이 넘는 사진기자들이 몸싸움을 하며 서 있었는데 귀여운 베티도 거기 섞여 있었다. 베티는 나를 보고 한 손을 높이 쳐들고 흔들어댔다.

힐데가 내게 경고했다.

"저 정신 나간 기집애는 못 본 척해."

나는 아무런 반응도 보이지 않았다. 소란스러운 군중에 에워싸인 채 힐데가 시키는 대로 '노코멘트' 스타일을 고수했다. 힐데는 바로 등 뒤에 앉아 계속 내 귀에 그녀의 지침을 전달했다. 끊임없이 이어지는 갈채 속에서 나는 두 가지 중요한 결론에 도달했다. 첫째, 진정한 스타는 언제나 늦게 나타나야 한다는 것, 둘째, 성공하는 남자 뒤에는 그 귀에 속삭이는 아내가 있어야 한다는 것.

그사이에 줄츠 부인이 주방에서 케이크를 구워 들고 나왔고 라마주리가 그 마녀를 도와 나와 힐데에게 케이크를 나눠주었다. 우르줄라 마리루는 줄츠 곁에 바싹 붙어 있었다. 그 두 사람은 승리에 찬 표정으로 활짝 미소를 짓고 있었는데, 아마도 기자들의 관심을 줄츠에게 돌리고 싶어서 그러는 것 같았다. 카를라는 어디에도 보이지 않았다. 다행이군. 나는 그렇게 생각했다. 그 위험한 미녀를 냉정하게 대하기로 굳게 결심했기 때문이다.

마틴 줄츠는 작은 종을 쳐서 거기 모인 사람들에게 조용히 해달라고 부탁하고는 역사적인 TV 시리즈 촬영을 개시하게 된 벅찬 감동을 연설문에 담아 낭독했다. 줄츠는 "우리 시대 영화계의 왕자"라고 부르며 즉석에서 몇 마디를 만들어 내게 인사를 건넸다.

"미소 짓지 마." 힐데가 뒤에서 지시했다. 물색없는 베티가 카메라 필름을 갈아 끼울 때마다 손 키스를 날리고 있었던 것이다. 표정 관리쯤이야 어려울 것도 없었다. 갑자기 그 비쩍 마른 제작감독이 달려와 줄츠에게 종이 한 장을 쥐어주었다.

줄츠는 잠시 멈칫하더니 떨리는 음성으로 말을 계속했다.

"여러분, 지금 저는 평론가 게르숀 글라스코프의 서한을 들고 있습니다."

묵념하듯 잠시 정적이 감돌았다. 힐데는 내 귀에 속삭였다. "이젠 됐어. 학교에 잠시 다녀올게. 냉장고에 흰 소시지 있어." 그런 다음 힐데는 빈자리를 남기고 횡하니 가버렸다.

게르숀 글라스코프의 전갈은 너무도 비중 있고 진지한 것이었다.

"영화 예술의 양면적인 진화에 초석을 놓는 이 TV 시리즈 제작진에 진심 어린 축하를 전합니다. 특히 스크린의 새로운 마법사 카밀로 로이드 로마노프 씨에게 특별한 감사를 전합니다. 최고의 경의를 표하며." 제작자 줄츠는 보는 사람의 이름을 특히 강조해서 읽었다. "명예박사 게르숀 글라스코프."

갈채가 쏟아졌다. 나까지 박수를 쳤다.

"감사합니다, 감사합니다, 감사합니다." 줄츠는 참석자들에게 감사를 표했다. "여러분께서 허락하신다면 이제 로마노프 왕자의 매혹적인 여성 파트너를 소개하겠습니다."

줄츠는 서둘러 밖으로 나가더니 카를라의 손을 잡고 돌아왔다. 카를라는 이번에도 초미니 수영복 가운을 걸치고 있었다.

"바인슈톡 양은 지금 막 수영장에서 수중발레 연습을 마치고 돌아오는 길입니다. 최근에 바인슈톡 양은 이 어려운 분야의 스포츠 경기에 참가해 최고의 선수 자리를 다퉜습니다." 줄츠는 한껏 멋을 부린 태도로 카를라를 향했다. "내일 우리가 시리즈 다음 회를 수영장에서 촬영하게 되었다는 사실을 바인슈톡 양에게 알려야겠군요."

이제 모든 남자들이 카를라가 수영복 가운을 벗어주기를 바란다는 사실을 나는 알 수 있었다. 그러나 카를라는 짧은 대답으로 이들 모두를 실망시켰다. "미안합니다. 마틴." 이렇게 말하며 그녀는 나를 향해 윙크를 해 보였다. "내일은 안 되는데요."

"좋아요, 좋아. 그러면 모레로 합시다." 줄츠는 침착하게 대응했다. 그러나 카를라는 이미 모나리자의 매혹적인 미소를 띠며 내게 다가오고 있었다. 카를라는 나를 포옹했다. 그러자 수영복 가운 아래로 유혹적인 몸매의 곡선이 느껴졌다.

"정말 즐거웠어요." 카를라는 이렇게 속삭이며 내 입술에 살짝 키스했다. 답례로 나는 카를라의 귀에 키스했다.

"정말 환상적이었어, 카를라."

카를라는 내 곁에 서 있었고 베티는 얼굴이 어두워지며 촬영을 중단했다.

줄츠는 연설을 이렇게 마무리했다.

"이어지는 2회분은 3주 후에 방영될 예정입니다. 이제 여러분께 이 스튜디오를 떠나달라고 부탁드려야겠습니다. 로마노프는 휴식이 필요합니다."

나는 한숨 돌렸다. 다음 회분이 3주 후에 방영된다면 그 사이에 남미로 도망을 가거나 다른 해결책을 찾을 시간이 충분했다. 기자회견 참석자들은 모두 방에서 나갔고 카를라는 너무 짧은 수영복 가운을 벗으려고 발끝으로 걸어 사라졌다.

베티가 다가왔다.

"촬영이 끝나면 당신을 다시 만날래요."

나는 베티에게 아무런 약속도 할 수 없었다. 베티는 적개심이 가득한 눈빛으로 나를 쏘아보았다.

"우리 사이에 그런 모든 일이 있었는데도 당신은 나한테 한번 만나자는 약속조차 할 수 없단 말이죠?" 베티는 약간 언성을 높였다. "충고하는데, 카밀로, 나한테 장난치지 말아요."

촬영작업이 시작되자 베티는 내 곁을 떠났다. 그러나 문 뒤에 숨어 있었다. 카를라는 간호사 차림으로 나타나 우리 모두를 매혹시켰다. 촬영이 시작되었다.

이날 촬영에 대해서는 별로 이야기할 내용이 없다. 내가 계속해서 취한 상태였다는 것이 한 가지 이유이고, 또 하나는 우리가 대체 뭘 했는지 정확히 기억할 수 없어서다. 내 기억으로는 카를라가, 그러니까 극중의 글로리아가 자기 대본에 있는 대로 이렇게 말했던 것 같다. 방금 전에 수중발레를 마치고 돌아왔다면서, 어째서 자기의 승리를 축하하러 오지 않았느냐고 따지러 왔다고 말이다.

"무슨 소리야?" 나는 펠리니 식으로 대답했다.

"나는 힐데와 함께 특별석에 앉아 있었잖아?"

카를라의 놀랄 만한 대답은 그녀가 매력적인 외모로 사람들에게 주는 인상에 비해 훨씬 영리하다는 사실을 증명했다.

"내가 지금 스타 로마노프와 이야기하는 건가요, 아니면 내 남편과 얘기하는 건가요?"

"그게 무슨 상관이야. 당신은 우리 둘 모두에게 지나치게 아름다운 여자야, 카를라."

"당신에게 거슬리지 않는다면 나는 글로리아라고 할래요. 그리고 그건 당신이 읊을 대사가 아니에요."

어떻게 했는지는 모르지만 어쨌든 나는 그 긴 장면의 나머지 부분을 해냈다. 대본에 쓰여 있는 대로, 내가 원래 남자를 좋아하고, 특히 외과 과장 라마주리에게 관심이 있다고 글로리아가 비난하기 시작했을 때 나는 줄츠를 향해 외쳤다. 나는 어젯밤에 잠을 거의 자지 못했고, 그래서 오늘은 여기서 그만 하고 싶다고 말이다. 제작자 줄츠는 예산이 너무 빠듯해서 곤란하다는 얘기를 했지만 나의 권위에 도전하기에는 역부족이었다.

"나는 물론 동성애자로 연기를 할 수도 있어요, 줄츠." 나는 당당하게 말했다. "하지만 라마주리하고는 싫어요."

"어째서?"

"라마주리는 내 취향이 아니에요."

"무슨 말인지 알겠네, 로마노프. 내가 생각한 건 그저 아주 사소한 몸짓이나 눈빛으로 라마주리에 대한 감정을 표현하는 거야. 구체적인 신체접촉이 아니고."

갑자기 베티가 불쑥 나타났다.

"실례합니다. 마틴. 카밀로와 잠깐 이야기를 해야겠어요."

줄츠는 모든 것을 이해한다는 듯한 웃음을 띠며 우리 둘만 남겨두었다. 베티는 나를 끌어안았다.

"우리, 잊을 수 없는 밤을 보내볼까요?"

사슴 같은 그녀의 눈이 빛나고 있었다. 그러나 내 머릿속은 벌써 카를라가 들어가 있는 탈의실로 꽉 차 있었다.

"안 돼요, 베티. 정말 미안해."

당시 나는 도대체 전략이라는 걸 몰랐다. 행복한 결혼생활을 유지하면서 나한테 오는 기회를 다 잡을 수도 있었을 텐데, 아마추어처럼 거절을 했던 것이다. 베티는 얼굴이 하얗게 질리더니 내 매몰찬 거절에 이를 악물며 짧게 내뱉었다.

"당신, 분명히 후회하게 될 거야. 이 나쁜 놈!"

베티는 화를 내며 돌아서서 휑하니 가버렸다. 나는 서둘러 탈의실로 달려가 마침 안 잠겨 있던 문을 열어 젖혔다. 카를라는 작은 스탠드 램프 불빛을 받으며 벌써 간호사 제복을 벗고 있었다. 그녀는 아무 말 없이 나에게 다가와 키스했다. 내가 상상했던 것과는 달랐지만 그래도 길고 부드러운, 그런 다음에는 부드럽지만은 않은, 진짜 키스를…….

나는 지상의 것이 아닌 환상의 마법을 경험했다. 평균 수준도 못 되는 남자, 세상에서 가장 재미없는 남자인 내게 발자크가 파리에서 꿈꾸었던 그런 여자가 키스를 했던 것이다.

카를라는 포옹을 풀더니 아무 말 없이 불을 켰다. 나는 안락의자에 앉아 역시 아무 말 없이 그녀를 바라보았다. 카를라는 조각상 같았다. 완벽하고 화려한 대리석 조각. 특히 나에게 등을 돌리고 옷을 입기 시작할 때 더욱 그렇게 보였다.

내 심장은 터져 나올 것만 같았는데…….

카를라의 아름다운 나신에서 나는 엉덩이 아래쪽에 난 잇자국을 발견했다. 틀림없는 잇자국이었다. 스포크 박사가 번개처럼 뇌리를 스치고 지나갔다. 나는 안락의자에 깊숙이 몸을 파묻었다. 감은 내 두 눈 앞에 스포크 박사 책의 굵은 글씨 한 구절이 떠올랐다. 311쪽에 쓰여 있는 "흡혈귀적인 욕망"이었다.

그러니까 카를라는 그다음 날 수영장에서 촬영을 하자는 줄츠의 부탁을 모나리자 같은 미소로 거절하면서, 그 때문에 나한테 윙크를 했던 거였다. 자기 엉덩이에 내 잇자국이 나 있었던 것이다. 모든 상황이 그처럼 끔찍하지 않았다면 나는 이런 발견에 대해 웃음을 터뜨릴 수도 있었을 것이다. 그러나 욕실의 적나라한 거울 앞에서 불길한 예감이 나를 엄습했다. 벨라 루고시가 주연으로 출연한 영화 〈드라큘라〉를 본 사람이라면 누구나 흡혈귀의 표식이 뾰족한 송곳니라는 사실을 알고 있다. 나는 내 치아를 세밀하게 관찰해본 결과 마음이 가벼워졌다. 내 치아는 상당히 들쭉날쭉하긴 했지만 스포크 박사가 311쪽에서 세운 엄격한 기준에는 미치지 못했다. 다른 사람들과 비교하면 내 송곳니는 충분히 발달하지도 않은 것 같았다.

그런데 도대체 왜 내가 엉덩이를 깨물었을까?

나는 사건이 일어난 그 장소를 곰곰 돌이켜보았다. 마음의 눈으로, 옷을 벗은 채 나를 유혹한 카를라가 어떻게 호텔 침대에 누워 있었던가를 꼼꼼하게 되짚어보았다. 그 황홀한 풍경에서 벗어나려고 눈을 감았지만 어둠 속에서 카를라는 더욱 아름다워 보였다. 나는 아버지의 무기인 알코올을 움켜잡았다. 그러자 수치심은 점점 줄었다. 오히려 나는 카를라의 환상과 더불어 몇 시간 동안 행복하게 즐길 수 있었다. 신문에 실린 기사 제목조차도 내 기분을 언짢게 하지는 못했다. 예를 들어 석간신문 〈포퓰러〉지의 파격적인 기사 제목은 이랬다.

"왜 카를라 바인슈톡은 수요일에 수영장 촬영을 거부했을까?"

그 신문의 편집실은 환상의 여배우 카를라 바인슈톡이 임신을 하지 않았나 하는 의혹을 제기했다. 이제 당연히 따라 나오는 질문은 그것이었다. 누가 애 아빠인가?

같은 신문의 다른 지면에는 로마노프 왕자의 하루 출연료가 6천 달러라는 이야기가 적혀 있었다. 공정을 기하기 위해 이들은 제작자 줄츠가 이 사실을 인정하지도 부인하지도 않았다고 덧붙였다.

나는 웃음을 터뜨렸다. 그러나 내 여러 친척들은 이 기사를 진지하게 받아들였다. 이 저널리즘의 걸작이 발표되기 무섭게 친척들의 궁금증이 끊이지 않았다. 어떤 친척은 내 사무실로 전화를 걸어 대체 촬영을 며칠이나 하는 것이냐고, 그러면 총 출연료가 백만 달러가 넘느냐고 물어왔다.

비서 힐데는 내 출연료 밝히기를 거부했다.

"언론에 공개된 액수는 정확하지 않습니다."

그러나 내 친척들은 아메바처럼 불어났다. 덴마크에서 내 조카라는 두 명의 젊은이가 다정한 전보를 보내 자신들이 체첸 출신이라고 말했다. 중년부인 하나는 자기가 내 딸이라고 주장했다. 노보모스코프스크라는 도시의 슬라브인 성직자에게 자기 어머니가 임종 시 그렇게 고백했다는 것이다.

이 예기치 않게 불어나는 가족 구성원들에 대해 어디서 해결책을 찾아야 할지는 너무도 명백했다. 나는 다시 스포크 박사의 책을 뒤져보았다. 책 중간쯤에서 벌써 나는, 눈에 익숙한 굵은 글씨의 글귀를 만났다. "로트쉴트 남작, 또는 친척을 얻는 법." 이 현명한 스포크 박사는 이렇게 써놓았다. "54세가 된 결혼한 남자는 경제적으로 성공하는 시기에 새로운 가족 구성원들의 증가에 직면하게 된다. 그 구성원들의 세계관은 오로지 가까운 인척 관계를 챙기는 데 있다." 스포크 박사는 설명을 계속했다. "이 씨족 이론의 열렬한 신봉자들은 한 사람을 위한 모두, 모두를 위한 한 사람이라는 의미에서 가족 구성원의 튼튼한 결속을 주장했던 로트쉴트 남작 가문 사람들이었다. 늙은 남작 자신은 이 테마에 대해 덜

교조적인 태도를 취했다고 사람들은 말한다.

　　　　　　　　　　　●

내 안의 성실한 예술가는 술에 취해서 한 첫 번째 촬영을 잊어버리려 했다. 그러나 말짱한 정신으로 생각해보니 그래도 걱정이 되었다. 내가 비서 힐데 곁에 누워 잠이 들기 전에 다행히도 훌륭한 편집자 마르가레테가 전화를 했다.

"칼, 그 첫 회분 필름을 봤어요. 당신의 그 당당하고 무심한 태도가 아주 마음에 들었어요." 그녀는 나를 안심시켰다. "앞으로도 연극적인 연기를 하지 마세요. 그 시절은 이미 끝났어요. 당신은 자신의 그 빛나는 자연스러움을 함께 극을 만들어가는 다른 연기자들에게도 전염시켜야 해요. 게르숀 글라스코프가 자유롭게 활동할 수 있는 동안에는 다른 배우들도 그렇게 해서 얻는 게 있을 거예요. 다 잘되길 빌어요, 칼."

마르가레테는 옛날에 분명 천사였을 것이다. 어쩌면 지금도 여전히 천국에 소속돼 있는지도 모른다. 이날 밤, 내가 잠을 잘 잘 수 있었던 것은 그녀 덕분이기도 했다. 그다음 날 나는 일찍 일어나지 않아도 되었다. 오전에는 내 아내 글로리아가 닥터 라마주리의 병원에서 체조 훈련을 하는 장면을 촬영하기 때문이다. 힐데가 신문을 사러 나간 사이 나는 혼자 아침을 먹으면서 해 뜰 무렵, 비교적 평온한 시간을 즐길 수 있었다.

"이봐 카밀로." 나는 반숙 달걀을 먹으면서 나 자신에게 말했다. "결코 그림을 그리려고 하지 않는 유명한 추상화가들이 전 세계에 있잖아. 마찬가지로 연극적인 연기에 대해 아무것도 모르는 존경받는 현대 배우가 있을 수 있다는데 누가 뭐라고 하겠어. 그러니까 배우로서의 너의 완벽함을 의심할 이유는 하나도 없어. 결국 너는 예술가가 아닌 모범적인 평민이고 너의 팬들은 다 사기꾼인 거지."

힐데가 돌아오자 평온함은 끝났다. 힐데는 조간신문을 집어던졌다. 얼마 전 게르숀 글라스코프의 역사적인 비평이 실렸던 바로 그 신문이었다. 그 신문은 남아 있던 반숙 달걀 위로 떨어졌다. 이번에는 1면에 실린 베티의 사진이 내 눈에 들어왔다. 배꼽티에 핫팬츠를 입은 날씬한 모습이었다. 사진 옆에는 이렇게 쓰여 있었다. "젊은 사진기자 베티 카사비아에가 C.L. 로마노프와의 격정적인 관계를 폭로한다. 5~6면 기사 참조."

힐데의 눈길이 예리한 칼날처럼 내 가슴을 후벼 팠다.

"이게 뭐지?"

나도 그게 뭔지 몰랐다. 기어 들어가는 목소리로 나는 그 기사를 읽어보게 해달라고 힐데에게 허락을 구했다. 힐데는 이미 집에 오는 길에 그 기사를 다 읽었기 때문에 이제 그녀는 내 얼굴을 마주보고 흔들의자에 앉아 천천히 몸을 흔들면서 나를 쏘아보고 있었다.

이 신문 5면과 6면에 실려 있던 기사는 힐데가 '장애물'이라고 제목을 붙여놓은 스크랩 앨범에서 지금도 읽을 수 있다.

신문기사 제목이 이미 모든 것을 말해주고 있었다.

베티 : "이제 나는 말한다!"

이 선언문 바로 밑에는 내가 이제까지 찍힌 모든 사진 중 가장 우스꽝스럽게 나온 사진이 실려 있었다. 밥을 먹고 나서 잇새에 낀 뭔가를 빼내고 있는 사진이었다. 그 끔찍한 사진 밑에는 이렇게 인쇄되어 있었다. "그는 내 인생을 망쳐놓았다." 그러나 예의 없는 편집자들이 통상 뽑아놓은 센세이셔널한 기사 제목과는 반대로, 예쁜 베티의 이 개인적인 고백은 내 생각으로는 상당히 정돈된 것이었다.

"나는 카밀로를 사랑했어요." 베티는 이렇게 고백을 시작했다. "나는 이 세상 무엇보다 그를 사랑했지만 그런 사람은 나 하나뿐이 아니었던 것 같습니다."

베티는 우리 집에서 내 사진을 찍어야 했던 경위를 설명했고, 내가 다른 배우들의 사진에 거의 병적인 집착을 보이며 보여달라고 했다고 진술했다. 그런 다음 편집부에서 나에게 초콜릿 한 상자를 선물로 보냈는데, 나는 베티에게 엄청난 감사와 칭찬을 퍼부었고, 그것은 정상적인 도를 넘어서는 것이었다고 말했다. 그런 다음 내가 베티에게 "나 자신의 눈부신 외모"에 대해 우스꽝스러울 정도로 아첨을 강요했다는 것이다.

"그는 자신의 그 유명한 옆모습을 무조건 새로 촬영하고 싶어했습니다." 베티는 서글픈 태도로 말을 계속했다. "그 무렵 나는 여전히 카밀로를 신뢰하고 있었고 온 마음을 다해 그가 내 진실한 사랑을 받아들여주기를 원했습니다. 그의 무수한 정부情婦들과는 다르기를 바랐죠. 카밀로도 역시 당장 단둘이 만날 약속을 잡으려 했습니다. 하지만 그의 부인이 집에 있을 때는 전화하지 말라고 말했죠."

나는 힐데를 흘끗 쳐다보았다. 힐데의 핏기 없는 입술은 가느다란 한 일一자로 굳게 다물어져 있었다.

"자신의 특별한 의도를 숨기기 위해서 카밀로는 나에게 우편엽서 크기의 사진 석 장을 더 찍어달라고 말했습니다. 그다음에 우리 두 사람 사이에 일어난 일은 이야기할 수도 없고 그러고 싶지도 않습니다. 그날들은 제 인생의 가장 아름다운 날들이었고, 그래서 저는 제 슬픈 고백을 읽는 독자들에게 카밀로가 공인이 아닌 개인으로서 어떻게 행동하는지, 그가 집에서는 어떤 옷을 입고 있으며, 또 침대에서는 어떤 남자인지, 하는 등의 통속적인 질문으로 제 가슴을 찢어놓지 말아주시기를 간청합니다. 자비로우신 하느님의 이름으로, 이런 무례한 질문에 대해서는 대답하지 않겠다고 맹세했기 때문입니다.

나는 이 남자를 여전히 사랑하고 있습니다. 그가 나를 비정하게 자기 인생에서 쫓아내버렸음에도 불구하고 여전히 그의 미소와 그의 열정을 사랑합니다. 그는 눈썹 하나 까딱하지 않고 어떤 설명도 없이, 어떤 위로의 말 한마디도 없이, 나를 몰아내버렸습니다. 내가 사귈 수 있었던, 믿기지 않을 정도로 놀라운 자제력을 지닌 러시아 귀족 로마노프를 사귀게 된 덕분에 내게는 고통스러운 기억들만 남았습니다. 카밀로 로이드 로마노프와의 내 로맨스는 제대로 시작도 되기 전에 끝나버렸습니다. 내 인생은 망가져버렸습니다. 그리고 나는 아직 젊고 미숙합니다."

나는 아침 햇살을 받으며 거기 앉아 있었고, 내 손에는 온 나라가 다 읽은 스캔들이 들려 있었다. 내 앞 흔들의자에 앉아 있는 아내에게 무슨 말을 해야 할지 알 수 없었다. 나는 신문을 옆으로 밀어놓고 1면에 실린 핫팬츠의 베티에게 마지막 눈길을 주었다. 사실 그녀는 나에 대해서 상당히 긍정적으로 말해주었다. 그리고 마지막에 가서는 나를 여전히 사랑한다고까지 고백했다. 사람이 언제나 부정적인 면을 볼 필요는 없다. 베티의 고백 중 사실과 다른 오류들은 있지만, 그건 사랑하다 실망한 데서 생겨난 찌꺼기에 불과했다. 그리고 사랑의 실패로 정신이 불안정한 상태에서는 그 정도의 거짓말쯤은 할 수도 있다는 생각이 들었다. 그러나 힐데는 나와는 완전히 다른 견해였다.

"이 빌어먹을 창녀가 당신을 희생시켜 유명해지려고 기를 쓰고 있어. 그걸 못 알아본다면 장님이지. 이 여자하고 당신 사이에 무슨 일이 있었던 거야?"

"아무 일도 없었어."

"아니 땐 굴뚝에 연기 날까, 카밀로." 힐데는 처음으로 나를 카밀로라고 불렀고 나는 상황이 심각하다는 것을 알아차렸다. 신문에 인쇄된 기사와 싸워서는 도저히 이길 수 없었다.

"당신이 어떻게 해서 이렇게 난처한 상황에 처하게 되었는지 나한테 설명해줄 수 있겠지?" 힐데는 내 대답을 요구하며 흔들던 흔들의자를 멈췄다. "대체 어째서 당신은 저 따위 여자의 꽁무니를 쫓아다닌 거야, 당신 그렇게 바보야? 내가 저 말라깽이를 신문에서 봤을 때 난 이해를 못했어. 어떻게 내 남편이 뼈와 가죽만 붙어 있는 저 개구리 같은 계집애한테 넘어갔는지 이해할 수 없었단 말야. 쟤보다 백배는 매력적인 카를라는 싫어하면서. 난 진실을 알아야겠어. 저 개구리하고 장난을 친 거야?"

"아니…… 사실은 그 반대야……."

"말 더듬지 마. 장난질의 반대가 난 뭔지 모르겠어. 어째서 베티가 두 사람의 관계를 신문에 떠벌린 거지?"

"몰라…… 복수, 아마도……."

"뭣 때문에 복수를 해?"

"내가 베티랑 안 자서."

"당신이 저 걸레한테 정말 그렇게 말했어? 내가 집에 있을 때는 전화하지 말라고? 그런 말을 했어, 안 했어?"

"했어……. 점심시간에 전화하지 말라고."

"카밀로!"

궁지에 몰리면 언제나 그렇듯 이번에도 나는 울기 시작했다. 그리고 이번에는 막판까지 빛이 보이지 않았다. 다행히도 힐데는 내 울음을 견디지 못했다. 힐데는 다가와 한 손으로 내 어깨를 감쌌다.

"됐어." 힐데는 고함을 쳤다. "다 알아들었어. 당신의 베티는 절대로 거짓말을 할 수가 없어. 그 애는 당신의 미소와 열정을 얘기했잖아. 난 그걸 비웃을 생각은 없어. 그러나 우리가 정말 걱정해야 할 것은 당신의 미래야, 칼. 줄츠가 그 시리즈에서 당신을 빼버린다고 해도 나는 놀라지 않을 거야. 그리고 배우노조에서 당신을 제명한다 하더라도 놀랄 것 없어."

"하지만 어째서?"

"당신은 도덕적으로 볼 때, 개새끼잖아, 여보." 힐데는 나한테 맥주 한 잔을 주더니 엄청난 자유를 가진 미디어의 지배에 대해 강의를 하기 시작했다. 오늘날에는 누구든 자기 글을 인쇄할 수 있고 신문이나 잡지에 실을 수도 있고 TV 카메라 앞에서 망가질 수도 있다는 것이었다. "마피아 보스는 예외야. 그들의 사생활은 절대로 언론에 공개되지 않거든."

"그렇다면 나는 마피아 보스가 되고 싶어."

"우선 베티 문제나 해결하셔."

전화벨이 울렸다. 그 순간 힐데는 다시 비서로 변신해 용감하게 수화기를 들었다. 그런 다음 힐데는 안도의 한숨을 내쉬었다.

"어떤 광고 에이전트가 당신을 급히 만나고 싶대. 이 남자는 어젯밤에도 전화했었어."

그 사람은 오래전 나에게 그 이상한 맥주를 마시고 트림을 하게 만들었던 바로 그 에이전트였다. 그다음에 걸려온 전화는 나를 바람피운 남편으로 단정 짓고 있었다.

"아빠, 난 이제 끝났어!" 베네딕티나가 전화로 울먹였다. "한 시간 전에 라디오 방송국에서 나한테 전화가 왔어. 아빠 때문에 나를 해고한대. 아빠는 앞으로 가족이 없다고 생각해야 될 거야. 끝이야!"

재앙의 미래가 그 어두운 그림자를 드리우기 시작했다. 내 아내도 상당히 혼란스러워 보였다. 힐데는 자기 책상 서랍에서 신경질적으로 서류들을 끄집어내기 시작했다. 나는 힐데에게 돈이 얼마나 남아 있느냐고 물어보았다. 힐데의 대답은 나를 산산조각 냈다.

"한 푼도 없어. 당신 아버님 뵈러 병원에 갔을 때, 당신 출연료로 받은 돈을 몽땅 드렸거든."

"언제?"

"그저께 저녁에. 당신이 호텔에서 카를라를 만나고 있는 동안에."

절망감과 함께 수치심이 나를 짓눌렀다. 내가 호텔방에서 카를라의 엉덩이를 깨물고 있는 동안에 착한 힐데는 내 늙은 아버지의 병상을 지켰던 것이다. 나에게 떨어진 운명은 그야말로 자업자득이다.

"아버지는 어떠셔?"

"더 이상 살고 싶지 않으신가 봐. 간호사들이 아버님의 침대 매트리스 밑에서 보드카 병을 찾아냈대. 아버님은 우리한테 병원으로 술을 몰래 숨겨 가지고 오라고 부탁하셨어. 다른 방법이 없으면 꽃병에 술을 담아 가져오라고 말야."

힐데와 나의 눈길은 줄츠가 가져온 중국 꽃병에 머물렀다. 우리는 배를 깔고 추락한 두 마리 비둘기처럼 서로 포옹했다. 나는 당장 줄츠에게 사직서를 제출하겠다는 굳은 결심을 힐데에게 전했다. 힐데는 내 이마에 입을 맞추며 서글픈 미소를 지었다.

"내가 학교에 아직 사직서를 내지 않은 게 정말 다행이야."

눈에 눈물이 그렁그렁한 채 힐데는 창가로 가서 조심스럽게 커튼을 젖히고 아래를 내려다보았다. 긴장감 도는 평온이 우리를 감싸고 있었다. 반대로 거리에서는 먼 곳에서 부르는 노랫소리가 창문으로 들려왔다.

"칼, 이리 와봐." 힐데가 손짓했다.

나는 창가로 달려갔다.

"세상에." 힐데가 말을 더듬었다. "미쳤어……."

거리가 인파로 가득 차 있었다. 물론 다시금 청소년들이었다. 등굣길이 분명한 그들은 우리 집 앞에서 멈춰 섰다. 몇몇은 인도 위에 자리를 잡고 앉았다. 다른 아이들은 서로 목마를 태웠다. 모두 다 함께 목청껏 〈올 유 니드 이즈 러브All you need is love〉를 불렀다.

머리 긴 남학생 하나가 조간신문으로 그 아이들을 지휘하면서 베티의 초상화를 리드미컬하게 이리저리 흔들고 있었다. 몇몇 이웃들도 그 아이들 틈에 끼어 노래까지 따라 불렀다. 로마노프 내외가 창가에 나타나자 합창단은 규모가 더 커졌다. 야채 상인 치셱은 온 힘을 다해 외쳤다.

"로마노프, 계속해! 계속해!"

아주 젊지는 않은 여자 하나가 모두 박수를 치는 가운데 신문을 갈기갈기 찢어버렸다. 경찰관 두 명이 웃으며 이들의 행동을 지켜보고 있었다. 두 명 중 더 나이가 많은 쪽은 신문 1면을 들여다보더니 나를 향해 양쪽 엄지손가락을 높이 쳐들었다. 예쁜 베티에게 만점을 주겠다는 뜻이었다.

"저기 좀 봐." 힐데에게 내가 말했다. "비도덕적인 개새끼한테는 너무 과분한데." 사회과 교사인 힐데가 그처럼 어리둥절해하는 모습은 나도 처음 보았다. 반강제로 나는 힐데에게 그 거리에 나선 숭배자들에게 함께 손을 흔들어주게 했다.

"신의 뜻은 오묘한 거야." 나는 붉게 상기된 힐데의 귀에 속삭였다. "당신은 비서실을 다시 열어도 될 것 같군."

⚫

이번에는 주차장을 통해 촬영장으로 숨어 들어가야 했다. 줄츠의 아파트 중앙 입구에 온갖 언론인들이 운집해 있었기 때문이다. 주위에 있는 유치원에서는 원생들과 여선생들, 그 친구들이 함께 나와 있었다. 경찰관들은 교통정리를 하느라고 바빴고, 수많은 TV 제작팀들은 이 소란을 뚫고 달려왔다.

나는 외과 과장과 간호사 카를라 사이의 싸움을 다시 한 번 찍고 있는 병원으로 곧장 안내되었다. 내가 방문 앞에 나타나자 촬영은 즉시 중단되었고 촬영팀 전체가 내 앞으로 몰려들었다. 한 사람씩 나를 포옹하며 내 어깨를 두드려주고 이렇게 나를 축하했다. "그 여자애 예쁘던데! 정말 대단해, 로마노프, 진짜 끝내주는 남자야!"

나는 그들을 이해할 수 있었다. 데모 필름을 찍을 때의 말 더듬는 땅꼬마에서 쿨한 마초로 변신하고, 아침부터 그 이름으로 돈으로 다 환산할 수도 없는 광고 효과를 가져온 이런 변신은 정말 축하받아야 마땅했다.

라마주리는 흰 가운 차림으로 제일 먼저 달려와서 내 앞에 허리를 깊숙이 굽혔다.

"카밀로, 당신은 정말 최고야!"

줄츠까지 나서서 남성적인 매력이 어쩌고 하면서 중얼거렸고, 그의 아내, 그 마녀는 내 등 뒤에서 목덜미에 키스했다. 카메라맨은 달려와서 로마노프 부인이 베티의 수상쩍은 고백에 대해 어떤 반응을 보였느냐며 나지막이 물었다. 나는 그에게 당당하게 대답했다.

"아내는 진실을 알아요."

이날 아침, 내 인기는 그 절정에 다다른 것 같았다. 그 맥주 에이전트는 꼭두새벽부터 복도에서 나를 기다리고 있었고 우르줄라 마리 루는 게르숀 글라스코프의 짧은 전갈을 나에게 보여주었다. "로마노프, 신문의 뻔뻔스런 태도를 무시하십시오. 그리고 진부한 연극적 사고방식에 맞서 싸우는 당신의 주목할 만한 선구자적 투쟁을 흔들림 없이 계속해 나가시기 바랍니다."

나는 나를 진심으로 이해하고 격려하며 공감을 표시하는 사람들에게 둘러싸여 있었다. 오직 카를라만이 병원 구석에 놓인 긴 의자 위에 앉아 얼음처럼 싸늘한 눈길로 나를 쏘아보고 있었다. 나는 그녀 옆에 가서 앉았지만 그녀는 즉시 나에게서 떨어져 앉았다. 화를 내니 카를라는 더 아름다웠다.

"하지만 카를라." 나는 낮은 소리로 속삭였다. "신문에 실린 얘기는 모두 지어낸 얘기라구."

"알아요. 어쨌든 신문에 났잖아요."

나는 카를라의 손을 잡으려 했지만, 그녀는 발딱 일어나서 제작자를 향해 외쳤다.

"줄츠, 스토리를 바꿔주세요. 로마노프와의 베드신을 다음 회까지 기다릴 수 없어요. 당장 내일 촬영해요."

줄츠는 화가 나서 얼굴이 새빨개진 채 달려왔다.

"도대체 무슨 생각을 하는 거야? 양성애자의 베드신은 아주 철저하게 준비를 해야 한다고. 대화도 즉석에서 나오는 대로 할 수는 없어."

"왜 안 돼요. 지금 당장도 가능하잖아요."

줄츠는 나를 쳐다보았다. 나는 두 손을 들어 오케이 표시를 했다. 격분한 제작자는 동의한다고 선언했다. 그러나 촬영에 들어가기 전에 한 번은 연습을 해보아야겠다고 말했다. 그래서 우리는 줄츠를 따라 촬영장 침실로 들어갔다. 카를라는 간호사 유니폼을 벗고 슬립만 걸친 채 침대에 누웠다. 그리고 스스로 외쳤다.

"액션!" 지난 며칠 동안 내게 일어난 모든 일을 생각하면 이젠 그 무엇도 나를 놀래킬 수 없었다. 연습 시작 신호가 울리자 나는 넥타이를 풀었다.

"글로리아, 나랑 얘기를 하고 싶다면서."

"맞아, 만프레트. 사람들이 당신의 성적 취향에 대해 수군거리는 걸 듣는 게 정말 지겨워. 당신은 나만 빼놓고 다른 모든 사람들에게서 욕망을 느끼나 보더군."

"그 사진기자 얘기야?"

"아뇨. 만프레트. 난 우리 외과 과장을 얘기하는 거야."

"카를라, 당신은 정상이 아니야. 그건 내 배역이잖아. 나는 오로지 당신만을 원해."

"갑자기 당신이 부쩍 남자로 느껴져, 만프레트. 내일 나는 카메라 앞에서 그 증거를 보여줄 거야."

"내가 아직 아무것도 입증을 안 했던가?"

"그저 맛만 보여줬지. 여기 이 침대 위에서 내일 당신을 기다릴게, 카밀로."

"좋아, 글로리아." 줄츠는 "컷"을 외치고 나서 종종걸음으로 방을 빠져나갔다. 우리는 줄츠가 다시 남쪽 나라로 여행을 떠날 거라고 생각했다. 그러나 잠시 후에 그는 방으로 돌아와서 내가 라마주리와 함께 감정이 담긴 장면을 하나 더 촬영해야 한다는 사실을 일깨웠다.

그사이에, 정확하게 말해서 촬영 사이사이에 나는 맥주 에이전트에게 몇 분을 할애했다. 그의 이름이 루디라는 것까지 기억이 났다. 그런데도 그는 호감이 가는 타입은 아니었다.

"당신에게 제안을 하고 싶은데요, 로마노프." 루디가 말했다. "러시아 보드카를 생산하는 회사가 당신과 베티를 채널2의 30초 광고 스팟에 출연시키고 싶어합니다."

"베티에게 말했어요? 그 사진기자 말예요?"

"물론이죠. 이 모든 것이 베티의 아이디어입니다. 당신과 베티는 보드카를 한잔 마시면서 화해를 한다는 설정이죠. 출연료는 8만 달러, 현찰입니다."

"루디, 당신이 좀 더 진지한 제안을 할 거라고 기대했는데요."

"알아요. 누구든지 진지한 광고를 원하죠. 하지만 그렇게 해서 결과가 어떨지에 대해서는 누구도 책임을 지지 않아요. 예스냐 노냐, 선택하세요, 로마노프. 그 회사 사장은 10만 달러까지 지불할 수도 있대요."

"베티하고 엮이는 건 말도 안 돼요."

"혼자 찍는다면 액수가 훨씬 줄어듭니다."

"내 아내와 얘기해보시죠."

나는 새 휴대전화로 집에 전화를 걸었다. 내 불안한 흡혈귀적 특성을 느끼며 나는 힐데에게 휴대전화를 사달라고 했다. 휴대전화를 가져야겠다는 생각을 하게 만든 것도 물론 스포크 박사였다. 108쪽에서 스포크 박사는 이런 질문을 했다. 결혼한 지 108개월이 넘은 남자가 해답이 없는 문제들을 어떻게 해결할 것인가 하는 질문이었다. 그건 내가 그의 책에서 맨 처음으로 읽은 문장이었다. 그러나 그 당시 아파트 계단에서 읽었을 때는 그 케케묵은 책의 내용을 그다지 진지하게 받아들이지 않았다. 그러나 그사이에 나는 그의 예언자적인 지혜에 대해 흔들리지 않는 믿음을 갖게 되었다.

"오랜 부부 관계의 핵심적인 문제들이 아마도 가까운 미래에 해결될 것이다." 현명한 스포크 박사는 이렇게 예언했다. "남자를 성적 불능 상태에서 해방시켜주는 사탕이 시판될 것이다. 그리고 보안을 위해 아주 작은 전화기가 발명될 것이다. 바지 주머니에 숨길 수 있는 크기의 전화기가."

내 호주머니 속의 이 작은 기적을 통해 나는 루디가 한 제안의 핵심을 비서실에 전달할 수 있었다. 힐데는 아주 좋아했다. 그 케이블 방송이 베네딕타나를 다시 고용했기 때문이었다. 그리고 그게 다가 아니었다. 여성들의 우상인 아버지의 새로운 인기 덕분에 방송국에서는 베네딕타나의 월급을 올려주기까지 했고, 그래서 내 딸애는 뉴올리언스에 있는 자기 예비신랑을 도울 수 있었던 것이다. 힐데는 줄츠의 경쟁자인 다른 제작자가 나를 애타게 찾고 있다는 이야기도 들려주었다. 그러나 나는 먼저 루디와의 일을 해결하라고 힐데에게 부탁했다. 그리고 루디에게 내 휴대전화를 넘겨주었다. 루디의 잔뜩 긴장한 표정을 보면서 힐데가 다시 제자리를 찾았음을 알았다.

나는 그 일에 관여하고 싶지 않았다. 더군다나 병원에서 라마주리와 감정이 오가는 장면을 촬영해야 할 시점이었다. 줄츠는 거인 같은 라마주리를 그의 수술 침대 뒤에 세웠다. 그리고 그는 우리에게, 정확하게 대본에 묘사된 대로 두 사람 간의 독특한 관계를 연기하라고 부탁했다.

"카밀로, 당신은 라마주리에게 빠져 있는 거야, 오케이?"

"잠깐만요." 나는 제작자에게 이의를 제기했다. "어째서 라마주리가 나한테 빠지면 안 되는 거죠?"

"라마주리가 당신보다 키가 크기 때문이야, 다른 질문?"

"카를라는 어디 있죠?"

"집에 갔어."

"액션."

나무판이 부딪치는 '탁' 소리와 함께 라마주리는 엉덩이를 흔들기 시작했다. 나는 아주 신경이 거슬렸다.

"안녕하세요. 잘 지내시죠?" 라마주리가 자기 대사를 시작했고 나는 역할에 충실한 대답을 했다.

"그럭저럭 지냅니다. 과장님."

"오, 만프레트! 이젠 나를 그냥 빅토르라고 부를 때가 되지 않았나요?"

나는 라마주리의 극중 이름이 빅토르인 줄도 모르고 있었다. 하지만 그런 문제를 놓고 싸우고 싶지는 않았다. 줄츠는 라마주리에게 내게 접근하라는 신호를 보냈다. 그러자 그는 내가 스토리에 적합한 연기를 해야 한다는 사실을 암시하려고 엉덩이를 흔들기 시작했다. 나는 게이들의 쇼도 참고 보지 못하는 사람이다. 더구나 라마주리 같은 거구가 그런 짓을 하는 건 참고 볼 수 없었다. 그러나 평화를 위해 나는 상당히 그럴듯한 대꾸를 즉석에서 지어냈다.

"그러죠, 빅토르. 글로리아가 인사 전해달래요."

"하지만 당신의 아름다운 아내는 잠시 잊읍시다, 우리." 라마주리가 말했다. "우리 두 사람 얘기만 해요, 만프레트." 그는 양팔을 벌렸다. 라마주리가 나를 포옹할 위험이 느껴졌다.

"나를 건드리지 말아요. 구역질 나." 나는 내 감정을 솔직하게 표현했다. "줄츠, 내 말 좀 들어봐요." 나는 돌아가는 카메라 곁에서 마비된 듯 꼼짝 않고 서 있는 제작자에게 돌아섰다. "우리는 그저 눈빛으로만 감정을 나누기로 했던 것 같은데요."

줄츠는 라마주리에게 계속하라는 신호를 보냈다. 그러나 아마도 라마주리는 자신이 외과 과장이라는 사실을 완전히 잊어버린 것 같았다. 제작자를 향해 그의 분노가 폭발했다.

"도대체 왜 멍청하게 거기 서서 손을 휘젓고 있는 거야, 이 천치야. 이 땅꼬마가 내 얼굴에 대고 구역질난다는데 그걸 보고만 있을 거야?"

나는 나를 향해 있는 카메라를 곁눈으로 훔쳐보았다.

"줄츠한테 화낼 거 없어." 내가 라마주리에게 말했다. "당신을 역겨워하는 건 줄츠가 아니라 나니까."

이제 거인 같은 라마주리는 완전히 자기 역할을 벗어났다. 라마주리는 나를 때리거나 적어도 목을 조르려는 생각으로 나에게 달려들었다.

"죽여버릴 거야. 이 재수 없는 난쟁이!" 그는 이성을 잃고 고함을 쳤다. 이 모든 것이 비디오테이프에 녹화되고 있다는 사실을 완전히 잊어버린 것 같았다. "다리몽둥이를 분질러버릴 거야. 그러면 네 녀석이 더는 카를라를 올라타지 못하겠지." 그는 수술 침대 주위를 돌며 나를 붙잡으려 했다. 나는 줄츠에게 외쳤다.

"이런 미친놈한테 어떻게 사랑에 빠져요?"

이 대사는 아무리 펠리니라고 해도 좀 지나쳤다. 줄츠는 주먹으로 벽을 쳤다.

"그만 해! 정말 미치겠네! 그만 하라니까!"

줄츠는 숨을 헐떡였고, 라마주리가 날카로운 외과용 메스를 꺼내들었을 때 나는 줄츠 등 뒤로 숨었다. 새빨개진 라마주리의 얼굴이 심상찮은 사태임을 알려주었다.

카메라맨은 촬영을 중단해야 하느냐고 물었다. 나는 일찌감치 택시를 잡아타고 집으로 내달렸다.

오늘 촬영이 어땠느냐고 힐데가 물었다.

"괜찮았어." 내가 대답했다. "차츰 익숙해지고 있어."

사람들이 거리로 나오게 된 건 물론 촬영 때문이 아니라 베티와의 스캔들 때문이었다. 내 "동물적이고 마술적인 매력"에 대한 국민적 관심이 힐데를 골병들게 했다. 우리 집 앞에 와서 염탐하려는 언론사 사진기자들을 피하기 위해 힐데는 밖에 나가지도 못했다. 진짜 내막을 알고 싶어 하는 대중의 시선 앞에서 갑자기 힐데는 나보다 더 중요한 인물이 되었다. 심지어는 베티보다 더 큰 관심의 대상이 되었다. 베티가 자신의 누드 사진을 게재하는 대가로 10만 달러 단위의 계약을 〈펜트하우스〉지와 맺었다는 사실은 석간신문 〈포퓰러〉에만 실렸다.

힐데도 계약을 맺었다. 그건 루디와의 계약이었는데, 액수는 4만 달러에 불과했다.

"처음에는 내가 거절했어." 힐데가 말했다. "그 사기꾼은 대사가 없는 30초짜리 광고에 겨우 2만 달러를 주겠다는 거야. 하지만 당신이 두어 마디 말을 하면서 미소를 짓는다는 조건으로 액수가 두 배로 뛰었지. 내 생각인데, 당신이 보드카 잔을 들어 올리면서 이렇게 말하면 어떨까? '아버지, 건배!' 그러면 당신 아버지가 분명히 기뻐하실걸."

그 제안이 마음에 들었다. 힐데는 TV 광고 출연료로 자동차 한 대를 살 수 있다고 귀띔했다. 이번 내 생일에 힐데가 몰래 사려고 했던 자동차 한 대 값이라는 거였다.

그러나 모든 봉우리에는 골짜기가 있는 법이다. 고대 그리스 철학자들은 그렇게 말했다. 아니면 스포크 박사의 말이었던가, 내가 한 말인가, 나도 잘 모르겠다.

극장 에이전트 '사샤 부자 주식회사'의 변호사는 공식적인 편지를 보내왔다. 자신의 고객인 사샤 부자 주식회사가 나에게 배역을 주선해준 중개료와 앞으로 매회 출연료에 해당하는 커미션을 요구한다는 내용이었다. 내가 그 돈을 지불하지 않을 경우에는 관련법 308 207조 2항에 근거하여 신고하지 않은 소득에 대한 강제 집행이 있을 것이라고 알려왔다.

"자업자득이야." 힐데가 판결했다. "그 사기꾼이 계약서에 서명하게 한 건 당신이잖아." 힐데는 곧장 닥터 프리트랜더에게 달려가려고 했지만, 내가 반대했다. 돈에 눈이 어두운 변호사한테 더 많은 돈을 지불하게 될 거라고 생각했던 것이다. 그래서 우리는 다시 베티 스캔들로 관심을 돌렸다. 대중은 내 무자비한 도착증의 희생자에 대해 신경을 곤두세우고 프롤레타리아적인 연대를 표현했다. 그들은 그저 평범한 시민이었다. 정확하게 말하면 평범한 여성 시민들이었고, 중년 이상의 기혼여성들이었다. 이 대단히 윤리적인 여인들의 행렬에 젊은 여자 세 명이 가세했다. 그 세 명 중 둘은 나와 결혼하고 싶어했거나 적어도 내 아이를 낳고 싶어했다. 그리고 재능 있는 연주자인 세 번째 여자는 10만 달러를 현찰로 요구했다. 내가 그 돈을 주지 않으면 자기가 나에게 수차례 강간

당했다고 언론에 알리겠다는 것이었다. 희한하게도 남자들도 몇 명 있었는데, 대부분은 투자를 유도하는 요구였다. 예를 들어 100킬로그램이 넘는다는 대학생 하나는 대학을 졸업할 때까지 학비와 생활비를 대달라고 했다.

내가 대중의 분위기에 냉소적이고 무관심한 것은 전적으로 비쩍 마른 개구리 베티에게 온 정신을 쏟고 있기 때문이라고 힐데는 생각했다. 그러나 내 은밀한 감정은 전혀 베티를 향하고 있지 않았고, 내일 촬영장에서 만나게 될 카를라에게 쏠려 있었다. 나를 두렵게 만드는 방탕한 희망이었다. 내 뚱뚱한 아내의 관심을 다른 데로 돌리기 위해 나는 사샤의 협박으로 다시 화제를 돌렸고, 병원에 계신 아버지에게 재빨리 전화를 걸었다.

순진한 명사가 돈을 요구하는 덫에 걸렸을 때, 어떻게 하면 좋으냐는 내 질문에 아버지는 이렇게 대답했다.

"돈을 줘라."

나는 그 이유를 설명해달라고 아버지에게 부탁했다.

"돈을 달라는 협박을 받는 협박꾼은 하소연할 자격이 없다." 아버지가 으르렁거렸다. "하지만 너도 역시 스타니까 어떤 면에서는 협박꾼인 셈 아니냐? 안 그래?"

나는 아버지를 이해할 수 없었다. 그러나 힐데는 내게 손짓을 하면서 루디와의 TV 광고 계약을 상기시켰다.

그날 저녁 누군가가 초인종을 울렸을 때, 나 역시 협박꾼이라는 아버지 생각이 맞았음이 입증되었다. 내 비서가 안내해서 데리고 온 남자는 배가 나온 뚱보였다. 대머리까지 줄츠와 똑같았다. 이 뚱보는 자신을 악셀 필름 코퍼레이션 대표라고 소개했다. 제작자 줄츠의 대표적인 라이벌이었다. 그는 곧장 본론으로 들어갔다.

"나는 청소년 시절부터 당신한테 감탄해왔습니다, 로마노프. 지난번 방송 덕분에 당신은 오늘날 사회적 관심의 초점으로 떠오를 수 있었습니다. 악셀 필름 코퍼레이션은 〈회오리 속의 열정〉이라는 타이틀로 전혀 새로운 종류의 대작을 기획하고 있습니다. 카밀로 로이드 로마노프를 주연으로 말입니다." 상당히 그럴싸하게 들렸다. 힐데가 말을 받았다.

"악셀, 그 영화에서 남편이 맡게 될 역할을 좀 설명해주시죠."

제작자는 시가에 불을 붙인 뒤 천장을 올려다보았다.

"나는 마음의 눈으로 한 남자를 바라봅니다. 눈부시도록 아름다운 자기 아내를 사랑하지만 그녀를 만족시킬 수 없는……."

"잠깐만요, 악셀!" 내 비서가 그의 말을 가로막았다. "제 남편이 사진기자와의 그 요란한 스캔들 직후에 또다시 동성애자 역할을 연기할 거라고 생각하시는 건 아니겠죠."

악셀은 약간 당황한 듯 보였지만 얼른 자신을 수습했다.

"카밀로가 성적 욕망을 희생시키지 않는다면 대중은 결코 우리를 용서하지 않을 겁니다, 로마노프 부인. 그 욕망이 눈곱만큼이라도 상식의 한계를 넘어서는 것이라면 말입니다."

"좋아요." 내가 사태를 정리했다. "하지만 난 동성애자 역할을 더 이상 하고 싶지 않아요."

"그 심정 이해합니다." 악셀은 한 걸음 물러섰다. "로마노프 부인, 남편이 성공한 산부인과 의사 역을 영화에서 연기한다면 어떨까요?"

갑자기 소름이 쫙 끼쳤다. TV에서 산부인과 의사가 하는 일을 보면 나는 도저히 그 장면을 견뎌내지 못했다. 카메라가 그 끔찍하게 생긴 산부인과 침대에 단단히 묶인 불쌍한 여자를 비추며 이리저리 방향을 바꾸면 나는 얼른 고개를 돌릴 수밖에 없었다. 그래서 나는 악셀에게 말했다.

"산부인과 의사는 할 수 없습니다."

"그럼 어떤 역을 하고 싶은가요, 로마노프 씨?"

"마피아 보스요."

"그거야 어렵지 않죠." 악셀이 대답했다. "간단합니다. 낮에는 산부인과 의사, 밤에는 언더그라운드의 제왕을 연기하는 거죠."

"커피를 드릴까요, 아니면 홍차를 드시겠어요?" 힐데가 재빨리 끼어들었다. "제 남편을 이제는 놓아주셔야겠어요. 내일 스케줄이 아주 힘들거든요."

힐데는 때맞춰 나를 구원해주었다. 나는 내 방으로 돌아가 침대에 큰 대자로 누워 카를라를 눈앞으로 불러냈다. 그리고 마지막 힘을 다해 카를라가 옷 벗는 광경을 상상하려고 애썼다. 내일 그 베드신을 대체 어떻게 해야 할까? 나는 이런 일은 정말 경험이 없었다. 정말이었다. 대체 내가 왜 이런 일에 말려들었던가? 어째서 나는 이 매혹적인 요물이 이렇게 빨리 자기 의지를 관철시키도록 내버려두었단 말인가? 어째서 나는 때맞춰 브라질로 도망치지 못했던 것일까?

이 끝없이 이어지는 괴로운 질문은 힐데의 목소리에 중단되었다. 악셀이 집에 간다고 인사를 하라는 것이었다.

"모든 것이 정리됐어." 힐데가 자신 있게 말했다. "하루 출연료 6천 달러, 플러스 부가세."

나는 내 생에 그 수수께끼 같은 '부가세'라는 말을 사용하게 되리라고는 꿈도 꿔본 일이 없었다. 나는 당당하게 내 새로운 배불뚝이 제작자와 악수를 했다.

"우리는 당신 역할에 대해 이야기를 더 나눴어." 내 비서가 보고했다. "아마 당신은 전직 산부인과 의사 역을 연기하게 될 거야. 현재는 조직 범죄의 뒤를 봐주는 인물이지."

"잘했어. 잘 자."

힐데는 나를 침대로 보내면서 내일 촬영장에 가봐도 되겠느냐고 흔연히 물었다. 카를라 바인슈톡과 나는 힐데가 오면 대단히 기쁘겠지만, 하필 내일은 특별히 볼 만한 장면이 없다고 대답했다.

내가 어느새 집에서, 외도를 하는 전형적인 남편이자 거짓말쟁이 역할을 제대로 하고 있구나, 라는 사실을 의식하며 눈을 감았다. 그리고 잠을 푹 잤다.

지상에서

다음 날 나는 떨리는 발걸음으로 줄츠의 스튜디오에 갔다. 잘 짜여진 듯하면서도 뒤죽박죽인 촬영장이 나를 겁나게 했다. 그리고 무엇보다도 카를라와의 베드신이 두려웠다. 호텔에서 베드신을 연습하던 장면이 아직도 생생하다. 스포크 박사가 세상사 전반에 대해 기술한 자신의 책에서 특정한 신체 부위에 대한 내 독특한 성향을 언급하지는 않았지만 말이다. 나는 스포크 박사의 책 색인에서 '엉덩이'나 '둔부' 같은 단어를 찾아보았지만 그는 거기에 대해서는 할 말이 없었던 모양이다.

만일에 대비해 나는 그 전날 저녁 우리 아버지의 처방대로 보드카와 맥주를 준비해두었다. 그러나 아침이 되자 그걸 마시는 일이 왠지 부끄러웠다. 나는 집을 나서자마자 술을 마시지 않은 엄청난 실수를 후회했다. 힐데는 샌드위치 두 개를 싸주었다. 제작자 줄츠가 출연자들에게 제공하는 건 고작 오래된 과자 나부랭이뿐이기 때문이다. 수돗물은 마음대로 마실 수 있었다.

"카를라에게 내 키스를 전해줘." 힐데가 말했다. "그 귀염둥이에게 말해. 내가 당신 일을 마무리하는 대로 한번 만나겠다고."

비서 힐데는 정말 할 일이 많았다. 최근 내 스캔들이 터진 이후로 밀려드는 항의 편지에 일일이 답장을 해야 했다. 그 편지 대부분은 발행부수가 높은 신문 〈포퓰러〉와 관련한 것이었다. 이 신문은 젊은 사진기자 베티에 대한 내 잔인한 태도의 진짜 배경을 처음으로 다음과 같이 공개했다. "베티는 로마노프 부인을 우연히 피트니스 클럽에서 만났다. 두 여자 사이에는 당장 심한 몸싸움이 벌어졌다."

나 자신은 이런 기사에 특별히 관심을 보이지 않았다. 내 뚱보 아내는 결코 피트니스 클럽 같은 곳에 가는 일이 없었다. 사실 그것이 유감이었다. 힐데는 이 신문기사를 자기 앨범에 스크랩해두고 나서 비난이 가득 담긴 어조로 이렇게 물었다.

"기사 내용을 사실이라고 믿는 신문 독자들은 대체 어떻게 할까?"

집을 나설 때 나는 그 답을 얻었다. 아파트 문 앞에는 평소와 다름없이 사람들이 모여 있었다. 그들은 나한테 박수를 치기도 하고 혐오스럽다는 듯 나를 쏘아보기도 했다. 키 작은 남자와 키 크고 나이 든 여자 커플이 내게 다가오더니 그중 여자가 내 얼굴에 침을 뱉었다. 키 작은 남자는 내 코 높이까지 몸을 뻗치더니 그르렁거렸다.

"뒈져버려, 이 짐승만도 못한 놈."

키 큰 여자는 "잘했어, 알버트!"라고 외쳤다. 하지만 그 순간, 면도도

하지 않은 불량 청소년 두 명이 그들 곁으로 다가왔다.

"헤이, 나 좀 봐!" 두 청소년은 알버트라는 남자한테 휘파람을 불었다. "우리가 제대로 맛 좀 보여줄까!"

키 작은 남자는 경찰을 불렀다. 그와 동시에 그는 요즘 청소년들이 쓰는 끔찍한 욕을 들어야 했다. 요란하게 웃으며 두 청소년은 사라져버렸다. 그리고 나도 서둘러 스튜디오 쪽으로 걸음을 재촉했다. 평소와 다름없이 주차장을 통해 줄츠의 아파트로 숨어 들어갈 때 벌써 병원에서는 줄츠 부인, 그러니까 극 중 내 장모가 나에 대한 라마주리의 병적인 취향에 대해 한창 대화를 나누고 있었다. 줄츠는 비디오카메라 옆에 서서 아주 만족스러운 표정을 짓고 있었다. 마침내 배우들이 자기가 쓴 대사를 읊고 있었기 때문이다.

"당신은 대체 양심이란 게 있는 사람인가, 선생?" 내 장모가 물었다. "내 딸 글로리아의 결혼생활을 망쳐놓더니 이제 내 사위 만프레트의 꽁무니를 쫓아다니는군."

"어머니." 라마주리가 다정하게 대꾸했다. "만프레트는 내가 이제까지 의사생활을 하면서 만난 모든 사람 가운데 가장 사랑스럽고 단정하고 매력적인 사람입니다. 이렇게 멋진 남자를 사랑하지 말라니 어떻게 저한테 그런 요구를 하실 수 있나요?"

"줄츠, 이 땅꼬마가 당장 나한테서 시선을 돌리지 않으면 난 배우노조에 신고할 거야. 이 못된 녀석이 저렇게 문간에 서 있는 한 나는 연기 못해."

라마주리는 내가 도착한 것을 알아차리지 못했던 것이다.

"조르조, 조르조, 사랑하는 조르조." 줄츠가 거인을 달래고 있었다. "내가 맹세컨대, 로마노프는 자네한테 열광하는 팬의 하나야. 그렇지, 카밀로?"

나는 정중하게 미소를 지었다.

"자, 보라고. 카밀로가 그렇다잖아." 줄츠는 환호했다. "자, 이리 와서 서로 악수하라고. 친구들끼리니까 그렇게 해야지."

라마주리는 벌레 씹은 표정으로 나에게 다가와 얼음이라도 부술 듯한 기세로 내 손을 잡았다.

"우리 같은 스타는 서로 싸우지 않아, 로마노프. 자네가 막 도착했을 때, 나는 자네가 정말 훌륭한 남자라고 칭찬하고 있었어, 안 그래요, 줄츠 부인?"

"아니." 마녀가 대답했다. "기적 같은 남자라고 했지."

격려의 박수가 쏟아졌다. 촬영팀은 두 배로 늘어난 것처럼 보였다. 낯선 얼굴들이 세트 사이를 뛰어다니고 있었다. 줄츠의 엄숙한 선언이 모든 것을 설명해주었다.

"왕자님, 카를라 바인슈톡이 침대에서 왕자님을 기다리고 있습니다."

다들 침실로 몰려들었다. 일반적으로 포르노 영화를 보는 관객들이 보이는 마초다운 미소를 얼굴에 드러내고 있었다. 우리 카메라맨은 갑자기 젊은 여성 조수 세 명을 거느린 채 기대에 찬 표정으로 눈을 빛내며 옆으로 물러섰다. 가장 끔찍한 두려움이 현실로 바뀌는 순간이었다. 얼굴 분장이 땀으로 뭉개지는 것을 느끼며, 오늘 아침 집을 나오기 전에 왜 나를 구원해줄 알코올을 포기했던가, 하며 자책했다.

카를라는 꼼짝도 하지 않고 침대에 누워 있었다. 핑크빛 이불을 덮고 있는 그녀를 보니 벗고 있을까, 아닐까 하는 궁금증이 일었다. 줄츠는 제작자로 돌아왔다. 그는 큰 소리로 이런저런 지시를 내리며, 조명이 정확한 각도로 침대를 비추게 조정하고, 촬영에 조예가 깊은 듯이 카메라 렌즈를 들여다보기까지 했다.

나는 주머니 속에 샌드위치 두 개를 넣은 채 침대 곁에 서서 내가 로마노프라고 불린다는 사실을 완전히 잊어버렸다. 나는 다시 칼 뮐러였다. 카를라한테 눈길을 줄 용기조차 나지 않았다. 그녀가 비웃는 표정을 지을까 봐 겁이 났기 때문이다. 내 기분이 어떤지 카를라가 안다면 그녀는 나를 비웃을 게 틀림없다.

작은 침실은 줄츠 부인의 친구 두 명까지 끼어들었기 때문에 더욱 비좁아졌다. 초짜 배우인 나는 영화에 나오는 낯 뜨거운 장면은 아무도 없는 데서 촬영하는 줄 알고 있었다.

"만프레트." 줄츠가 불렀다. 그의 목소리는 갑자기 저음으로 깔렸다. "장면을 준비하도록 하지."

"어떻게, 어떻게 준비를……."

"아주 세세한 부분까지 이미 이야기를 끝내지 않았나, 카밀로. 자네는 눈부시게 아름다운 아내 글로리아에게 데모 필름에 보였던 자네의 정체성은 사실이 아니라는 걸 증명하려는 거야. 그러니까 성적으로 능력이 있다는 걸 보여주는 거지. 자 옷을 벗게."

나는 천천히 침대로 다가가 카를라에게 절망적인 눈빛을 던졌다. 카를라는 정말 다행스럽게도 전혀 비웃음을 띠지 않고 상냥하게 웃어주었다. 나는 느릿느릿 옷을 벗기 시작했다. 그런 다음 아무리 생각해봐도 힐데와 내가 베네딕티나를 갖게 되었을 때 그 일을 어떻게 치렀는지 기억나지 않았다. 구석에서는 줄츠 부인의 친구들이 마치 내 생각을 읽기라도 한 듯 킥킥거리고 있었다.

나는 양말을 벗을 엄두가 나지 않았다. 내 체크무늬 팬티도 벗지 않았다. 침대 곁에 서서 천장을 쏘아보며 뭔가 일이 벌어지기를 기다렸다. 지켜보고 있던 사람들은 숨을 죽이고 있다가 곧 요란한 웃음을 터뜨렸다. 방이 좁았기 때문에 그 웃음소리는 성난 파도처럼 나를 휩쓸었다.

"로마노프." 줄츠까지도 웃음을 터뜨렸다. "어떻게 된 건가?"

갑자기 내가 왕위를 계승할 왕자라는 사실이 생각났다. 나는 사람들에게로 돌아서서 이제까지 이 촬영장에서 한 번도 들어본 적 없을 만큼 큰 소리로 고함을 질렀다.

"나가! 당장 이 방에서 모두 나가! 우린 관계 따윈 필요 없어! 나가라고……!"

아무도 서 있는 자리에서 꼼짝 하지 않았다. 라마주리는 양손을 맞부딪치며 목청껏 소리쳤다.

"우리가 어린애냐, 젠장!" 줄츠는 이 위기상황을 조용한 외교적 제스처로 벗어나려고 했다.

"카밀로, 아무리 에로틱한 장면이라 해도 기술 담당 스태프들 없이는 촬영할 수 없어."

"이건 스태프가 아니잖아." 나는 계속 씩씩거렸다. "몰상식한 관중이지."

구경꾼 대부분은 내 말에 기분이 상했다. 불쾌하다고 외치며 그들은 제작진에게 몰려갔다. 줄츠 부인의 목소리가 가장 컸다.

"마틴, 어떻게 좀 해봐." 구석에 몰린 채 부인은 소리 질렀다. "저런 아마추어 하나 때문에 우리들이 구석으로 숨어야 돼?"

그때 내가 결코 잊지 못할 일이 일어났다. 카를라가 실오라기 하나 걸치지 않은 채 이불을 박차고 침대에서 벌떡 일어난 것이다. 그녀의 초록빛 눈동자는 불길처럼 이글거렸다.

"닥쳐, 이 염소 같은 할망구야." 카를라는 제작자 아내에게 그렇게 외쳤다. "카밀로 로이드 로마노프가 단둘만의 공간을 요구하면 당연히 모두 사라져버려야지! 그것도 당장!"

나신으로 우뚝 선 여신의 아찔한 아름다움에 다들 마비되어 대꾸조차 하지 못했다. 그래서 실망한 구경꾼들은 문 쪽으로 움직였다. 직무상 원칙을 고수하려는 몇몇 사람들만 그 자리에 남았다.

"바인슈톡 양, 우리, 촬영기사들도 나가야 하나요?"

"물론이죠! 다 나가요."

줄츠는 어깨를 으쓱해 보이고는 체념한 듯 팀원들에게 물러나라는 손짓을 했다. 그리고 자기는 남을 속셈으로 이의를 제기했다.

"제작자인 나까지 나가라는 건 아니겠지, 카를라."

"누구보다도 당신을 나가라고 한 거예요."

"그럼 카메라맨은? 카메라맨 없이 영화를 찍을 수 있다고 생각하는 건 아니겠지."

"문제없어요. 비디오카메라를 침대 방향으로 고정시켜놓고 돌리면 돼요."

줄츠는 모욕을 당한 기분으로 방에서 나갔다.

밖에서는 이내 줄츠 부인의 투덜거리는 소리가 들려왔다. 카메라맨은 재빨리 카메라를 돌리려 했지만 카를라는 그를 쫓아버렸다.

"당신도 사라져! 필름에 담을 게 있으면 우리가 부를 테니까."

우리는 단둘이 남았다. 카를라는 나에게 살짝 미소 지으며 다시 핑크빛 이불 밑으로 들어갔다. 나는 여전히 체크무늬 팬티 차림으로 마비된 채 침대 곁에 서 있었다. 이제 어떻게 해야 하는 건지 알 수 없었다. 머뭇거리면서 나는 양쪽 주머니에서 샌드위치 두 개를 꺼내 고개를 떨구며 카를라에게 하나를 내밀었다. 카를라는 포장을 풀더니 치즈 바른 빵을 신나게 먹기 시작했다. 살라미 샌드위치는 나에게 되돌려주었다.

"맛있다." 빵을 입 안 가득 담은 채 카를라가 말했다. "문 잠가요."

나는 한쪽 문은 열쇠로 잠그고 다른 한쪽은 내가 범죄영화에서 보았던 대로 무거운 안락의자로 막아놓았다. 이 미션을 완수한 뒤 나는 아직도 우적우적 먹고 있는 카를라에게 돌아와 등을 보인 채 침대가에 앉았다. 우리는 함께 빵을 먹는 고요한 시간을 마무리했다. 이제 나는 뭐라도 해야 했다. 나는 고개를 돌려 처음으로 카를라의 아름다운 두 눈을 들여다볼 용기를 냈다.

"왜 나를 구해줬지?"

"모르겠어요." 카를라가 이렇게 대답하며 자기 입술에 묻어 있는 치즈를 빨아먹었다. "그냥 그렇게 됐어요."

카를라는 자기 손을 내 무릎에 올려놓았다.

"솔직하게 말해봐요. 내가 당신 인생에서 첫 여자인가요?"

"그게 무슨 말이야? 나는 힐데하고 결혼했잖아."

"내 말은, 여자로 말예요."

나는 집에 전화를 걸어야겠다는 생각을 떠올렸다.

"나는 딸도 있어." 나는 내 과거를 이야기했다. "딸애는 23년 전에 세상에 나왔지."

"그리고 그 이후로는요?"

"아무 일도 없었어."

"베티는요?"

"절대로 아무 일 없었어."

"이제 우리 뭐 할까요, 카밀로."

"글쎄."

"나한테 키스하고 싶어요?"

"응."

"아주 많이요?"

"많이. 하지만 그저께 탈의실에서 했던 것처럼 입술에만 키스하고 싶은 게 아니야. 미안한 얘기지만 나는 매일 밤, 내 입술로 당신의 황홀한 몸 구석구석을 미끄러져가며 키스하는 꿈을 꿔. 정말 미안해……."

"사과할 필요는 없어요." 카를라가 속삭였다. "하지만 우선 저 창문 커튼부터 쳐줘요. 누군가 창밖에서 우리를 사진 찍을 수도 있으니까."

진짜 창가에 어떤 남자의 그림자가 어른거렸다. 남자는 사다리 위에서 겨우 균형을 잡고 있었다. 그는 뭔가를 나에게로 향하고 있었는데, 아마도 카메라였던 것 같다. 내가 커튼을 칠 때 카를라는 자기에게 다가오라고 말했다. 카를라는 이제 배를 깔고 엎드려 이불을 엉덩이까지 끌어내렸다.

"들어와요!" 카를라가 밖을 향해 외쳤다. "카메라!"

카메라맨이 방 안으로 들어서다가 무거운 안락의자에 걸려 바닥으로 넘어졌다. 느긋하게 다시 일어난 그는 엄지손가락을 세우며 내게 "대단해!"라고 외치고는 카메라를 켜놓고 다리를 절뚝거리며 밖으로 나갔다.

카를라는 곁에서 내게 미소를 보냈다.

"난 준비됐어요."

그다음에 무슨 일이 일어났는지는 묘사하기가 어렵다. 그건 더 이상 내가 아니었다. 나는 카를라에게 몸을 숙이고 그녀에게 짧고 부드러운 키스를 퍼붓기 시작했다. 목 뒤에, 어깨 전체에, 그리고 천천히 결코 이루어질 수 없는 꿈속에서처럼 내 입술로 그녀의 등을 타고 내려왔다. 그 등은 비단처럼 반짝이는 금빛이었다. 내가 무엇을 하고 있는지 나는 생각하지 않았다. 얼마나 시간이 지났는지도 알 수 없었다. 우리는 한마디 말도 나누지 않았다. 오로지 비디오카메라만 우리를 에워싼 정적 속에서 웅웅거리고 있었다.

내가 카를라의 허리 위에서 기분 좋은 산책을 하다가 조심스럽게 이불을 젖히려 할 때, 카를라는 재빨리 카메라 뒤로 달려가 카메라를 껐다. 그런 다음 까치발을 하고 침대로 되돌아와 이불을 그 사랑스러운 엉덩이까지 끌어내렸다. 그 엉덩이 위에서는 여전히 내 잇자국을 선명하게 알아볼 수 있었다. 카를라는 나를 바라보며 짓궂게 미소를 지었다.

"맛있게 드세요."

대답 없이 나는 지난번에 잇자국을 내지 않은 다른 쪽 엉덩이에 양쪽이 대칭을 이루도록 정확한 위치를 깨물었다. 카를라는 의무를 다하듯 "아야!" 하며 비명을 올렸다. 그런 다음 돌아누워 나를 자기 쪽으로 끌어당겼다. 그러면서 카를라는 진심에서 우러나오는 웃음을 터뜨렸다. 그 웃음은 나에게도 전염되었다. 그렇게 우리는 구겨진 핑크색 이불 위에서 신나게 장난을 치며 즐거워했다. 우리는 일을 치른 뒤 몇 분간, 아니 몇 시간, 어쩌면 영원일지도 모르는 시간 동안 포옹을 하고 있었다. 나는 이 지구가 아닌 다른 별에 착륙해 있었다.

밖에서는 여전히 구경꾼들이 떼를 지어 기다리고 있었다. 라이브 쇼가 이미 지나가버렸다면 적어도 비디오 촬영분이라도 볼 수 있지 않을까, 하는 기대를 가진 사람들이었다. 우리를 기다리고 있던 수많은 기자들은 내가 카를라와 함께 나타나지 않자 화를 냈다.

카를라는 문 앞에서 내게 경고했다.

"내가 먼저 나갈게요. 우리 탈의실에서 만나요."

사진기자들은 더욱 실망이 컸다. 그들은 분명 사적인 정사를 치르고 녹초가 되어 밖으로 나오는 두 배우를 가능한 한 적나라하게 찍어 오라고 지시받았을 것이다. 카를라는 평소와 다름없이 리드미컬한 걸음걸이로 호기심 많은 구경꾼들을 지나쳐 가면서 구경을 좋아하는 남자들의 휘파람 소리를 들어야 했다.

줄츠는 그녀를 막아서서 포옹한 채 보도사진을 찍었다.

"오로지 카를라 바인슈톡뿐입니다." 그는 기자들에게 그렇게 말했다. "지금까지 어느 여배우도 내 귀에 이처럼 와일드한 열정적 신음을 들려준 적은 없었습니다."

라마주리는 카를라의 손에 키스했다.

"달링, 저 안에서 어떤 일이 벌어지고 있는지 난 충분히 상상해볼 수 있었어."

줄츠 부인의 두 늙은 여자친구들은 사람들을 밀치며 카를라 앞으로 달려가 소리를 모아 "창녀"라고 외쳤다. 잠시 후 내가 문 앞에 나타났을 때 감탄의 불길은 새롭게 타올랐다. 라마주리는 TV 카메라를 의식하여 내 손을 움켜잡으며 포즈를 취했다.

"최후에 웃는 자가 영원한 승자다. 역시 카밀로야."

카메라 조수로 온 젊은 세 여자들은 달려와 내 목에 매달렸다.

"정말 대단한 남자야." 여자들은 신음소리를 냈다. "우리, 데이트할 수 있어요?"

그 뒤로 줄츠 사무실의 모든 사람들이 비디오 촬영분을 보려고 달려왔다. 비쩍 마른 제작감독이 아내가 전화로 나를 찾았다고 알려주었다. 나는 불안해져서 물었다.

"무슨 일이래요?"

"그건 말씀 안 하시던데요?"

카를라의 탈의실에 들어서자 나는 가장 가까운 의자 위에 털썩 주저앉아 마법으로 빚은 듯한 그 피조물을 바라보았다. 카를라는 갑자기 내게 너무나 가까우면서도 멀게 느껴졌다. 카를라는 분장을 지우고 있었다. 벽에 걸린 거울을 들여다보니 내 얼굴이 그 벽처럼 새하얗게 질려 있었다. 그 순간 나는 평소에 담배를 피우지 않는 것을 정말 유감스러워했다. 충분히 이유가 있는 내 마음속 불안이 나를 그만큼 괴롭혔던 것이다.

이제까지 카를라와 나의 관계는 아주 단순했다. 내 의식 속에서 카를라는 내가 꿈꾸는 여자로 자리 잡고 있었다. 그러나 이제 그 숨 막히는 탈의실 안에서 그녀는 내 앞에 사랑스러운 여자로 서 있었다. 혼란스러울 정도로 사랑스러웠다. 나는 휴대전화를 꺼내 덜덜 떨리는 손가락으로 힐데의 전화번호를 눌렀다. 어째서 바로 지금 힐데가 나를 찾는 것일까? 왜? 아내의 목소리는 지쳐 있었다. 온종일 베티 스캔들에 대한 끝없는 질문에 대답을 해야 했던 것이다.

"칼, 내가 전화한 건, 냉장고 안에 있는 과일 샐러드 먹으라는 말 하려고. 당신은 비타민이 필요해."

"고마워, 여보."

"귀염둥이가 당신 가까이에 있어?"

"아니." 나는 거짓말을 하면서 손으로 입을 가렸다. 카를라에게 아무 말도 하지 말라는 표시였다. 카를라가 곁에 있다는 사실을 왜 숨기려 했는지 나도 모르겠다.

"오늘 촬영은 어땠어?"

"지루했어. 늘 그렇지 뭐. 만프레트와 글로리아 사이의 헛소리를 점점 참기 힘들어져."

"그럴 거 같애. 집에 언제 올 거야?"

"조금 늦을지도 몰라. 다음 회 촬영분에 대해 이야기를 나눠야 하거든."

"몸 조심해."

무거운 숨을 내쉬며 나는 경험이 풍부한 거짓말쟁이가 아니라는 사실을 다시금 확인했다. 아내와 이야기를 나누는 동안 내 목소리는 어딘가 낯설고 다르게 들렸다. 조금이라도 이성적으로 처신할 능력이 남아 있을 때, 자리를 떠나야겠다고 생각했다.

"그럼 잘 가, 카를라."

"집에 안 데려다줄 거예요?"

"카를라, 내가 그럴 수 없다는 걸 잘 알면서……."

"그냥 추키를 데리고 잠깐 함께 산책이나 했으면 해서요. 그게 전부예요."

"그럼 같이 가."

나는 카를라의 아파트 앞에서 기다렸다. 우리는 추키를 데리고 가까운 공원으로 갔다. 추키는 내 다리를 발견하고는, 더 가까이서 다리를 포옹하려고 야단법석이었다. 달빛이 비치는, 삼류소설에 나오는 것 같은 아름다운 밤이었다.

카를라는 줄을 풀어주더니 추키가 일을 마칠 때까지 잠시 벤치에서 기다리자고 했다. 그래서 우리는 답이 없는 질문이 퍼뜨려놓은 어둠 속에 아무 말 없이 앉아 있었다.

"나를 미워해요, 당신?"

"이젠 아니야."

카를라는 내 손을 가져다 꼭 잡았다. 왜 그녀의 손길이 이처럼 기분 좋은 것일까? 나는 생각했다. 마침내 어둠이 내렸다. 나는 스포크 박사의 책을 펼쳐보고 싶었다. 카를라는 벤치에 기대고 앉아 별들을 올려다보았다.

"당신한테 할 말이 있어요, 칼."

"칼?"

"그래요, 카밀로. 나는 당신과 마찬가지로 나 자신이 아니죠."

카를라는 나를 쳐다보지 않고 조용히 말했다.

"나는 나야, 카를라. 아주 정직한 풍선이지. 사람들이 뻥 터질 때까지 불어대는 그런 풍선 말야."

"나도 풍선이에요, 칼. 하지만 거짓말로 가득 찬 풍선이죠. 나는 날마다 연극을 해요. 밤에는 더 심하죠. 하지만 그래도 우리는 서로 비슷한 데가 있어요. 당신의 가짜 이름이 당신에게 성공의 문을 열어줬고, 나는 내 몸을 어디에나 통하는 무기로 쓰고 있으니까요. 남자들이 얼마나 약하고 어리석은지 당신은 모를 거예요. 눈앞에 나 같은 잘빠진 창부가 서 있으면 남자들은 정신을 못 차리죠."

"하지만 언제부터 엉덩이를 깨무는 흡혈귀가 남자들 사회에 출현하게 되었지?"

"깨무는 남자들은 침묵하는 소수예요. 깨무는 남자들은 스스로 흥분하려 그렇게 하지만 당신은 아주 귀엽게 깨물어요. 하긴 당신이 자신의 원칙을 포기할 자세가 되어 있다는 걸 가끔 느꼈어요. 예를 들면 호텔 카페에서 내가 탁자 밑으로 기어 들어갔을 때 당신이 나를 쳐다봤잖아요."

"맞아, 생각나. 콘택트렌즈를 떨어뜨려 찾고 있었지."

"콘택트렌즈 따윈 없었어요. 그저 당신을 유혹하려고 그랬던 거죠. 성공적인 TV 시리즈 역할을 따내려고 그랬던 거예요. 그럴 때는 네 발로 기는 게 아주 효과적이죠. 그게 언제나 먹혀요. 그리고 나는 채식주의자도 아니에요. 그저 그렇게 말하는 게 굉장히 세련되게 들리고, 남자들의 관심을 끌 수 있기 때문이죠. 어차피 내가 보여주는 건 환상뿐이니까요. 때로는 나 자신을 광고하기 위해서, 때로는 돈을 많이 벌기 위해서 그러는 거죠. 수중발레 인기도 점점 치솟고 있어요. 엄청난 재산을 가진 친절한 노인네가 얼마 전에 나한테 관 속에서 자기하고 함께 자자는 제안을 했죠."

"그렇게 했어?"

"아뇨. 그 남자는 내 상대로는 너무 늙었어요. 우리는 중간에 멈춰 서 있는 엘리베이터에서 하는 걸로 절충을 했죠. 칼, 찡그리지 말아요. 나는 당신이 진짜 어떤 사람인지 알아요. 그리고 당신도 진짜 카를라를 알게 되길 바라요."

"왜?"

"당신은 나한테 내 역할을 연기하도록 강요하지 않는 첫 번째 남자니까요. 당신은 자신의 거짓말을 믿지 않아도 되는 최초의 거짓말쟁이예요. 칼, 당신은 아직 썩지 않았어요. 당신이 갑자기 너무나 좋아져요."

다른 별에서 불어오는 포근한 바람이 나를 설레게 했다.

"정말 멋진 말이군, 카를라. 하지만 지금도 연기하고 있는 거야?"

"아니에요. 그럴 시간은 없어요. 솔직히 말해서, 이제까지 나는 두어 번 열정적인 척 연기하면서 당신에게 키스했죠. 남자들이 다 나에게서 그런 걸 기대하니까요. 하지만 이제 나는 경험 없는 한 남자에게 키스를……"

카를라는 내 머리를 양손으로 감싸고 내 입술에 가볍고 부드러운 키스를 했다. 상당히 오래 걸렸다. 이번에도 나는 어떻게 반응해야 할지를 몰랐다. 그저 심장만 요란하게 뛰었다. 더구나 추키가 자기 미션을 성공

지상에서

적으로 마치고 다시 예전의 열정적인 버릇을 되살려 내 왼쪽 다리를 괴롭히기 시작했다. 나는 내 무릎을 턱까지 끌어올렸다.

"당신 푸들한테, 내가 결혼했다고 얘기 좀 해줘."

"그건 개도 알아요. 난 추키에게 당신의 오동통한 부인에 대해 얘기했어요. 그리고 내가 당신 부인에게 얼마나 나쁜 짓을 하고 있는가두요."

"그랬더니 추키가 뭐라던가?"

"걔는 게임의 규칙을 알고 있어요."

"맞다. 추키가 벌써 열여섯 살이라고 했지."

"걔는 이제 일곱 살이에요."

나는 웃음을 터뜨렸다. 그러나 이 매혹적인 거짓말쟁이를 포옹한 순간, 우리는 눈을 쏘는 조명에 앞을 볼 수 없었다.

"빌어먹을 놈의 기자들!"

카를라는 머리끝까지 화가 치밀어 욕을 하며 벌떡 일어나 번개처럼 빠른 동작으로 나를 공원에서 끌어냈다. 추키는 어둠 속 익명의 사진기자에게 요란하게 짖어대느라 얼른 우리를 따라오지 않았다. 나는 나와 사랑에 빠진 이 수수께끼 같은 연인에게 작별인사도 하지 못한 채 서둘러 어두운 거리로 도망쳤다.

나는 택시를 타고 집으로 돌아왔다. 모퉁이를 돌 때마다 기분이 착잡

해져서, 결국 나는 운전기사에게 차를 세워달라고 부탁하고 내려서 걸어갔다. 한 우울한 남자가 늘 어두운 거리를 배회하며 자신을 짓누르는 생각들을 신선한 바람으로 날려버리려고 하는 영화가 생각났다.

나한테는 어떤 바람도 불어오지 않는다는 사실이 나를 괴롭혔다. 그러나 나를 더욱 불안하게 만든 것은 내가 전혀 우울하지 않다는 사실이었다. 나는 몇 가지 근심거리가 있는 행복한 남자라고 생각했다. 걱정스런 일이 다소 있긴 하지만, 대단히 행복한 남자였다. 나는 처음부터 카를라를 속이 뻔히 들여다보이는 경박한 여자라고 생각했다. 그러나 그녀가 일종의 정부처럼 고백을 하고 난 지금, 카를라는 내게 요조숙녀가 돼버렸다. 당연히 나는 스포크 박사의 책 166~167쪽을 떠올렸다. '아름다운 여성 유혹자들은 스크린 속의 허무한 사랑을 삶에서 정확하게 재생할 줄 알며, 그것으로 남자들을 사로잡는다'는 내용이었다.

그러나 우리의 TV 시리즈들은 모두 헛된 것일 뿐이다. 그리고 끝에 가서는 엉덩이 양쪽을 한 번씩 깨무는 그런 도취의 순간도 존재하지 않는다. 그 대신 아마도 뭔가 제정신이 아닌, 그러나 전체적으로 미학적일 뿐이다. 어쨌든 뭔가 긍정적인 것이다. 스포크 박사가 나의 카를라를 보았더라면, 그녀가 침대 위에 누워 있는 모습을 보았더라면, 박사는 아름다운 유혹자들에 대해 그런 헛소리를 늘어놓지 않았을 게 분명하다. 그렇게 현명한 학자도 한 번쯤은 잘못 계산할 수 있는 법이다. 그래서 이제 나는 혼자의 힘으로 쳇바퀴를 벗어나는 수밖에 없었다. 내 건전한 이성의 도움으로 말이다. 나는 굳게 결심했다. 카를라와 힐데 간의 균형을 최고로 조심스럽게 유지하기 위해 카를라와의 관계를 확실하게 축소하기로 말이다. 그러나 우리 집에 거의 다 오자 이런 이상적 생각은 어느새 날아가버렸다. 적어도 한 번은 카를라를 더 보고 싶었다. 그것도 지금 당장, 한밤중에 말이다. 카를라의 목소리, 카를라의 엉덩이, 그리고 기타 등등이 그리워졌다. 촬영작업이 끝난다고 해서 우리 사이도 끝나서는 안 된다. 우리의 관계는 아주 오래 지속되어야 한다. 가능하다면 영원히. 나는 서둘러 휴대전화를 꺼내 카를라에게 전화를 걸었다. 아주 늦은 시간이었지만 말이다. 그냥 그럴 수밖에 없었다. 다행히도 번호를 잘못 눌렀다. 제대로 된 번호는 힐데에게 있었다.

나는 재빨리 집으로 달려가 까치발을 하고 살금살금 걸어 들어갔다. 힐데는 벌써 자고 있었다. 그러나 눈을 감은 채 힐데는 이렇게 중얼거렸다.

"줄츠가 전화했어……. 마지막 장면을 새로 찍어야 한대. 줄츠가 카메라맨을 해고했대……." 그런 다음 힐데는 다시 잠이 들었다. 그리고 나는 말짱하게 깨어 있었다. 그렇지, 기억이 났다. 영리한 카를라는 촬영장에서 비디오카메라를 꺼버렸다. 그래서 이제 전체가 마치 기술상의 문제인 것처럼 보일 것이다. 물론 그 장면이라면 얼마든지 다시 찍을 용의가 있었다. 그러나 촬영장에서 찍고 싶지는 않았다. 가볍게 숨을 몰아쉬며 자고 있는 내 아내를 바라보다가 나는 침대 위에 흩어져 있는 서류 몇 개를 집어 들었다. 힐데는 얼마나 열심히 일을 하는지 모른다. 그러니 내가 딸 또래의 여자를 그리워하는 일은 그런 힐데에게는 너무 부당하다. 갑자기 카를라가 몇 살인지도 모르고 있다는 생각이 떠올랐다. 도대체 카를라가 누구인지도 모르고 있었던 것이다. 하긴 그 편이 오히려 낫다는 생각도 들었다.

나는 아내에게 이불을 잘 덮어주었다. 이불을 제대로 덮고 보니 그런대로 귀여웠다. 나는 서재로 들어가 그곳에 있는 서류를 뒤져 카를라의 전화번호를 찾아냈다. 힐데는 거기에다 '귀염둥이 전화번호'라고 써놓았다. 나는 부끄러웠다. 수화기를 들고 번호를 눌렀다. 신호음이 울리자 맥박이 솟구쳤다. 카를라가 전화를 받지 않았는데도 심장이 뛰었다. 아마 카를라는 잠이 든 모양이었다. 밤 12시 50분이었다. 나는 냉장고로 가서 내 뚱보 아내가 준비해둔 과일 샐러드를 꺼내왔다. 졸지 않은 것도 무척 배가 고파서였을 것이다. 과일 샐러드를 먹어치우는 동안 나는 혼자 어리석은 질문을 던졌다. 왜 나는 집에 오면 우선 아내에게 갔다가 냉장고로 갈까. 힐데는 그 반대로 하는데 말이다. 나는 다시 한 번 카를라의 번호를 눌러보았다. 이번에도 실패였다. 왠지 화가 났다. 오늘밤에 우리 사이에 있었던 그 모든 일에도 불구하고 카를라가 금방 잠이 들었다는 사실이 화가 났다.

마음을 진정시키려고 나는 폴란드 보드카를 한 잔 마셨다. 그런 다음 침대로 들어갔다. 하지만 잠이 오지 않았고 오래 뜬눈으로 누워 있었다. 편안하게 잠든 힐데는 지난 몇 주 동안 나에게 휘몰아쳤던 모든 괴로운 질문들을 던져버리게 했다. 30분쯤 지났을 때 갑자기 나는 할 일이 있다는 사실을 깨달았다. 살그머니 침대를 빠져나와 부엌으로 가서 다시 한번 카를라에게 전화를 걸었다. 역시 결과는 마찬가지였다. 그때 스포크 박사가 떠올랐다. 나는 259쪽의 굵은 글씨를 떠올렸다. "결혼한 남자가 두들겨 맞지 않고 이중생활을 꾸려가는 법." 이 타이틀에 고무된 나는 새로 산 손전등을 비추며 이 장을 읽기 시작했다. 우선 굵은 글씨 부분이었다. "결혼한 지 126개월이 지난 54세 남자가 이론에서 실제 섹스로 갑자기 넘어가게 될 때." 스포크 박사는, 그의 견해에 따르면 문명화된 인류의 삶에서 최고로 중요한 이 주제를 철저하게 연구했다.

"현인들의 말대로 '고통은 나누면 반으로 줄어든다' 는 것이 사실이라면, 평범한 남자들은 자신의 고통을 나눌 충분한 이유가 있다. 현대의 이중생활은 석기시대 인류의 동굴에서 시작해 현재에 이르기까지 수천 년의 역사를 지속해왔다.

그리스도교가 서구를 지배하게 될 때까지는 일부다처제가 존재했다. 그러나 그 형태만 남아 있었을 뿐이다. 기독교가 지배하기 시작하면서 자유분방한 여자들은, 예수 그리스도가 구해주지 않으면 돌에 맞아 죽었다. 오늘날에는 일부일처제의 계몽된 세상이 지배하고 있지만, 그 일부일처제 역시 형식만 남아 있다. 실제 사회에서는 일부다처제의 경우가 적지 않지만, 동방의 경우와는 반대로 이런 관계는 언더그라운드에 숨어 있어야 한다.

그러니까 이중생활은 어떤 시대에나, 그리고 어떤 정부하에서나 상황에 의한 강요라고 할 수 있다. 모세는 그의 시대에 십계명 판에 '간음하지 말라' 는 여섯 번째 계명을 새겨 이 문제를 해결해보려 했다. 하느님의 종 모세는 한 다스나 되는 아름다운 여인들과 더불어 행복을 추구하기에 앞서, 이것을 하늘의 명령으로 행한다고 선언했다.

사실, 이중생활이라는 죄가 인기를 끄는 데는 신에게 전적으로 책임이 있다. 다른 그 누구도 아닌, 바로 신이 남자를 병적인 바람둥이로 창조했기 때문이다. 여자는 설계상의 이유로 1년에 아이를 한 명, 또는 많아야 다섯 쌍둥이까지 낳을 수 있겠지만 남자는 1년에 아이를 300명쯤 임신시키는 것도 가능하다. 남성의 욕망에 결정적인 영향을 미치는 것이 나이라는 사실도 간과할 수 없다. 여자의 나이 역시 마찬가지다. 창조의 법칙은 결혼한 지 116개월 이상 된 서구의 남성들에게 자연의 법칙에 순응할 것을 명령하는 동시에, 그에 수반된 위험에도 불구하고 이중생활의 위험을 감수하게 만들어놓았다. 남자는 자신이 전 지구적인 조류에 동참하고 있다는 사실로 위안을 얻을 수 있다. 일부다처제하의 수많은 이슬람교도들과 서구 세계의 유일하고 본질적인 차이는 다음과 같다. 동방 사회의 일부다처제하에서는 신문이나 잡지에 가십난이 존재하지 않는다는 것이다. 서구 세계에 일부다처제가 도입된다면 미디어계에서는 대량 실업의 위협이 생겨날 것이다.

그동안 이중생활의 개인주의적 관점에 어느 정도는 관심이 모아지기 시작했다. 이것은 모순이다. 각 개인은 이중생활을 할 때 정확하게 같은 딜레마에 빠지기 때문이다. 우리는 이런 현상을 프랑스 대혁명의 목표 중 하나였던 평등 원칙의 실현으로 규정할 수도 있다."

여기까지 읽고 나는 시계를 보았다. 새벽 3시 10분이었다. 뭔가 찬 것이나 따뜻한 것을 마시고 싶어서 이제쯤 자리에서 일어나지 않았을까

하는 기대에 나는 카를라에게 다시 전화를 했다. 여전히 연결이 되지 않았다. 그래서 나는 다시 스포크 박사에게로 돌아왔다.

"내 책은 남자 혹은 기혼남을 위해 쓰인 것이다. 그래서 나는 여성들이 이런 차별을 양해해주실 것을 희망한다. 이 장은 특히 결혼한 지 116개월이 지난 54세 남자에게만 해당된다. 이 상황에 처한 남성들은 54세 생일이 지나고 두 번째 달 초가 되면 노화의 흔적을 발견하게 된다. 당연히 남자들은 신체적인 힘의 상대적 저하를 상쇄할 만한 어떤 것을 찾게 되는데, 가능한 한 탄탄한 몸매를 가진 젊은 여성과의 친밀한 교제가 그것이 될 수 있다. 달리 말하면 젊음의 상대적인 아름다움과 그 에로틱한 매력이 언제나 거의 결정적인 요인이 된다. 나이가 들어감에 따라 어떤 남자가 자기 연인의 높은 지성에 노예가 된다면, 이런 남자는 테니스 챔피언들이 결코 헌법재판소의 여성 판사들을 사귀지 않고 언제나 슈퍼모델을 사귄다는 사실을 기억할 필요가 있다. 이런 식의 은밀한 연인관계는 결혼한 지 116개월이 지난 남자에게 다시 일깨워진 남성성으로 회귀할 수 있다는 믿음을 주는 데 적합하다. 그의 인생에서 행복한 시기가 지속되는 한 그것을 즐기기까지 한다. 이 축복받은 관계의 종말은 미리 예측할 수 없다. 너무나 여러 가지 요인이 작용하기 때문이다. 그러나 무엇보다도 연인인 젊은 여성의 의도가 중요하다. 대체로 3년 4개월이 넘은 관계는 문제없이 지속되기 쉽다. 이 관계가 끝나는 데는 남자의 아내 역시 결정적인 역할을 할 수 있다. 미네아폴리스 대학 사회행동학 분야의 최근 연구결과를 보면 결혼한 여자들은 보통 남편의 행동이 의심스러워지기 시작할 때 100일간의 유예기간을 준다. 그러다가 1년이 다 될 때면 아내는 폭발한다. 독자의 양해를 구하며 나는 여기서 배우자의 비등점에 대한 특수한 언급을 피하려 한다. 젊은 연인이 보복하려는 욕구에 대해서도 다루지 않겠다. 이 두 가지 요인은 물론 이 관계를 끝내는 과정을 촉진할 수 있다. 이 글의 필자인 나는 자연재해에 초점을 맞추려는 것이 아니라, 경험적이고 통계적인 사실에 입각해서만 진술의 근거를 마련하려고 한다."

새벽 4시였다. 나는 다시 한 번 전화를 걸었지만 금방 수화기를 내려놓았다. 그사이에 스포크 박사는 객관적인 분석으로 넘어갔다. 침실에서 잠시 이 책에 눈길을 준 뒤로부터 나는 점점 이 매혹적인 독서에 빠져들고 있었다.

"이런 이중생활은 생명이 길지 않다." 스포크 박사는 그렇게 썼다. "이 기간은 대개의 경우, 전문가들 집단에서는 '양들의 침묵'으로 불리는 상황에 의해 결정된다. 그 말은 가정의 평온에 달려 있다는 뜻이다. 54세의 남편은, 배우자의 연인을 찾아내려고 부단히 애쓰는 자기 아내를 이해해야 한다. 아내는 용의주도한 스파이 전술을 구사한다. 남편의 주머니와 휴지통 속에서 증거자료를 찾으려 들기도 하고 종종 교차 심문을 하는가 하면, 다양한 통신회사의 요금청구서를 몰래 수집하기도 한다. 경험이 풍부한 전업주부들은 바로 전 통화가 누구와의 통화였는가를 알기 위해 전화기의 재다이얼 버튼을 눌러보기도 한다. 휴대전화가 보급되면서 이런 가능성은 더 풍부해졌다. 앞으로 54세의 남자들은 휴대전화를 무조건 두 대씩 사야 한다. 하나는 아내가 검사할 때 제출하고 다른 하나는 은밀하게 만나는 연인을 위해서만 사용하는 것이다."

이 마지막 행은 나로 하여금 운명을 걸고 다시 카를라에게 전화를 하게 만들었다. 이번에는 카를라가 전화를 받았다. 그러나 수화기에 대고 그녀는 이렇게 고함을 질렀다.

"네가 밤새도록 전화한 그 미친놈이야? 이 벼락 맞아 뒈질 놈!"

나는 숨이 콱 막혀버렸다. 저렇게 끔찍한 여자가 어떻게 저렇게 아름다울 수 있을까? 그러나 아침이 밝아오는 이 시간에 더 이상 수수께끼를 풀 여유가 없었다. 그래서 나는 스포크 박사가 적극적인 54세를 위해 조심할 내용을 일러준 마지막 구절로 돌아갔다.

"신중한 남편은 모든 것을 부인한다. 그는 더 이상 부인할 수 없는 것만을 인정한다. 추궁을 받게 되면 그는 몇 년간 지속되어온 은밀한 연인 관계를 하룻밤 또는 최대한 이틀 밤 동안의 싱거운 바람기로 치부해버린다. 더 이상 기억조차 할 수 없는 가벼운 일로 만들어버리는 것이다. 신중한 남편은 몇 가지 철통같은 법칙을 세워놓고 있다. 집에서 지나치게 행복한 모습을 보이지 않는다, 아내에게 지나치게 친절하게 굴지 않는다, 아내에게 꽃을 선물하거나 갑자기 오페라에 데리고 가지 않는다, 계산은 언제나 현금으로 하고 영수증을 절대로 받아오지 않는다는 보안상의 규칙도 있다. 이밖에도 다이어트를 시작하지 말 것, 어떤 경우에도 피트니스 클럽에 등록하지 말 것 등의 항목도 있다. 언제나 추레한 옷차림으로 집을 나서고, 면도는 차 안에서 한다. 신중한 남편은 체력이 점점 감퇴하는 데 대한 미묘한 고통을 호소한다. 그리고 규칙적으로 초록색 알약을 복용한다. 의사들은 신중한 남편들에게 전립선염을 앓고 있다고 아내에게 말하라고 추천한다. 그러면 밤마다 세 번씩 화장실로 달려가야 하지만 말이다.

 이 모든 것이 다 소용없고 가치가 없어질 경우에는, 아직 한 가지 유용한 해결책이 있다. 많은 사람들이 써먹는 '배 째라 작전'을 실행하는 것이다. 연인과 함께 찍힌 폴라로이드 사진을 아내가 들고 와 코앞에 들이밀면 '그래서 어쩌란 말이냐……' 식으로 대응하는 것이다. 116개월이 넘은 결혼에서의 위기는 피할 수 없다." 스포크 박사는 자신의 상세한 설명을 다음과 같은 말로 끝맺었다. "그러나 위기가 없는 결혼은 너무나 지루하다. 진보적인 다수의 결혼생활 상담가들은 다음과 같은 견해를 내세운다. 평범한 남편들에게 이중생활은 결국 행복하고 충만한 가정을 꾸려나가기 위한 유일한 해결책이라고 말이다."

●

 다음 날 아침, 나는 완전히 지쳐서 힐데가 요리해준 반숙 달걀 앞에 겨우 다가갔다. 힐데는 일과대로 아침 신문을 사러 나갔다. 나는 그 기회를 이용하여 재빨리 카를라에게 전화를 걸었다. 카를라의 목소리도 신선하거나 활기차지는 않았다.

 "잘 잤어요, 카밀로? 난 밤새 잠을 못 잤어요. 어떤 멍청이가 밤새도록 전화를 해대는 통에."

"카를라, 카를라. 플러그를 뽑아놓지 그랬어?" 내가 물었다.

"그러려면 침대에서 일어나야 되잖아요. 혼자 있어요?"

"응."

"어제는 정말 좋았어요."

"당신은 정말 환상적이었어. 근데, 내 얘길 들어봐. 줄츠가 어제 힐데한테 전화를 해서 우리 베드신을 다시 한 번 찍어야 한다고 했대. 촬영장에서 다시 그걸 찍긴 정말 싫어."

"나도 그래요. 줄츠한테 뭐라고 할 거예요?"

"미안, 힐데가 왔어."

"뭐라구요?"

나는 수화기를 내려놓고 재빨리 내 반숙 달걀로 돌아갔다. 사실 수화기를 힐데에게 건네주고 카를라와 느긋하게 이야기를 하라고 했어도 괜찮았을 텐데, 나는 정말 늘 그렇듯이 멍청하고 조급하게 행동했다. 힐데는 아무 말 없이 흔들의자에 앉았다. 그건 또 뭔가 좋지 않은 일이 있다는 얘기였다. 힐데는 나한테 조간을 내밀었다.

"읽어봐!"

신문 맨 첫 장에 커다랗고 어둠침침한 사진이 한 장 실려 있었다. 카를라와 나였다. 어젯밤 공원에서 찍힌 사진이었다. 우리는 둘 다 기겁을 한 표정으로 카메라 쪽을 바라보고 있었고, 나쁜 짓을 하다 딱 걸린 커플처럼 보였다. 사진 밑의 글귀는 다른 어떤 기사보다 끔찍했다.

섹스 기사騎士, 다시 말에 올라타다.

"젊은 여성 사진기자를 열렬하게 쫓아다녔던 카밀로 로마노프 왕자는 아마도 밤마다 자신의 TV 시리즈 파트너인 섹스 심벌 카를라 바인슈톡과 함께 보내는 것으로 보인다. 이 두 사람은 공원 벤치에서 사진기자의 카메라에 잡혔다. 한밤중에 밀어를 속삭이던 그들은 그 몇 시간 전에 제작자 줄츠 앞에서 선보였던 분방한 섹스 장면과 관련해 은밀한 대화에 빠져 있었던 모양이다. 어제 촬영장에서의 그 섹스 장면은 같은 팀 동료들에게 충격을 주었다고 한다." 나는 내 아침 식사에 손을 댈 수 없었다. 아내의 눈빛은 깊은 경멸을 담고 있었다.

"당신한테 어제 말했잖아. 카를라랑 다음 회 촬영분에 대해서 얘기를 나눠야 한다고." 나는 배 째라 작전을 펼쳤다.

힐데는 신문을 집어 들고 우리 사진을 다시 한 번 들여다보았다.

"재밌네." 힐데가 말했다. "개 한 마리까지 토론에 끼었으니 말야."

 블랙홀

그날 아침의 집 분위기는 아슬아슬했다. 신문에 난 사진은 어둠침침하게 나오기는 했지만 카를라의 푸들을 못 알아볼 정도로 흐릿한 것은 아니었다. 나는 밤새 주방에서 스포크 박사와 시간을 보냈다. 206쪽에서 나의 평범한 아내가 100일 유예기간의 막바지에야 의심을 품기 시작한다고 그가 장담했기 때문이다. 유예기간이란 게 그보다 짧을 수 있다는 걸 박사는 알지 못하는 것이 분명했다.

"글쎄……." 난 이제 추키를 변호하려고 노력했다.

"카를라는 개를 산책시키려고 했어. 그리고 촬영에 대해 얘기도 해야 했고."

난 내가 꽤 말을 잘하고 있다고 생각했다. 스포크 박사는 분명히 날 자랑스러워했을 것이다. 그러나 아내의 심술이 날 불안하게 만들었다.

"칼, 당신은 날 속이고 있어." 그녀가 말했다.

이 순간 전화기가 울렸다. 힐데가 달려가 수화기를 들었다.

"아, 카를라, 나예요."

난 기가 죽은 채 두 여자 사이에 오고가는 대화를 귀 기울여 들었다. 비록 내가 들을 수 있는 건 힐데의 대답뿐이었지만, 이 위기의 순간에 엄습한 엄청난 공포는 나로 하여금 그들의 대화에서 긍정적인 것만을 골라서 듣게 했다.

"나도 개가 있었어요. 린다라고 불렀지."

힐데가 말하는 게 들렸다. "개를 기른다는 게 어떤지 나도 잘 알아……. 신문에 난 사진은 정말 끔찍하더군. 요즘 신문들은 정말 별짓을 다 한다니까. 불쌍한 카밀로에게도 방금 말했지만 이런 헛소리는 아예 읽지 않는 게 나아……. 어쨌든 우리는 카밀로 편이잖아요, 안 그래요?"

힐데의 목소리는 차분한 힐난조와 재미있어 킥킥대는 어조 사이를 오갔다. 그러더니 환한 표정으로 나에게 수화기를 넘겼다.

"당신과 이야기하고 싶대요, 칼."

카를라는 짧게 말했다.

"당장 내게 전화해요."

"알았어요. 나랑 아내 둘 다 당신이 오늘 즐거운 하루를 보내길 바라요." 내가 말했다.

"정말 웃겨!" 카를라의 대꾸였다.

때로는 단순히 운이 따라줘야 한다. 힐데도 나를 안심시켰다.

"카를라 말이 맞아요. 이렇게 말해도 되는지 모르겠지만 당신과 당신의 잠재력을 의심하다니 내가 어리석었어."

그녀는 새로 기운을 차리더니 다른 신문들을 사러 나갔다. 그녀가 문을 닫자마자 난 카를라의 영리한 머리를 칭찬하려고 전화를 걸었다.

"카를라, 당신은 세상에서 가장 똑똑한 여자야." 나는 그녀에게 경의를 표했다.

"미안, 힐데가 돌아왔어."

칠칠치 못하게도 힐데는 엘리베이터 열쇠를 놓고 나갔었다. 그녀가 다시 나가고 황급히 수화기를 잡으려는 순간 전화가 울렸다. 필름을 편집하는 마르가레테였다.

"알다시피 줄츠가 두 사람의 베드신을 다시 찍으려고 해요. 반드시 거절하도록 해요. 그 감동적인 신이 이번 회를 살릴 거예요."

"그렇다면 다음 회도 있을 거란 얘긴가요?"

"그건 게르숀 글라스코프에게 달려 있어요."

카를라에게 전화하려고 빨리 통화를 끝냈는데 망할 놈의 전화벨이 또다시 울렸다.

"로마노프 씨, 전 석간신문 〈포퓰러〉의 편집부에 있는 올라프 추브로비츠 쉴리처라고 합니다. 아시겠지만 우리는 평일 약 200여 만 부의 판매부수를 올리는 신문입니다. 오늘 조간에서 그 말도 안 되는 기사를 읽었습니다. 정말 그들과 동종업계에서 일한다는 게 창피할 정도입니다. 그 기사를 읽고 나자마자 바로 저, 올라프 추브로비츠 쉴리처가 우리 시대 최고의 배우에게 무언가 도움을 드려야만 하겠다는 확고한 결심이 서더군요. 로마노프 씨, 그 부당한 기사를 정정하는 의미에서 저와 단독 인터뷰를 해주셨으면 합니다."

"좋아요, 언제요?"

"당장이요. 우리 독자들이 되도록 오늘 저녁에 진실을 알았으면 합니다. 2분이면 댁에 도착할 텐데요."

"그럼, 오세요."

그리고는 마침내 카를라에게 전화를 걸었다.

"카를라, 나의 천사, 아내가 벌써 돌아왔네요."

힐데는 한 꾸러미의 신문다발을 들고 왔다.

"내가 집으로 오는 길에 내내 기자들이 사진들을 찍어댔어." 그녀가 보고했다. "칼, 집 밖으로 나가지 말고 차분히 신문들이나 훑어봐. 시간은 충분해."

물론 나는 내심 안절부절못했으나 신문을 집중해서 읽는 시늉을 했다. 한 신문은 나이 든 우리 건물 관리인과 짧은 인터뷰를 했는데 공원에서의 수상쩍은 만남에 관한 내용이었다.

"로마노프 씨를 거의 매일 보았지요." 노인은 밝혔.

"유명한 사람이라는 인상을 풍겼어요. 그래서 사실 모든 걸 다 얘기할 수는 없습니다. 그러면 해고감이지요. 누가 이 나이의 늙은이에게 또 일자리를 준답니까? 로마노프 씨는 스타로서도 아주 인기 있는 사람입니다. 여성 팬들이 많은데 사인을 잘 해줍니다. 저도 사인을 세 개 정도 받았는데 이름을 다 쓰지는 않았어요. 이름과 성을 모두 쓰는 사인은 젊은 아가씨들한테만 해준답니다."

한 연예정보지는 로마노프 왕궁의 근위대장과 한 인터뷰를 싣고는 "그는 영계를 좋아한다"라는 제목을 붙여놓았다. 그 정보지의 편집진은 '미성년자인 딸이 있다면 로마노프의 집에서 멀리하라'고 자식을 둔 독자들에게 경고하는 것을 임무라고 여겼다. 그 뒤로는 미니시리즈 스타인 조르조 라마주리와의 짧은 인터뷰도 있었는데, 그는 카밀로와 카를라가 피크닉을 가기 전에 마지막으로 본 목격자였다.

"그들은 촬영장에서 자유분방한 섹스를 나눴습니다." 라마주리가 설명했다. "그렇지만 아마 그걸로도 부족했던가 보지요."

카를라 바인슈톡은 언론에 이 사건에 대한 입장을 밝히기를 거부했다.

이 모든 걸 읽는 동안 나는 어떻게 하면 눈에 안 띄고 카를라에게 전화를 걸 수 있을까 고민했다.

스포크 박사는 집에서 자주 전화하지 말라고 경고한다. 배우자가 통화내역을 보고 숨겨둔 관계를 통제할 수 있기 때문이었다. 나는 휴대전화도 스포크 박사가 권유한 대로 두 대가 아니라 한 대뿐이었다. 나 같은 유명인사가 또 핸드폰을 사다가는 공연히 가십거리가 될 위험이 컸다.

불행히도 힐데는 내 방에 앉아 있었다. 나는 문 밖 복도의 층계로 나가서, 초조하게 기다리고 있을 카를라에게 몰래 전화하려고 했다. 그런데 거기서는 멍청한 휴대전화의 신호가 잡히지 않는 것이었다. 그래서 집 안으로 들어오려는데 열쇠를 현관문 안쪽에 꽂아둬버렸기 때문에 현관 벨을 눌러야 했다.

"요즘 당신, 정신을 완전히 딴 데다 놓고 다니나 봐." 문을 열어주면서 힐데가 한 소리 했다.

"잠잘 때도 마찬가지야. 어젯밤에도 잠꼬대를 하며 포포케트인지 뭔지 하는 산 이름을 부르질 않나……."

아무래도 화장실에서 다시 전화를 걸어봐야겠다고 생각했다. 그런데 그때 전화로 나에 대한 호의를 표시했던 그 기자가 나타났다.

"로마노프 씨, 그리고 사모님, 이렇게 뵙게 돼서 영광입니다."

추브로비츠 쉴리처는 무척 선량해 보이는 외모의 젊은이였다. 호감 가는 얼굴에 나타난 그의 기쁜 표정도 가식은 없어 보였다.

"카밀로 로이드 로마노프 씨가 저를 이렇게 빨리 만나주시리라고는 예상하지 못했습니다, 부인." 그는 아내에게 말했다. "저희 편집부 전체가 흥분했지요."

우리는 거실에 함께 앉았다. 추브로비츠 쉴리처는 냉수 한 잔만 달라고 했다. 신문사 편집장이 그에게 언론의 부당한 처사를 만회할 이번 기사를 30분 내로 만들어오라고 주문했던 것이다.

"두 분만 단둘이 이야기하고 싶으시겠지요?"

힐데는 상냥하게 웃고는 자기 방으로 갔다.

"부인이 인상이 아주 좋으십니다." 추브로비츠 쉴리처가 말했다. 그리고는 이어서 자기도 결혼을 했으며 두 아이의 아버지라는 것, 그러나 아내에게 충실하려고 과도한 노력을 하는 타입은 아니라는 것 등등을 털어놓았다. 나는 우리 두 사람이 잘 통할 거라는 사실을 즉시 깨달았다. 이 상냥한 젊은이는 자신의 은밀한 혼외관계를 내게 고백하면서도 조금도 주저하지 않았다. 이야기를 하면서 그의 입가에는 히죽거리는 미소가 떠나지 않았다.

"전 성자가 아닙니다, 로마노프 씨. 여자들 꽁무니를 쫓아다니고, 심지어는 직장 동료들의 아내와 바람을 피우기도 하지요."

올라프는 담배에 불을 붙이고는 내 쪽으로 다가앉았더니 소리를 낮추어 말했다.

"우리 신문사 그래픽 디자이너의 아내는 아주 끝내줍니다. 할 때마다 항상 수도관에 수갑을 채워서 묶어달라고 하죠. 그 여자의 열여섯 살 난 딸은 안마를 해주면서 언제나 노래를 부르구요."

사실 그런 종류의 상세한 고백을 난 그다지 좋아하지 않는다. 그러나 올라프에게는 일종의 어린아이 같은 천진함이 있었다. 난 그의 나이를 물었다. 그는 곧 50이 다 되어간다고 털어놓으면서 자신이 젊은 외모를 유지하는 것은 다 섹스를 많이 하는 덕분이라고 설명했다.

"아마 제가 너무 솔직하다고 생각하실 수 있을 겁니다. 하지만 전 당신을 무조건 신뢰합니다."

올라프는 말하고 나서 시계를 쳐다봤다.

"시간이 얼마 없으니 괜찮으시다면 첫 번째 질문을 드리고 싶은데요. 로마노프 왕자님, 당신의 사생활에 관한 언론매체의 보도들에 만족하십니까?"

그는 자신이 내게 고백했듯이 나도 그 앞에서 허심탄회하게 대답하기를 부탁했다. 그러면서도 이런저런 내용 중 기사에 나오지 않기를 바라는 것은 '오프 더 레코드'라고 말하면 충분하다고 친절하게 말했다.

난 그의 진지함을 신뢰했다.

"당신이 솔직하신 만큼 저도 솔직하도록 하지요." 내가 말했다. "당신은 오늘 신문에 실린 잘못된 보도 때문에 찾아오셨지요? 로마노프 왕자는 비겁한 놈으로, 방종한 성생활을 일삼고 젊은 여자 사진작가들이나 길에서 만난 어린 소녀들을 침대로 끌어들이려고 슈퍼스타라는 신분을 이용한다구요. 하지만 솔직히 말해 그런 기사에 대해서는 웃음밖에 나오질 않습니다."

올라프는 내 말을 공감하는 표정으로 귀 기울여 듣다가 오늘날의 언론매체들이, 심지어 그가 일하는 그 썩 괜찮은 신문사까지도 포함해서, 언론의 고결함을 지키기 위한 기본 원칙들을 위배하고 있다고 토로했다.

"그 정신 나간 여류 사진기자의 센세이셔널한 공개서한은 말할 것도 없고 당신과 바인슈톡 양에 대해 나온 기사는 모든 정상적인 사람들에게는 정말 섬찟한 일입니다."

이렇게 말하고 나서 그는 카를라에 관해 물었다.

"올라프 씨, 카를라는 그 황홀한 미모로 모든 남자들에게 성적인 욕망을 불러일으킵니다. 그런데 실제 그녀는 그렇지 않거든요. 아무도 그녀를 제대로 알지는 못해요."

"죄송합니다만 카밀로. 기자라는 제 책무 때문에 감히 이런 노골적인 질문을 드려야겠습니다. 혹시 바인슈톡 양과 내밀한 관계를 갖고 계십니까?"

"우리는 그저 좋은 친구일 뿐입니다." 난 그에게 대화를 왜 기록하지 않느냐고 물었다. 그는 대화 내용을 일일이 다 기억할 수 있다면서, 결국 그게 자기 직업이 아니겠느냐고 했다.

"마지막 질문입니다." 그는 약속했다. "몇 살 때부터 여자에 관심을 가지게 되셨습니까? 그리고 그런 게 공원에서의 심야 데이트와는 어떤 연관이 있는 겁니까?"

내가 그 질문에 대답하기 전에 힐데가 거실로 들어왔다. "방해해서 미안합니다, 추브로비츠 쉴리처 씨. 그렇지만 유치한 에이전시가 방금 남편을 상대로 고소장을 제출했다는군요." 힐데는 날 옹호할 기회를 놓치지 않았다.

"카밀로가 이 스캔들의 전모를 잘 설명해드렸길 바랍니다. 말씀해보세요, 추브로비츠 쉴리처 씨, 이이가 바람이나 피우고 다니는 파렴치한 괴물같이 보입니까? 기막힌 정도가 아니라 너무 슬픕니다."

난 그사이 무슨 일이 있어도 카를라에게 전화해야겠다고 결심했다.

"이제 그만 인터뷰를 끝내야 되겠습니다, 올라프 씨." 내가 말했다.

"시간이 조금 더 있었더라면 좋았을걸, 아쉽군요. 그리고 마지막 질문에 대답을 드리자면, 안타깝게도 저는 상당히 늦게 여자에 관심을 갖기 시작했지요. 그러나 그건 소위 카를라 바인슈톡과의 밀회와는 아무런 상관이 없습니다. 중요한 건, 제 아내는 모든 걸 다 알고 있고 또 저를 믿는다는 사실입니다."

올라프는 작별을 하면서 힐데에게 머리를 깊이 숙여 인사를 하고 나에게 진심으로 고마워했다. 그는 정말 공손했으며 우리 부부 둘 다 그에게 호감을 느꼈다.

그가 가자마자 전화가 울렸다. 힐데는 카를라와 기분 좋게 몇 마디 나누더니 수화기를 내게 건네주고는 옆의 흔들의자에 앉았다.

"우리의 귀여운 카를라야."

"당신, 미쳤어?" 수화기 저편에서 카를라가 소리를 질렀다. "여기서 꼬박 두 시간을 멍청이처럼 앉아서 당신이 전화하기만 기다렸잖아. 나를 이렇게 함부로 대할 수 있어?"

"우리는 곧 점심식사를 하려고 해요, 양배추 요리예요." 내가 대답했다.

"이봐, 모범생 남편, 잘 들어요. 줄츠가 우리 베드신 때문에 전화했어. 그는 우리가 진짜로 같이 자는 베드신을 원해. 그 나쁜 놈한테 당신하고 말해보라고 했어. 당신 생각은 어때요?"

"중요한 건, 우리가 건강하다는 사실이지요."

"엿이나 먹어!"

그러면서 그녀는 전화를 끊었다. 난 아내에게 방에 가서 잠시 눈이라도 붙이지 않겠느냐고 물었다. 바로 그때 현관 벨이 울리더니 맥주 에이전시의 루디가 인솔해 온 카메라 팀이 들이닥쳤다.

"정말 죄송합니다, 로마노프 씨." 루디는 사과했다.

"조간신문에 실린 바인슈톡 양과의 사진 때문에, 계획했던 우리 보드카 광고를 빨리 진행해야 하게 됐습니다."

"잠깐만요." 내 비서가 끼어들었다. "출연료는 어쩌구요?"

"여기 은행거래 명세표가 있어요." 루디는 바지 뒷주머니에서 명세표를 꺼냈다.

"이 금액이 오늘 아침 일찍 로마노프 씨 통장으로 입금되었습니다. 이제 시작해도 될까요?" 그들은 가구를 옮기고 탁자 위에 놓인 화병과 벽에 걸린 그림들을 치웠다. 루디는 나에게 하필 힐데의 흔들의자에 앉으라고 부탁했다.

"로마노프. 테이크 원, 액션!"

난 보드카 잔을 들고 "아빠를 위해, 건배!"라고 말했다. 이번에는 대사를 제대로 외웠다. 그러나 루디는 카를라가 내 전화를 기다리는 동안 그 똑같은 광고를 열두 번은 반복시켰다. 결국 난 더 이상은 하지 못한다고 거절했다. 카메라팀은 화병을 다시 제자리에 놓고는 더 이상 아무 말 없이 집에서 나갔다.

당장 전화하지 않으면 내가 쓰러질 것 같았다. 정확히 어딘지는 모르겠지만 책 중간에 스포크 박사는 『성경』 어디선가 하느님이 다음과 같이 말했다고 썼다.

"인간은 혼자 있으면 좋지 않다."

박사는 그 말의 출처의 신빙성이나 혹은 내용의 정당성에 대해 묻지는 않았고 단지 이렇게 덧붙였다. 결혼한 지 108개월이 지난 남자는 때로는 혼자 있기를 그 무엇보다 열렬히 원한다는 것이었다.

단지 몇 분만이라도 혼자 있고 싶다는 그 생각은 내 내면에서 점점 확고해졌다.

"힐데!" 난 아내를 불렀다. "루디가 거금을 송금했는데, 차 한 대 사도록 하지."

"어머, 좋아. 그럼, 생일에 살게."

"아냐, 지금 당장 사도록 해. 바로 이 순간, 우리 생각이 바뀌기 전에 말이야. 디젤엔진이 달린 소형차를 사."

"내가?"

"응. 당신 취향이 워낙 고급이잖아. 난 당신을 100퍼센트 믿어."

"정말 고마워." 힐데는 얼굴이 상기되었다. 난 그녀에게 요사이는 자동차 대리점들이 일찍 문을 닫으니까 서두르라고 종용했다. 아내는 내 이마에 키스를 하고는 기분이 좋아서 시내로 나갔다. 난 흥분한 상태로 사무실 전화기를 들고 번호를 눌렀다. 사무실에는 걸거나 걸려 오는 전화가 많으므로 통화 수가 하나 정도 많고 적다고 해서 별로 눈에 띌 일이 없을 거라고 생각했던 것이다. 카를라는 통화 중이었다. 난 잔뜩 긴장해서 전화기 옆에서 기다렸다. 다시 전화를 걸려고 할 때 벨이 울렸다. 베네딕티나였다. 하필 지금이란 말인가. 난 그녀에게 시간이 없으니 빨리 용건을 말하라고 부탁했다.

"아빠 다른 모든 사람들을 위해서는 시간이 있지만 나한테만은 시간이 없지?" 딸아이가 투정했다. "도대체 아빠는 왜 그래? 사실 돈을 뉴올리언스로 곧장 송금해달라는 부탁을 하려고 전화했어. 아빠와 장래의 사위 사이에서 내가 중개를 하는 것도 이상하잖아. 안 그래?"

블랙홀 211

"알았다."

카를라는 여전히 통화 중이었다. 도대체 사람이 어떻게 그렇게 오래 수다를 떨 수 있단 말인가? 몇 분을 기다리는 동안 망할 놈의 전화가 또 울렸다. 화가 잔뜩 난 줄츠였다.

"이봐, 밀러!" 줄츠는 꽥꽥거리며 고함을 질러댔다.

"난 그렇게 유치하게 더듬다가 마는 베드신은 내보낼 수가 없어."

나도 완전히 열이 올랐다.

"날 협박하지 말아요." 나도 되받아 소리를 질렀다.

"당신 카메라팀의 실수가 내 탓입니까? 난 진지하게 감정연기를 하는 배우란 말입니다. 어느 신도 다시 찍지는 않을 겁니다."

"웃기지 마! 이 신을 다시 찍지 않으면 내 돈은 단 한 푼도 구경 못할 걸? 자네 부인하고 얘길 해야겠어."

"집에 없어요. 차 사러 나갔다구요."

"없다구?"

"없어요."

줄츠는 이성을 잃었다.

"내 말 똑똑히 들어, 밀러." 그가 소리를 질렀다.

"이런 수작은 안 통해. 내가 이 바닥에서 자네 어쭙잖은 커리어를 완전히 끝장낼 테니까. 어디 두고 봐. 나중에는 자네 발로 기어 와서 포르노 영화의 단역이라도 하나 시켜달라고 싹싹 빌게 될 거니. 내가 자네를 발굴했던 날을 저주해."

"내 에이전트랑 얘기하세요, 줄츠 씨."

"아무하고도 말 안 해. 오늘 당장 여길 뜰 거야. 도대체 사방에 멍청이들뿐이니, 원!"

난 수화기를 내려놓았다. 다시 벨이 울렸다.

"그래, 그 헤픈 기집애 때문에 날 차버린 거였군." 베티였다. "내가 니 눈에 안 찬다 이거지, 로마노프!"

"아니, 베티, 정말 그런 게 아니라……."

"알아, 카밀로? 난 당신의 변태적 욕구를 다 채워줄 마음의 준비도 하고 있었어. 다음 달 〈펜트하우스〉에서 내 누드 사진을 보면 입이 벌어질 걸. 그러면 당신이 뭘 놓쳤는지 알게 될 거야, 이 나쁜 놈아!"

"하지만……."

"듣기 싫어. 당신이 날 망쳐놨어. 난, 난……." 베티는 흐느껴 울기 시작했다. "난 당신을 지금도 사랑해. 바보같이……."

그녀가 전화를 끊고 나서 드디어 난 전화를 다시 걸 수 있었다. 땀에 젖어서 번호를 눌렀다. "카를라, 사랑해, 제발, 제발, 아휴!"

힐데가 들어와 문을 닫았다.

"그래, 이제 우리 차를 산 거야?" 난 낮은 목소리로 물었다.

힐데는 두툼한 신문을 한 팔에 안고 왔는데 내 말에는 대답하지 않고 비틀거리며 나갔다. 그리고는 복도 층계에 주저앉아 서럽게 우는 것이었다. 그녀가 그토록 절망하는 모습을 한 번도 본 적이 없었다. 난 옆에 앉아 그녀를 안아주었다. 그러면서 그 두툼한 신문에 시선을 돌렸다. 판매부수가 높다던 〈포퓰러〉였는데 그날 특집호의 여덟 번째 판이었다. 기사의 커다란 제목 때문인 게 분명했다.

로마노프
나는 형편없는 의지박약
본지와의 독점 인터뷰에서 자신의 병적 섹스충동을 밝힌 스타의 놀랍도록 솔직한 고백. 카를라 바인슈톡은 내가 꿈꾸어온 여신. 변태 남편에게 충격을 받은 로마노프 부인.

난 집 안으로 들어가려고 했다. 그러나 겨우 문턱까지 가서 문가에 기대다가 바닥에 천천히 주저앉고 말았다. 놀라 힐데가 튀어 일어나서는 나를 부축해서 들어갔다. 불러온 응급 의사는 '가벼운 혈액순환 장애'라는 진단을 내리더니 신문을 말아서 내 얼굴에 대고 부채질을 해댔다.
삶은 이런 일에 아랑곳없이 계속 흘러갔다. 날 죽일 뻔했던 그 인터뷰는 지금은 올라프의 이름과 직함을 함께 적어서 앨범『장애물』안에 넣어두었다. '추브로비츠 쉴리처, 풍기 담당 기자.'

"카밀로 로이드 로마노프는 우리 독자들에게 따로 소개할 필요가 없을 것이다. 신문사 편집부는 그에게 보내오는 팬레터로 넘쳐난 상태다."라는 말로 올라프의 인터뷰 기사는 시작했다. "미니시리즈 〈열정의 회오리〉가 커다란 성공을 거둔 이후로 세간의 주목을 받는 스타 로마노프가 오늘 드디어 매스컴에 최초로 자신의 남성으로서의 면모에 대해 밝혔다."

올라프는 아내가 자신을 친절하게 맞이한 것을 몇 줄로 요약하고는 나라는 복잡한 인간에 대한 심도 깊은 분석으로 넘어갔다.

"우선 이 배우는 실제로 만났을 때 화면에서보다 훨씬 친절하고 정돈된 인상을 준다는 점을 언급해야겠다. 안정되고 예절바른 태도로 여러 익숙한 주제들에 대해 말한다. 그러나 화제가 그의 유명해진 섹스 스캔들에 이르면 완전히 다른 사람으로 돌변하는데, 표정은 굳어지고 목소리는 거칠어지면서 눈에 띄게 공격적이 되어서 상대방을 놀라게 한다. 그의 직업적인 자부심에 대해서는 이 자리에서 더 이상 언급할 필요가 없을 것이다. 그는 자신을 '로마노프 왕자'라고 칭하는데, 이는 그에게 현혹된 주변의 여성들이 그에게 바친 값싼 미사여구를 반복하는 것이다.

먼저 우리는 단둘이 이야기를 나누었다. 이때 그는 조심스런 태도로, 엄청나게 나이가 어린 베티와의 염문이나 시립 공원에서의 베일에 싸인 심야 데이트 등 여자와 얽힌 스캔들에 관련한 까다로운 질문들은 교묘히 피해 가려고 했다. 자신과 바인슈톡 양은 그저 좋은 친구 사이라고 해명하는 동시에 카를라가 그의 이상형이라고 고백하면서, 남성들의 욕망을 불러일으키는 그녀의 여성적 매력을 잘 안다고도 했다. 드라마 1회분에 나올 둘의 열정적인 베드신에 대해서는 언급하기를 거부했다. 어쨌든 이 장면을 독자들은 며칠 후 방송에서 볼 수 있다.

최초의 충격은 로마노프 부인이 나타면서였다. 조용하고 고통에 찬 모습의 부인은 우리 독자들을 위해 수년간 쌓여왔던 그녀의 좌절과 실망에 대해 털어놓았다. 그녀는 로마노프를 힐난하듯 가리키며 거의 울 듯한 상태로 소리쳤다.

'추브로비츠 쉴리처 씨, 바람피운 유부남, 파렴치한 괴물이 바로 저렇게 생긴 건가요? 정말 서글픕니다…….'

로마노프의 차갑고 냉정한 표정에는 동요가 없었다. 자아도취적인 어조로 이 스타는 부인에게 저지른 자신의 잔인한 행동을 합리화했는데, 자신은 안타깝게도 매우 늦게 여자에 대해 관심을 갖기 시작했다는 것이었다. '그렇게 놓쳐버린 시간이 매우 안타깝다'라고 그는 말했다. 그는 이제 〈포퓰러〉지에 자신에 대한 진실을 털어놓을 준비가 되었다고 말했다. 그런 말을 하면서 그는 일말의 부끄러움도 보이지 않았는데, 마치 300여 년 전에 살다간 귀족 도나시앵 알퐁스 프랑수아 드 사드 후작을 연상시켰다.

'난 형편없는 의지박약입니다.' 로마노프는 또렷한 목소리로 고백했다. '자유분방한 섹스라면 정신을 못 차립니다. 젊은 여성 사진작가라든가 미성년의 소녀들을 침대로 끌어들이기 위해서 제가 스타라는 지위를 악용하기도 합니다. 그러나 믿어주세요, 전 그냥 웃어넘깁니다.'

내 얼굴에 퍼진 경악의 표정을 눈치챈 로마노프는 다음과 같이 냉혹하게 말하면서 인터뷰를 마쳤다.

'중요한 건, 내 아내는 모든 사실을 다 알면서도 저를 믿는다는 겁니다.'

이 말을 하면서 카밀로 로이드 로마노프의 얼굴은 다시 우리에게 친숙한 인간적인 모습으로 바뀌었다."

나와 이 신문의 쓰레기 같은 기자가 저지른 부당함을 힐데는 소리 높여 비난했다.

"내가 모든 사실을 알고 있으면서 당신을 믿는다고? 이게 무슨 헛소리야, 칼? 뭘 알고 뭘 믿는다는 거야, 도대체."

"그게, 글쎄……."

대학까지 졸업한 사회과목 선생으로서 그렇게 이성을 잃어버릴 수 있다는 데 나는 놀랐다. 무엇보다 힐데는 지난 몇 주 동안 불안에 떨면서 혼자 괴로워했는데 말이다.

"힐데." 그녀에게 말했다. "당신 지금 너무 흥분했어."

난 초조했다. 전화가 다시 울렸으나 카를라가 아니었다. 힐데가 내게 수화기를 건넸다.

"여기, 그 쓰레기야."

올라프는 흥분해서 제대로 말도 하지 못했다.

"로마노프 씨, 정말 끔찍한 일입니다." 그는 탄식했다.

"우리 비열한 편집장이 제가 당신의 결백함을 증명하기 위해 썼던 글들을 모두 문맥에서 뚝 잘라내버렸어요. 바로 몇 분 전에 그에게 말했죠. 편집장은 저를 저열한 사기꾼으로 만들었습니다. 나를 이렇게 대우하는 것도 이게 끝입니다, 라구요. 로마노프 왕자님, 전 사직서를 제출했습니다. 오늘 저녁 우리 신문이 14판을 찍든 말든 상관이 없습니다. 제 결심은 변함없습니다. 전 이제 더 이상 〈포퓰러〉지의 기자가 아닙니다."

그가 자신의 괴로움을 솔직하게 말해주는 것에 난 감동하지 않을 수 없었다. 우리 인터뷰 때도 사실 그는 그리 나쁘지 않은 인상을 주었다.

"그렇게 어린애처럼 행동하지 마세요, 올라프 씨."

나는 그의 건전한 인간적 상식에 호소했다.

"비열한 편집장 때문에 당신이 당장 일자리를 내던질 필요는 없는 겁니다. 당신은 훌륭한 기자로서의 능력이 있는 사람입니다. 화가 난다고 해서 당신이 피하지는 마세요. 나와 내 아내는 당신을 믿습니다."

나는 수화기를 아내에게 내밀었다.

"그런 일을 한 건 편집장이래. 올라프에게 위로의 말이라도 한마디 좀 해줘."

"맙소사!" 힐데는 씩씩거렸다.

"나는 정말 백치랑 살고 있군."

"왜?"

그녀는 아무 말 없이 자기 방으로 갔다.

난 다시 올라프에게 말했다. "아내가 지금 바쁘군요. 하지만 인사를 전하랍니다."

"그 말을 들으니 기쁩니다, 카밀로. 부인도 인터뷰 끝 부분에서 제가 당신을 얼마나 높이 평가하고 있는지 분명히 아실 겁니다. 편집장이 그 부분을 빠트리지 않은 게 천만다행입니다."

"그래요. 아내도 마지막 부분을 좋게 생각했어요."

"정말 감사합니다, 로마노프 왕자님. 그리고 제 사직서 건에 대해 해주신 조언도 감사드립니다. 언젠가 도움이 필요하시다면 부디 언론사에도 언제나 당신에게 도움을 드릴 준비가 되어 있는 진실한 친구가 한 명 있다는 사실을 잊지 말아주세요."

날이 벌써 어두워지기 시작했는데 난 여전히 카를라에게 전화를 안 걸었다. 내 머릿속에서 대담한 착상이 떠올랐는데 그건 창가에 몸을 기대고 내 구닥다리 휴대전화가 집 밖에서 혹시 연결되는가 시도해보는 것이었다. 두 번째 창문을 열었을 때 힐데가 방으로 들어와서 내가 뭘 하고 있는지를 물었다. 나는 대답했다. "환기를 하려고."

힐데는 사무실로 온 전화를 받으라고 날 부르러 들어온 것이었다. 루디가 날 찾았다.

"이봐요, 로마노프. 그 술 퍼마시는 광고가 반응이 좋아요. 아버지의 건강을 빌며 술을 마시는 게 맘에 들었나 봐요. 그러나 이제 정말 중요한 사업이 있어요. 그 땅딸막한 여비서가 우리 얘기를 듣고 있나요?"

"내 아내예요."

"좋겠군요! 내 말을 잘 들어봐요, 로마노프. 며칠 있으면 새 정부를 뽑는 선거가 있다는 걸 알죠? 카메라 앞에서 당신이 진보정당에 가입한다면 얼마든지 돈을 내겠다는 거예요."

"생각해보지요. 정치에 관해서라면 어차피 아내와 얘기하셔야 될 겁니다."

힐데가 전화를 받아 들었다. 혹시 아나? 어쩌면 그녀도 진보적일지 모른다. 나는 황급히 스웨터를 걸쳐 입고는 그녀에게 밖으로 나간다고 손짓했다. 그녀는 송화기를 막고 어디 가느냐고 물었다.

"양심에 관계된 일이야. 우리 4층에 살던 불쌍한 심리상담가를 방문하려구."

"그 사람 정신병원에 있잖아. 아냐?"

"그래서 뭐? 어려운 상황에 있는 사람을 모른 척할 수는 없잖아."

정신병원으로 가는 도중에 수염을 기른 택시 운전사에게 나는 공중전화 앞에 잠깐 세워달라고 부탁했다. 생각지 않게도 카를라가 통화 중이 아니어서 당황했고, 나는 전화를 끊고 택시 안으로 뛰어들었다. 내 휴대전화로 걸었을 때는 그녀의 전화는 물론 다시 통화 중이었다. 하지만 병원까지 가는 길이 워낙 멀어 수십 차례 시도한 끝에 드디어 통화가 되었다.

"노 코멘트." 카를라는 전화를 받자마자 말했다. "당신네 신문을 위해서 할 말은 그게 전부예요."

그런 다음 그녀는 전화를 끊었다. 사실 내게는 오히려 다행이었는데, 전화가 늦어진 이유를 어떻게 설명해야 할지 몰랐기 때문이었다. 그러나 다른 한편으로는 그녀의 목소리가 너무 듣고 싶었던 탓에 병원 가는 길 중간쯤까지 와서 다시 그녀와 전화연결이 되었을 때 난 떨 듯이 기뻤다.

"너무 부끄럽군, 카를라." 난 그녀가 갑자기 화를 내지 않도록 애썼다. "도저히 틈이 나지 않았어."

"그런 줄 알았어요. 나도 당신의 얼빠진 인터뷰 후에 온갖 가십기자들 때문에 죽을 지경이야."

"정말 미안해. 힐데가 집에 앉아 있는 동안 전화를 걸 수도 없고."

"뻔한 얘기지. 당신 언젠가는 그 감옥에서 빠져나올 거지?"

"어떻게?"

"못되게 굴어야지. 그게 자유로워질 수 있는 유일한 방법이야."

"당신이 너무 보고 싶어, 카를라."

"나도 그래요. 수줍어하는 당신의 귀여운 모습이 그리워. 하지만 우린 당분간 만나서는 안 돼. 적어도 다음 방송이 나갈 때까지는. 날마다 꼬리를 잡힐 수는 없잖아."

갑자기, 택시 뒷자리에서, 배를 깔고 엎드려 있는 그녀의 모습이 깨물어주고 싶을 만큼 가깝게 다가왔다.

"당신 집에서 만나면 되잖아, 카를라."

"큰일 날 소리. 이웃사람들이 당신을 볼지도 몰라. 당신이 스타라는 걸 잊지 마."

"지금 갈게. 어둡잖아."

"안 돼. 나 지금 혼자가 아냐."

난 아무 말도 못했다. 생각도 못한 경우였다.

"여보세요." 카를라가 불렀다. "듣고 있는 거야?"

"응. 이제 끊어야 하는데."

그리고는 더 이상 무슨 말을 해야 할지 몰랐다. 휴대전화를 넣고 기사에게 요금을 지불했다. 택시는 벌써 몇 분 전부터 어둠침침한 빛깔의 병원 건물 앞에 멈춰 있었다. 난 제정신이 아니었다. 병원에 그 미친 사람을 방문하러 온 것도 결국은 집 밖으로 나오기 위한 핑계일 뿐이었는데, 병원 문은 이미 닫혀 있었다. 벨을 눌렀다. 흰 옷을 입은 직원이 나왔다.

"무슨 일이세요?"

"레너드 뵘 씨를 만나고 싶습니다."

"지금요? 한밤중에요?"

"저는 카밀로 로이드 로마노프입니다."

"잠깐만요."

잠시 후 현관에 불이 켜지고 귀족적 풍모의 잘 차려입은 신사가 나타났다.

"저는 레오니드 뷜이라는 의사로, 이 병원 원장입니다. 방문해주셔서 영광입니다, 로마노프 씨."

원장은 나를 자기 사무실로 안내하더니 환자인 뵘이 상태가 안 좋다고 짧게 설명했다.

"우리 병원에서 몹시 심각한 케이스들 중 하나지요. 자기가 병원 원장으로 지명되었다고 굳게 믿고는 우리를 찾아와서 그런 이야기를 합니다. 이따금은 강제로 진정시켜야 하고요. 정말 안타깝습니다. 따라오시지요, 로마노프 씨. 그에게 안내해드리겠습니다."

심리상담가는 좁은 병실에 앉아서 창살 밖으로 하늘을 올려다보고 있었다.

"뵘 씨, 손님이 오셨습니다."

뵘은 내게 다가와 포옹했다.

"이렇게 와줘서 고마워요. 이렇게 와줘서 고마워요."

나도 어쩐지 기뻤다. 비록 내가 왜 그를 방문했는지 적당한 이유를 여전히 생각해내지 못했지만 말이다. 다행히 집에서 나오면서 재빨리 스포크 박사의 책을 외투 주머니에 쑤셔 넣었었다. 오직 불쌍한 뵘을 돕는 인간적 의무를 다하는 것 외에는 내게 아무 다른 의도가 없다는 걸 힐데에게 믿게 만들 명백한 증거였다.

"내게 문제가 하나 생겼어요, 뵘 선생님."

나는 썩 훌륭한 임기응변으로 둘러댔다.

"스포크 박사 책에서 제 개인적 성향에 대한 설명은 찾아볼 수가 없어요. 생각해보세요, 난 여자들 엉덩이를 깨무는 것을 너무나 좋아하거든요."

"선생만 그런 게 아니에요, 밀러 씨. 저명한 섹스 연구가 킹슬리 박사의 한 논문에 따르면 이성애 남자들의 거의 3분의 1이 아름다운 엉덩이를 깨물고 싶어하는 욕구를 갖고 있다고 합니다."

"그렇다면 왜 스포크 박사는 이런 성향은 무시한 거지요? '엉덩이'나 '둔부'라는 표제어로 찾아보니 그에 대한 언급이 전혀 없어요."

"밀러 씨, '가장 중요한 부분'이라는 표제어를 찾아봐요."

흥분해서 당장 책장을 뒤적이다가 309쪽 하단에서 "여성의 아름다운 '가장 중요한 부분'은 특별한 맛으로 흡혈귀의 충동을 불러일으킨다."라는 문장이 굵은 글자로 인쇄되어 있는 것을 발견했다. 감사하는 마음으로 뵘과 악수를 나누고는 작은 글자도 읽고 싶은 호기심에 서둘러 그의 병실을 나오려고 했다.

"안녕히 계세요."

"제발, 가지 말아요." 뵘은 날 붙잡더니 책상 위에서 종이 한 장을 집어 들었다. 그는 서투른 글씨로 종이에 무언가 적었다.

"나는 원래 이 병원의 원장으로 임명되었어요. 그런데 사람들이 자기를 왕이라고 믿는 정신병자와 나를 혼동했습니다. 레오니드 빌이 병원 원장으로 임명되었고 나는 미쳤다고 가두었지요. 제발 부탁입니다, 나를 구해줘요."

"네, 네, 알겠어요."

나는 뵘을 안심시키고 조심스럽게 문 쪽을 향했다.

"내가 알아서 처리할게요."

"나 대신 정신병자가 병원을 관리하고 있어요." 불쌍한 뵘은 이미 밖으로 나온 내 등에 대고 소리쳤다.

"텔레비전이라도 하나 넣어줘요."

현관에서 병원장이 나를 기다리고 있었다. 나는 그에게 예전 이웃이 매우 안타깝게 되었다고 말했다. 레너드 박사는 나에게 레너드 뵘의 조울증을 치유하기는 전혀 불가능하다고 설명했다. 나는 친절한 원장에게, 지금은 가지만 언젠가 가까운 시일 내에 다시 그 문제에 관해 이야기를 나누었으면 한다고 말했다. 빌 박사는 거리를 둔 공손한 태도로 대답했다.

"안타깝지만 우리는 며칠간은 시간을 낼 수가 없습니다."

"안됐군요. 그렇다면 그 이후에는?" 내가 물었다.

"그것도 안 됩니다. 신의 은총으로, 이틀 후면 시스티나 성당에서 대관식이 열리거든요."

짧았던 정신병원 방문이 내 머리를 떠나지 않았다. 한편으로는 열악한 조건의 작은 방에 갇혀 있는 뷈이 마음에 걸렸다. 그러나 다른 한편으로 빌 박사는 진지한 인상을 주었다. 왕위 계승을 하겠다는 것만 빼고는 의료기관을 관리할 만한 능력이 충분한 사람같이 보였다. 나 자신도 사람들이 러시아 황태자 취급을 하는 데 별 이의가 없지 않은가?

집으로 오는 택시 안에서 나는 뷈이 부당한 처우를 받고 있는 것을 모른 척할 수 없다는 생각이 확연하게 들었고, 그에게 32인치 새 텔레비전을 보내야겠다고 결심했다. 하지만 일단은 309쪽에 실린 '가장 중요한 부분'의 해설을 읽고 싶은 마음이 너무나 급해 운전사에게 주차장에서 잠시 멈추어달라고 부탁했다.

결국 스포크 박사는 내 인생의 가장 중요한 주제를 소홀히 다루지 않았던 것이다. 그 반대로 행간에서 느껴지는 열광은 박사 자신도 이 지구상의 남성 3분의 1과 더불어 숨겨진 엉덩이 숭배자가 아닌가 하는 추측을 하게 했다.

"여기서 다루는 문제는 나이 든 철학자들이 지성보다 여성의 미를 선호했던 헬레니즘 시대부터 있었던 오래된 현상이다."라고 스포크 박사는 작은 글씨로 써두었다. "오늘날까지도 남성들은 선호하는 여성의 신체 부위에 대해 격렬한 토론을 벌이고 있다. 엉덩이인가, 가슴인가 하는 것이다."

스포크 박사는 자신의 세계관을 기술한다.

"엉덩이가 우위이다. 왜냐하면 양쪽 가슴은 시간이 지남에 따라 보조 수단이 필요한 데 비해 엉덩이는 외적인 별 도움 없이 오랫동안 둥글고 활력 있게 유지되기 때문이다. 여성 신체 중 이 매력적인 부위에 대한 남성들의 생각은 보통 감추어져왔기 때문에, 이에 대한 신빙성 있는 통계자료를 얻기는 어렵다."

나는 310쪽으로 넘어갔다.

"다만, 일반적으로 이탈리아 남자들은 아름다운 엉덩이를 제대로 평가할 줄 안다는 것이 개연성 높은 주장이다."

스포크 박사는 설명을 이어나갔다.

"공공장소에서 여성의 스커트 아래로 팽팽하게 솟은 엉덩이를 납작한 손바닥으로 찰싹 치는 것은 물론 이탈리아 남자들의 민속적 관습에 속한다. 인도 남성들은 허리와 그 아랫도리에 깊은 관심을 두며, 유럽 남성은 대체로 그들 욕구의 원천을 깨물면서 에로틱한 욕망을 채운다고 할 수 있다. 이때 특별한 건강상의 위험 없이 천상의 행복을 즐길 수 있다."

솔직히 내 인생과 관련된 두 여자가 지성인 계층에 속한다는 사실은 나의 자존심을 높여주었다. 그러나 내 법적인 아내를 생각해보면 엉덩이를 물고 싶은 성향이 꼭 맞는 것도 아니었다. 당연하게도 카를라의 아름다운 육체에 대한 욕망이 절대 우위에 있었다. 그럼에도 불구하고 나는 그녀에게 다시 전화 걸지 않기로 굳게 결심했다. 그녀가 또다시 혼자가 아닐 경우에 맛볼 실망이 두려워서였다.

어쩌면 나는 흠잡을 데 없는 유럽 지성인은 아닌 것 같았다. 카를라의 신체 일부가 아니라 카를라 전부를 사랑하기 때문이었다. 다른 가능성을 찾아보다가도 다시 그녀를 찾게 되었다. 부다페스트의 푸에르토리코 지구에서 한때 꾸었던 꿈에서는 베티의 엉덩이도 꽤 괜찮았다. 그러나 이제 그 엉덩이는 내게 줄츠 부인의 엉덩이처럼 별 매력이 없어졌다.

골몰해 있던 내 생각은 운전을 마저 하려고 성급해진 수염 난 운전사 탓에 중단되었다. 그는 음흉하게 물었다.

"당신이 혹시 신문에 난 의지박약아 아니오?"

나에 대해 비판적인 건 운전기사뿐만이 아니었다. 집에서는 극도로 화가 난 힐데가 나를 기다리고 있었다. 올라프의 인터뷰 기사가 실린 신문은 그사이 22판까지 찍혔으며, 다른 경쟁 신문사는 심지어 라디오에 내일 '유럽의 섹스 스캔들'이라는 제목으로 그 이상의 폭로기사를 내겠다고 광고했다. 텔레비전에서는 부티크 여주인이 나와서 로마노프가 이전에 그녀 가게에서 일을 했는데 이상한 성향 때문에 해고했다고 말했다.

텔레비전 방송사들이 제작자 줄츠를 데려오는 데 실패하자 채널1의 감독은 로마노프 부인을 직접 초대해서 인터뷰하겠다는 아이디어를 냈다.

"당장 승낙했어." 힐데는 자랑스럽게 말했다.

"우리의 적들이 당신에 대해 퍼뜨린 헛소리들을 단번에 반박해야 해. 게다가 게르숀 글라스코프가 좀 전에 전화했어. 할 수 있을 때 세상 사람들에게 진실을 알려야 한다고 내게 말하더라구."

힐데는 그 저명한 비평가가 쓰레기 올라프와의 인터뷰에 대해 매우 분노했다고 설명했다. "모든 사람은 자신의 개인적인 비밀을 지킬 권리가 있습니다."라고 그녀에게 말했다는 것이다. "그러나 부인, 남편은 수치심 없이 자신의 성생활에 대해 떠들고 다니는 바람에 훌륭한 배우 로마노프의 업적을 망치고 있습니다."

힐데는 글라스코프에게 나를 바른 길로 인도하겠다고 약속했다고 했다. 쉬운 일은 아니었다. 무엇보다 아파트 관리인의 문제가 그녀를 괴롭혔다. 전국의 거의 모든 언론사들이 그 불쌍한 영감을 찾으려고 했지만 발견하지 못했다. 1층에 있는 그의 작은 아파트 현관은 잠겨 있고 문에는 다음과 같은 작별의 말이 쓰인 작은 메모지가 붙어 있었다.

"사람들이 쫓아다니는 걸 더 이상 견딜 수가 없습니다. 엘리베이터 열쇠는 발판 밑에 넣어두었습니다. 로마노프 씨 가족에게 사과드립니다."

우리를 유일하게 지원한 건 배우 에이전시인 '사샤 부자'였다. 사샤가 아내에게 전화를 걸어 언론에 보낼 성명서를 읽어주었다는 것이다.

"우리 에이전시 소속으로 〈열정의 회오리〉의 스타이며 스크린의 마법사인 C.L. 로마노프는 사생활 면에서도 타의 추종을 불허하는 흠잡을 데 없는 인물이다."

사샤와 상관없이 난 점점 다가오는 미니시리즈 방영일 때문에 골치가 아팠다. 그 방송이 나가는 프라임 타임 이전에 브라질로 날아가버리고 싶다는 이전의 소망이 다시 강렬해졌다. 힐데가 결코 함께 따라가지 않으리라는 것을 알았지만 말이다. 그러나 카를라나 베티라면?

피곤하고 정신없는 머릿속이 쓸데없는 공상으로 가득했다. 자정 좀 전에 누군가 전화했는데 졸린 상태에서 수화기를 들었다.

"여보세요. 누구시죠?" 어떤 남자가 물었다.

"뮐러입니다. 칼 뮐러."

"누구라구요?"

"아, 죄송합니다. 잘못 말했네요. 카밀로 로이드 로마노프입니다. 무슨 용건이신가요?"

"너랑 니 바람난 여자들 다 함께 목이나 매달아버려."

나는 아무렇지도 않았다. 카를라에 대한 그리움 말고는 아무것도 중요하지 않았다. 그녀에게 전화를 걸고 싶었지만 참았다.

다음 날 아침 힐데가 반숙으로 익힌 달걀을 갖다주면서 무슨 일이 있어도 집 밖으로 나가지 말라고 엄명했다.

"칼, 카를라도 그렇게 말했어."

"언제?"

"어제 당신이 정신병원에 간 사이에. 당신한테 전하는 걸 깜빡했어. 그녀도 당신 걱정을 하더군. 전화 한번 걸어줘."

"급하지 않아."

블랙홀 229

그 일이야말로 세상에서 가장 급한 일이었다. 카를라가 나를 걱정하다니!

힐데에게 나가서 새로 나온 신문을 사다달라고 부탁했다.

"알았어." 그녀는 미소를 지으며 대답했다. "그러고 나서는 우리 함께 할복자살이라도 하자구."

가장 덜 위험한 사무실에서 전화를 걸었다. 연결이 되었다. 난 작은 소리로 속삭였다.

"제발, 카를라, 당신을 꼭 만나야겠어."

"노피, 안 돼요. 그건 우리 둘 다 망하는 지름길이야."

그녀는 나를 노피라고 불렀다. 아마 로마노프의 끝 부분을 딴 것이리라. 난 감격해서 눈물이 났다.

"당신을 못 보면, 카를라, 난 죽을 것 같아. 제발, 날 불쌍히 여겨줘. 단 몇 분만이라도 좋아. 교외 조용한 장소에서 만날 수 있을 거야."

"거기에서도 사람들은 당신을 알아본다니까."

"변장을 할게. 가면을 쓰고 나가면 돼."

"어쩌려구요?"

"이래 봬도 배우잖아. 다 계획해놓았어. 제발 부탁이야!"

카를라는 사랑스럽게 킥킥 웃으며 대답했다.

"노피, 모레 저녁에 우리 시리즈 첫 회가 나가요."

"잘됐군. 그러면 남들 방해받지 않고 만날 수 있어. 모두 집에서 텔레비전 앞에 앉아 있을 테니."

"좋아요. 적어도 우리의 베드신을 직접 보지 않아도 되겠지. 어디서 만날까요?"

"모레 아침에 알려줄게, 나의 천사. 정말 고마워. 힐데가 돌아왔어."

힐데는 조간신문 한 다발을 들고 들어왔는데 표정으로 보아 역시 좋은 일이 아니었다. 그러나 노피는 그저 웃음만 나왔다. 노피는 너무나 행복했다. 비록 어떻게 공공장소에서 남의 눈에 띄지 않고 그녀를 은밀히 만날 수 있을지 방법을 전혀 몰랐지만 말이다.

"이봐, 칼. 당신 뭔가 골똘히 생각하는 것처럼 보여. 방금 무슨 생각을 했어?"

나는 올라프를 생각했다.

누군가가 밀회에 대해 잘 알고 있다면 그 분야에 경험 많은 전문가로서 올라프보다 나은 인물은 없을 거라고 생각했다. 비열한 편집장이 한 일 때문에 양심의 가책으로 괴로워하던 올라프는 나의 호감뿐 아니라 신뢰마저 얻었다. 게다가 내 좁은 인맥 안에서는 오직 그만이 카를라 바인슈톡과의 관계를 알아도 될 만한 인물인 것 같았다. 이 점에서는 난 안심했다. 걱정스런 문제는 어떻게 올라프와 연락을 취하는가였다. 나도 집을 나가지 못하는 상황에서 아내가 항상 집에 있으니 말이다.

행운의 여신은 내 편이었다. 힐데가 막 신문들을 훑어보고 났을 때 방송국에서 인터뷰 녹화 때문에 오라는 연락이 왔다. 스케줄이 급하다는 이유로 비용을 이미 지불한 택시까지 보내왔다. 힐데는 황급히 옷을 갈아입고 그녀의 소명을 다하기 위해 길을 나섰다.

"칼." 그녀는 내게 작별인사를 했다. "이 방송이 나가면 당신 다시 세상에 나갈 수 있을 거야."

나는 그녀에게 행운을 빌어주고 나서 〈포퓰러〉 편집부에 전화를 했다. 운이 좋았던지 추브로비츠 쉴리처가 전화를 받았다.

"올라프, 나 로마노프요." 내가 속삭였다. "당신의 도움이 필요해요."

"급한 일입니까?"

"그 이상이요. 운명이 걸려 있어요. 아내는 방송국에 있어요. 당장 와 줄 수 있어요?"

"즉시 가겠습니다."

그가 믿을 만하다는 걸 난 알고 있었다. 15분이 지나자 우리는 벌써 함께 거실에 앉아서 의논을 했다. 늘 그렇듯이 올라프는 젊고 상냥하고 호감을 갖게 하는 사람이었다. 나는 그에게 앞으로 내가 할 이야기가 '오프 더 레코드'여야 한다고 말했다. 그러자 그는 내가 보란 듯이 필기도구를 가방 안에 집어넣었다.

"말씀하세요, 카밀로."

나는 그에게 카를라와의 관계를 솔직하게 털어놓았다. 힐데가 얼마나 오래 스튜디오에 있을지 몰라서 서둘러 본론으로 들어갔다. 우리의 새 방송이 나가는 날 저녁, 어디서 어떻게 카를라와 만날 수 있을지를 물었다. 올라프는 즉각 이해했다.

"시 반대편 끝에 '고라 후모라'라고 하는 루마니아 레스토랑이 있습니다. 거의 언제나 비어 있는데, 더구나 이 시리즈 베드신이 나오는 방송 시간이면 정말 한가할 겁니다. 문제는 카밀로, 당신이 어떻게 변장하느냐 하는가죠."

잠시 이마에 주름을 지으며 생각하던 올라프는 해답을 찾았다.

"선글라스를 끼고 다른 옷을 입는 것 정도로는 안 돼요. 가발을 써야 합니다."

"가발이 없어요."

"제가 하나 빌려드리지요. 두 번째 아내가 금발 가발을 놓고 떠났어요. 그 가발을 남자에게 맞게 손질할 수 있을 겁니다. 저도 직접 써본 적이 있어요."

그에게 어떻게 감사해야 할지 몰랐다. 아내가 석간신문을 사러 나가면 내가 그에게 휴대전화로 전화를 걸기로 약속을 해놓았다. 그러면 그는 가발을 가방에 담아 가져다주기로 했다. 현관에서 나는 그를 포옹했다.

"올라프, 정말 고마워요."

"천만의 말씀입니다. 친구 사이에, 당연하지요."

우리는 공연히 서둘렀다. 힐데는 점심때가 되어서야 집에 돌아왔는데, 세 시간 이십 분이나 걸린 스튜디오에서의 인터뷰로 지치고 정신이 없었다.

"악당들이 퍼뜨린 말들을 내가 다 반박해주었어." 피곤한 미소를 지으며 힐데가 말했다. "며칠 있으면 방송이 나올 거야. 인터뷰를 한 건 교양 있는 여자였는데 끝에 가서 그러더라구. 내가 똑똑하고 설득력 있었다구. 18년 이래 최고의 방송이라는 거야."

사실 인터뷰가 그녀에게 재미있었다는 걸 힐데는 인정했다. 종일 집 안에 처박혀 있는 것은 좋지 않다고 하면서 나도 그 문제에 대해 한번 생각해볼 것을 요구했다.

나는 그 문제에 대해 계속 생각했다.

"당신 말이 정말 맞아." 내가 말했다. "조깅을 시작해야겠어. 방송국 의사도 내게 전부터 권유했거든."

"잘됐네. 하지만 사람들이 알아봐서 한 발짝도 움직일 수 없을 거야."

"그렇지. 그러니까 저녁때 어두워지면 조깅을 나가야지. 내일부터."

아마 나는 순발력 있게 계획을 짜는 데 재능이 있는 것 같았다. 이제 모든 게 순조롭게 진행되는 듯싶었다. 빌어먹을 전화벨이 울릴 때까지는. 아내의 날카로워진 목소리를 들으니 베티가 분명했다.

"내 남편을 놔둬, 이 멍청한 기집애야." 힐데는 새로이 힘을 내서 소리를 질렀다. "신문에 난 카밀로의 인터뷰와 마찬가지로 네 고백도 다 엉터리 거짓이야. 네가 그를 사랑하든 말든 난 관심이 없어. 카밀로는 널 전혀 좋아하지 않아. 이제 그만 해!"

힐데는 수화기를 꽝 하고 내려놓았다. 이제 내가 혼날 차례였다.

"도대체 언제 이 비쩍 마른 어린 것하고 끝을 낼 거야? 그 계집애 분명히 에이즈도 있을 거야. 나는 방송에서 당신을 변호하려고 피를 토하며 말했는데 당신은 아직까지도 이 천박한 계집애를 집적거려?"

난 아무 말도 하지 않고 내게 적대적인 신문기사들을 읽어나갔다. 내가 발견한 유일하게 호의적인 기사는 호텔 카페의 파키스탄 출신 웨이터가 한 말을 인용한 부분이었다.

"그 손님은 아무 이상한 점이 없었습니다. '로마노프' 칵테일을 갖다드렸더니 시음을 해보더군요. 그와 함께 왔던 아름다운 여자는 개에게 소시지를 주었구요."

그리고는 다음 공격이 찾아왔다. 제작자 악셀 뭐시기라고 하는 작자가 영화계약을 파기하겠다는 것이었다. 의지박약아와 함께 일할 수 없다는 이유였다. 힐데는 그에게 그렇지 않아도 중요한 제작자들이 좋은 조건으로 일을 하자는 제의가 빗발치고 있는데 오히려 다행이라며 응수했다. 그런 권유들이 빗발치지는 않았다. 솔직히 말하면 우리가 가진 돈은 몽땅 내 생일 직전에 나의 압력에 못 이겨 힐데가 경솔하게 사들인 작은 디젤엔진 자동차에 써버렸다. 루디도 진보정당의 제의를 갑자기 없던 것으로 해버렸다. 우리가 수입을 얻을 단 하나의 기회는 방송의 후속편이 만들어지느냐에 달려 있었다. 그러나 줄츠는 더 이상 연락이 없었다.

이제 가발 작전만이 내 인생의 유일한 빛이었다.

간략히 말해서 모든 게 영화에 나오는 은행 강도들의 계획처럼 정확하게 진행되었다. 힐데가 석간을 사러 나가자 나는 올라프에게 사무실 전화로 연락을 했다. 그는 경제부 장관과의 인터뷰를 빨리 끝내고 내게로 왔다. 가방을 열어본 나는 그 안에 가득한 밝은 금발머리에 충격을 받았다. 그리고 약간은 실망했다.

"여자처럼 보일 것 같군요."

"그게 더 낫지요." 올라프는 미소를 지었다. "그러면 절대로 들킬 염려가 없을 테니까요."

우리는 서둘러 욕실로 갔다. 거울 앞에서 가발을 쓴 내 모습에 우리는 함께 웃음을 터뜨렸다. 나는 남자 같은 여자로 바뀌었다. 장난꾸러기 올라프가 가발을 자기 머리에 쓰자 우리는 서로 포옹을 했다. 그제야 나는 내가 유부남이며 힐데가 곧 돌아올 것이라는 게 다시 생각났다.

나는 창가로 내달려 밖을 보면서 당황하여 소리쳤다.

"올라프, 그녀가 돌아오고 있어요. 빨리 가요, 자, 어서!"

올라프는 쏜살같이 나갔고 동시에 힐데가 들어왔다.

"그 녀석을 봤어." 그녀는 입에 거품을 물더니 신문 다발과 시장을 본 가방들을 바닥에 집어던졌다.

"당신의 올라프가 계단을 뛰어 내려가는 걸 봤단 말이야. 나 모르게 그 놈을 만나? 이 세상 모든 불한당들하고 사랑에라도 빠진 거야? 카밀로 로마노프, 이거 하나는 분명히 알아둬. 더 이상은 나도 못 참아."

나도 마찬가지였다. 아내는 고함을 지르고 끝도 없이 신경질을 부려댔다. 그러면서 그녀는 날로 살이 불어갔고 그사이 어디선가 세상에서 제일 아름다운 여자가 나를 기다리고 있었다.

늦은 저녁 시간까지 우리는 서로 아무 말도 하지 않았다. 아내는 장

본 물건들을 꺼내 정리하느라 분주했고 나는 커다란 가발을 어디에 감추어야 할지 고심했다. 결국 내 방으로 가져와서, 영리한 당나귀를 연기했던 내 인생의 행복했던 시절에 입었던 의상으로 둘둘 말았다.

잠을 자러 갔더니 힐데는 벌써 침대에 누워 있었다. 방의 어둠 속에서 천장을 노려보며 그녀의 씩씩거리는 숨소리를 세었다. 아주 천천히 그녀가 다시 좋아지기 시작했다. 이 토라진 뚱보, 나를 진정으로 알지 못하는, 그러나 반숙 달걀과 소형 디젤엔진 자동차로 나랑 하나로 묶여 있는…….

함께 덮는 이불 속으로 들어가려고 하는데 내 쪽에 숨겨져 있던 꾸러미 하나에 부딪혔다. 꾸러미를 열어보고 내 심장은 오그라들었다. 아내는 완벽한 조깅 복장을 사 왔던 것이다. 짧은 바지, 색색의 양말, 운동화 등등.

나는 터져 나오는 흐느낌을 억누르려 손가락으로 코를 집었다. 그리고는 부엌으로 달려가 의자에 주저앉아서, 엉망으로 얽힌 내 인생을 통틀어 처음으로 그토록 심하게 엉엉 울었다.

 해피엔드

나는 창피함을 느끼며 지친 몸으로 주방 의자에 앉아 있었다. 머리로는 아무 생각도 제대로 할 수 없었고, 마음으로도 아무것도 느낄 수 없었다. 카를라와 전화하고 싶지도 않았다. 그녀가 배를 깔고 침대에 엎드려 있다고 해도 마찬가지였다. 한쪽에는 조깅복이 있고, 다른 한쪽에는 내 인생의 뚱보 수호천사가 누워 코를 골고 있는 침대로 갈 마음은 더욱 없었다.

세상이 끝장나기 직전, 망연자실한 유부남은 과연 무엇을 할 수 있을까? 스포크 박사에게로 도피할밖에 방법이 없었다. 주방에서, 이번에는 과일 샐러드도 없이. 내 머릿속 한구석에는 260쪽 하단의 아주 긴 각주에 대한 기억이 남아 있었다. 내가 착각한 것이 아니라면 말이다. 작은 글씨로 본문과는 따로 떨어진 각주에는 "양날의 칼 같은 이중생활"이라고 쓰여 있었다. 이 교훈을 위해 스포크 박사는 지성이 그와 필적할 만한 작가나 왕을 끌어왔다.

"인생은 서커스고 우리는 광대다. 대략 이런 대사를 셰익스피어는 덴마크 왕자 햄릿에게 시켰다. 그러나 이 대사는 사실 셰익스피어가 본인의 혼란스런 사생활에 대한 생각을 표현한 것이었다. 보통의 인간을 괴롭히는 모든 의문과 절망을 알고 있던 이 종합적 사상가도 자신의 가정생활에서는 실패했다. 그도 자연의 법칙과 교회의 율법을 어떻게 조화시켜야 할지 몰랐던 것이다. 그는 결국 풀리지 않는 의문과 다섯 명의 아이들을 뒤로 한 채 스트랫포드의 집에서 도망쳤다.

심지어 천 명의 아내를 거느렸던 '인간 중 가장 현명한 자'라는 솔로몬 왕도 마찬가지였다. 생의 마지막에 이르러 그는, 자신은 사랑의 의미에 대한 답을 모르며 다만 그 질문의 무의미함을 알 뿐이라고 고백했다. 위인들이 사생활에서 완전히 실패한다는 사실에 놀란다면 그는 고전적인 기하학의 법칙을 모르는 사람이다. 원은 사각형이 될 수 없으며 삼각형은 더더욱 될 수 없다."

작가나 왕은 나의 흥미를 끌지 않았다. 나는 스포크 박사가 위험하다고 말한 나이, 즉 54세하고도 6주의 나이를 먹은 남자들 머리 위에 매달려 있는 양날의 칼에 대한 그의 의견을 알고 싶었다. 조급해진 마음으로 각주의 두 번째 장으로 넘어갔다.

"야비한 중혼자의 경우 한 여자는 여분이다. 그러나 때로는 점잖은 남편들도 이런 생각을 한다. 하나밖에 없는 아내마저도 '너무 많다'는 느낌을 갖는다는 것이다"라고 스포크 박사는 썼다.

"결혼한 남자들의 질투의 대상인 자유로운 독신남조차도 살면서 계속 여자들과 관계를 맺는다. 혼인증명서는 없지만 여자관계가 끊어지는 일도 없다. 그 예가 이 분야의 세계 챔피언 카사노바다. 두꺼운 12권의 자서전에서 그는 고달픈 독신자로서의 삶과 그로 인한 기력의 쇠진, 그리고 결국 감옥의 어둠 속에서만 휴식을 취할 수 있는 자신의 운명을 한탄했다.

궁극적인 해답은 없다. 전체 인류 역사에서도 그 문제에 대한 답이 존재한 적은 한 번도 없었다. 중세의 과두정치 국가도 짧은 인생을 부질없는 십자군 전쟁으로 소모했던 기사에게 그에 대한 해답을 주지는 못했다. 초야권初夜權 때문에 자기 영지에서 태어난 모든 처녀들과 동침해야 했던 귀족들의 경우는 더 심했다. 고전적 자본주의 국가는 가족생활을 유지하는 데 공헌했다. 왜냐하면 16시간 노동을 하고 나서는 외도할 시간이 없었기 때문이다. 이에 반해 마르크스주의 사상은 노동시간 단축을 도입한다. 매일은 아니라도 적어도 5월 1일만큼은 노동을 덜 하게 되었다. 이로 인해 프롤레타리아에게는 섹스로 향한 문이 열렸다. 특히 불멸의 마오쩌뚱 같은 지도자 동지들은 사회주의 실현을 위한 도정에 최고의 애첩들을 태운 마차를 항상 동반했다.

다양한 성적 자유의 승리는 인권의 승인과 함께 우리 시대의 가장 큰 성취로 기록된다. 이 성적 자유는 결혼한 남자들을 윤리의 족쇄와 교회의 도그마로부터 해방시킨 것이 분명하다. 그와 더불어 시간이 흐르면서, '이중생활'은 경멸받아 마땅한 죄악이 아니라 그다지 큰 공공의 지탄을 받지 않는 사회적 규범으로 변화했다. 분노한 여성들만을 제외한다면 말이다. 인류의 절반을 차지하는 여성들은 결혼한 여자들의 그룹에 속하건 애인 그룹에 속하건 똑같이 반응한다."

이 부분에서 나는 칼이 양날을 가졌을지는 모르나 스포크 박사의 관점이 매우 치우쳐 있다고 생각했다. 나는 이중생활 문제에 대한 조언을 얻기를 기대했는데 결국 보편적인 해결 불가능성에 대한 역사수업을 받았다.

매우 실망한 채 나는 인류의 다른 절반을 쳐다보려고 침실로 갔다. 나의 졸린 눈은 평화롭게 잠이 든 힐데에게서 화려한 색상의 조깅복으로 옮겨갔다. 이 침실 풍경을 바라보면서 내게 뚜렷해진 것은, 나는 원래 이 바보 같은 운동을 싫어한다는 사실이었다. 다 큰 어른들이 짧은 바지를 입고 길거리를 뛰어다니면서 자신이 건강해지리라고 믿는 것이 예전부터 우스꽝스럽다고 생각해왔다.

불을 끄려고 주방으로 돌아왔다. 하지만 시선이 책에 꽂히자 나는 다시 스포크 박사의 마력에 빨려 들었다.

"나의 상담 고객들에게 줄 해결책은 사실 유치하다."라고 그는 썼다.

"54세가 된 남자는 아내가 '여보, 당신과 할 말이 있어요'라고 하기 전, 적절한 시기에 이 악순환을 빠져나와야 한다.

나는 잿빛 인생에 찾아오는 제2의 봄을 폄하할 생각은 추호도 없다. 그러나 이 제2의 봄은 사랑의 감정에 불을 붙이는 것만이 아니라 속병을 일으킬 수도 있다. 나는 신성한 가톨릭교회에 맞서고 싶은 생각도 없다. 하지만 교회가 원하는 것은 실현 불가능하다. 더구나 온갖 대중매체에서 거의 벌거벗은 여자들의 사진이 넘쳐나는 이런 시대에 남자들에게 평생 아내만을 욕망하면서 살라고 요구하는 건 어려운 일이다. 그러므로 바티칸의 교황이 왜 이전과 다름없이 결혼 파기 불가를 주장하며 교회법상 이혼을 허가하지 않으려고 하는지 이해가 안 간다.

현명한 교황들은 결코 교조주의만을 고집하지 않는다. 그들은 결혼한 여자들이 살이 찐다는 사실을 참작한다. 보통 여자들은 결혼 후 48개월 이내에 현저하게 무게가 불어나며 처녀시절의 매력을 잃어버린다. 지상에 있는 신의 대리인이 죄악시하면서 철저히 금지하지만 않았더라면 뚱뚱한 남편들은 분명히 그들을 떠나버렸을 것이다.

그렇기 때문에 신앙이 돈독한 이탈리아 남성들이 영국의 헨리 8세를 모방하여 아내들을 물리적으로 처치함으로써 영원한 결속이라는 결혼의 굴레를 벗어나는 것은 놀라운 일도 아니다. 그들도 이런 행동을 할 때는 마음이 무겁고 양심의 가책을 느끼지만 다른 방법이 없기 때문에 그렇게 하는 것이다. 전해지는 말로 수백 년 전 볼로냐에 살던 한 광신자는 먼저 자기가 죽고 다음에 부인이 죽게 하려고 했다. 어쨌든 과부가 된 그의 아내가 전하는 바에 의하면 그런 시도를 했다고 한다.

경험이 풍부한 상담자들은 남자들에게, 성숙한 연령인 70세가 되어 살이 찌는 기간이 현저히 줄어들 때까지는 결혼을 하지 말라고 권유한다.

저자는 법적인 아내를 위해 이중생활의 위험한 천국을 떠나야겠다는 가슴 쓰린 결정을 내린 54세의 남성들에게 이런 내용을 바친다. 물론 이런 결정은 쉬운 것이 아니다. 애인이 훨씬 아름답고 훨씬 매혹적이며 서로 눈이 맞은 지도 몇 주 되지 않았다. 이혼 전문 변호사를 찾아가 눈을 마주하는 것은 결혼 후 적어도 18개월은 지나서다.

그러나 연애관계를 당장 끝내겠다는 장한 결심은 별 소용이 없다. 왜냐하면 남자들의 이런 굳은 결심도 1주일 이내에 무너진다. 갑작스레 외국으로 여행을 떠나도 마찬가지다. 사이렌의 마녀가 거는 전화벨의 유혹을 이겨내려고 오디세우스처럼 배의 기둥에 자신을 묶지 않고서는 어렵다."

스포크 박사는 54세하고도 6주의 나이를 먹은 유부남들을 위해 쓴 각주를 아버지 같은 다음 충고로 끝맺었다.

"언젠가는 애인들도 뚱뚱해진다."

다음 날 아침 힐데는 여느 때처럼 신문을 사러 나갔고 나는 혼자 달걀 반숙을 먹고 있었다. 스포크 박사의 글이 내 안에 너무나 많은 의문을 남긴 탓에 하마터면 나는 카를라에게 저녁 밀회에 대한 자세한 내용을 알리는 전화를 거는 걸 잊어버릴 뻔했다.

별로 신이 나지 않은 채 사무실에서 카를라에게 전화를 걸었는데 그녀는 즉시 받았다.

"노피?"

스포크 박사 때문에 생겼던 온갖 절망감이 순식간에 행복감으로 바뀌

해피엔드 243

었다. 올라프가 추천해준 루마니아 레스토랑 '고라 후모라'의 주소를 카를라에게 말할 때는 온몸에 환희가 밀려왔다.

"그럼, 7시 반, 노피." 카를라가 속삭였다. "그런데 사람들이 당신을 못 알아볼 거라고 장담해?"

"확실해, 카를라. 그리고 또…… 아, 아내가 돌아왔어."

힐데는 문을 제대로 닫지도 못했다. 신문이란 신문을 모두 다 사 와서는 굉장히 흥분해 있었다.

"오늘 저녁 7시, 당신과 카를라의 드라마가 나가기 두 시간 전에 채널 1에서 내 인터뷰가 나올 거야." 그녀는 숨을 헐떡였다. "오늘 아침부터 방송에서 매시간 광고가 나가고 있어."

"잘됐군." 나는 대답했다. "당신 인터뷰 방송이 끝나면 조깅을 나가지."

"잠깐, 칼. 설마 당신이 나오는 미니시리즈를 빼먹겠다는 건 아니지?"

"그럴 수는 없지. 9시까지는 돌아올 거야."

"당신이 옳아. 이런저런 핑계로 자꾸 미루면 조깅을 할 수 없지."

"바로 그거야."

아내의 후원을 받으며 애인과의 데이트에 나가는구나, 하고 나는 생각했다.

즉 나는 완전히 합법적으로 애인을 만나러 나가게 되었다는 뜻이다. 밤마다 어떤 의식을 치르는지 아무에게도 발설해서는 안 된다는 그 유명한 프리메이슨의 단원이 될 필요도 없었다. 내 기억이 틀리지 않다면 스포크 박사는 프리메이슨 단원의 98퍼센트가 결혼한 남자들이라고 썼는데, 그 자신도 단원들이 모여서 무슨 일을 했는지는 모르지만 프리free했던 것만은 틀림없다고 확신했다.

내가 프리메이슨 명예단원이라도 된 것 같았다. 이런 짧은 도취의 순간에는 내가 로마노프 집안의 후손이 아니라는 게 그리 확실한 사실이 아닐지도 모른다고 생각되었다. 어쩌면 영아일 때 병원에서 바꿔치기 당한 것이지도 모르고, 또 그 비슷한 다른 일이 생겼을 수도……

딸아이가 나를 현실로 끌어내렸다. 라디오 방송국에서 울며 전화를 했다.

"아빠가 그이한테 뉴올리언스로 돈을 보내지 않아서 약혼을 파혼한대요. 미안해요, 하지만 당장 미국으로 가야겠어요. 이 정도로 괜찮은 남자를 잃을 수는 없어요."

여행을 잘 다녀오라고 인사하는데 비행기 티켓이 필요하다는 소리를 했다. 문제를 비서에게 떠넘기고 나는 조간신문들을 읽었다. 거의 모든 주요기사가 바인슈톡과 로마노프의 화끈한 베드신을 예고하고 있었다. 힐데가 곁에 와서 무대 뒤에서 벌어진 섹시미녀와 바람둥이 배우 사이의 애정행각에 대한 기사들을 눈살을 찌푸리며 읽었다.

"오늘부터 차라리 더 이상 신문을 읽지 않는 게 낫겠어." 그녀가 씩씩거렸다.

나는 그 말에 동의했다. 언론이란 피학증 환자들을 위한 것이라며 힐데는 아침에 사 온 신문들을 쓰레기통에 쑤셔 넣었다. 잠시 후 채널1에서 인터뷰 방송이 시작되었다. 우리는 소파에 편안히 앉아 손을 잡았다.

나는 속으로 세 시간도 넘게 녹화했다는 이 방송이 너무나 길어져 내 조깅을 방해하지는 말았으면 하고 바랐다.

방송이 시작하자 수염을 기른 남자 진행자가 나왔다.

"지금 우리 스튜디오에 오늘 저녁 방송될 〈열정의 회오리〉의 주인공 카밀로 로이드 로마노프 씨의 부인이 나와주셨습니다. 미니시리즈의 이번 시즌에서는 첫 회에 로마노프 씨와 바인슈톡 양의 화끈한 베드신이 나오는 것으로 압니다. 로마노프 부인, 아내로서 남편이 거의 소프트 포르노 드라마를 찍었다는 사실에 대해 어떻게 생각하십니까?"

"친애하는 사회자님, 저는 사회과목을 전공했고 교사자격증을 가진 사람이어서, 이런 주제가 낯설지 않습니다."

"정말 안타깝습니다, 로마노프 부인." 수염 난 진행자는 말을 계속했다.

"그러나 곧 있을 선거 때문에 우리의 대화를 시리즈의 베드신에 집중해야 될 것 같군요."

"제 남편은 사실 집에 있기를 좋아하고 수줍음을 많이 타는 사람이지요."

"섹스 스캔들에도 불구하고 남편을 그토록 신뢰하신다니 감동적이군요. 제 기억이 맞는다면 〈포퓰러〉지 주말판 기사에서는 남편을 '파렴치한 괴물' 이라고 부르셨는데도 말입니다. 이렇게 여기까지 와주셔서 솔직한 말씀 들려주신 것에 감사드리구요, 건강하시고, 행복한 결혼생활 해나가시길 빌겠습니다. 광고가 끝난 뒤 곧 선거방송이 시작됩니다."

인터뷰는 그렇게 끝이었다. 소파에 앉아 있던 힐데는 완전히 넋이 나갔다. 그녀의 어깨를 감싼 내 팔은 그녀가 얼마나 덜덜 떨고 있는지 느낄 수 있었다. 어떻게 해야 좋을지 몰라 손으로 그녀의 목덜미를 쓰다듬었다. 갑자기 그녀가 끔찍한 비명을 지르더니 흐느껴 울면서 얼굴을 내 가슴에 묻었다.

"용서해줘, 칼, 용서해줘……." 그녀는 통곡했다. "너무 창피해……."

그녀가 우니 나도 눈물이 났다.

"당신은 아무 잘못 없었어." 난 중얼거렸다. "내가 낯을 가려서 집 안에 있기 좋아한다는 것도 맞는 얘기잖아. 시청자들과 사회자 모두 좋은 인상을 받았을 거야."

"어떤 사회자? 난 저 남자 본 적도 없어. 몇 시간 동안 교양 있게 생긴 여자 사회자하고 얘길 했단 말이야. 도대체 이게 다 어떻게 된 거야?"

나는 가슴이 찢어졌다. 그래서 텔레비전 방송계에서 내가 얻은 몇 안 되는 지식들로 그녀를 위로하려고 했다.

"선거방송 때문에 인터뷰를 줄인 거야. 그래서 질문도 다시 만들어야 했겠지. 영화를 만들 때도 그렇게 해. 줄츠는 그걸 편집이라고 부르더군. 심각한 게 아니야."

힐데는 계속 울었다.

"그렇지만 그 교양 있는 여자랑 얘기할 때 저 원숭이 같은 놈은 말 한 마디도 안 했어. 칼, 난 약속한 대로 당신을 그저 변호했단 말이야. 사람들은 왜 이런 짓을 하는 거지?" 그녀는 훌쩍거렸다.

"나도 몰라. 그냥 원래 그런 사람들이야. 그래도 아주 중요한 인터뷰 방송이었어. 당신 카메라 잘 받던데. 정말 사랑스럽게 보였어."

"빈말이라도 고마워."

"내 눈에 당신은 언제나 사랑스러워, 힐데."

그녀는 서글픈 표정으로 고개를 끄덕였다.

"당신은 상냥한 사람이야, 칼. 그리고 결국 중요한 건 우리는 함께 있다는 거야. 이제 조깅하러 가. 안 그러면 미니시리즈 시작할 때 못 오잖아."

"서두를게."

나는 그녀의 기분을 맞추려고, 사다준 옷을 모두 입었다. 무릎까지 내려오는 빨간 바지와 촌스러운 초록색 양말과 '달려, 챔피언, 달려!'라는 글귀가 새겨진 노란 티셔츠 등등. 흰색 운동화를 신고 나니 힐데가 샌드위치를 건네주기에, 이미 가발을 숨겨 넣은 배낭 안에 챙겼다.

화려한 색상으로 차려입은 내 모습을 보고 힐데는 희미한 미소를 지었다.

"밖이 어두워서 다행이야, 칼." 그녀가 말했다.

"그렇지만 벌써 8시나 됐는데 지금 나가는 게 소용이 있을까?"

"무슨 소리야? 한 바퀴만 돌면 돼."

집 밖으로 나와서는 혹시 힐데가 예전에 사두었던 망원경으로 창에서 나를 보고 있을지 몰라 성큼성큼 뛰어갔다. 길모퉁이를 돌고 나서야 숨을 헐떡이며 멈추었다. 이미 말했듯이 난 조깅을 싫어했다. 집에다 거짓말을 하는 건 더더욱 싫었다.

택시를 세웠더니 나이 지긋한 운전기사가 히죽대며 물었다.

"택시 안에서 뛰시려고?"

루마니아 레스토랑 '고라 후모라'로 가자고 하자 기사는 머리를 긁적댔다.

"거기는 엄청 멀어요. 9시까지는 집에 가서 로마노프와 그 헤픈 여자 배우가 같이 찍었다는 영화를 봐야 하는데. 그 여자 이름이 뭐라더라……"

"알았으니까 어서 빨리 가주세요."

우리는 도심 반대편에 있는 허름한 지역으로 달렸다. 가는 내내 집에 늦게 돌아가서 아내에게 뭐라고 변명해야 할지, 그리고 레스토랑에서 카를라에게 우리의 관계를 유지할 힘이 내게 더 이상 남아 있지 않다는 걸 어떻게 말해야 할지 고민했다. 어쨌든 레스토랑에 도착하기 전에 택시 안에서 금발 가발을 썼다.

기사는 뒤를 돌아보고 나서 바가지요금을 부르더니만 흘낏흘낏 쳐다보기 시작했다. 그는 '태울 때는 분명히 여자 손님이었는데'라고 이상하게 생각했을 것이다. 나는 요금을 재빨리 지불하면서 입단속을 위해 두둑한 팁까지 쥐어주었지만, 놀란 운전사는 액셀러레이터를 밟고는 쌩하고 먼지가 나게 떠나버렸다.

나는 작은 레스토랑 안으로 들어갔다. 카를라는 이미 와 있었다. 그녀는 등을 돌린 채 레스토랑 입구의 반대편 구석에 앉아 있었다. 고개를 돌린 그녀가 나를 보았지만 안경을 쓰고 있었는데도 알아보지 못했다. 그녀가 앉은 테이블로 다가갔을 때야 비로소 그녀는 큰 웃음을 터뜨렸는

데 의자에서 굴러 떨어지는 게 아닌가 걱정이 될 정도였다. 재빨리 가발을 벗었더니 그녀는 다시 쓰라고 손짓했다.

"노피, 조심해. 사람들이 보고 있어." 그녀가 경고했다.

작고 어두운 레스토랑 저편에 정말 젊은 한 쌍이 앉아 있었다. 안경을 쓰니 카를라는 지적으로 보였다. 짧게 뒤로 묶은 머리는 너무나 매력적이었다. 내 심장은 즉석에서 녹아들었다.

"미안해, 카를라. 그러나 조깅이 유일하게 집 밖으로 나올 수 있는 방법이었어."

"알았어. 어서 앉아."

나는 그녀 곁에 바싹 붙어 앉았다. 우리의 무릎은 서로 맞닿았고 내 왼발에는 푸들 추키가 와서 핥으며 몸을 비벼댔다. 나는 아름다운 나의 여인을 바라보았다. 그녀의 눈은 웃고 있었고 내 심장도 함께 웃었다.

내가 침묵을 깼다. "왜 안경을 썼어?"

그녀는 안경을 벗더니 손으로 나의 금발 가발을 쓰다듬었다.

"지금 무슨 생각해, 노피?"

"우리 생각."

"정확히 뭐? 말해줄 수 있어?"

나는 다시 별나라에 가 있었다.

"멀쩡한 사람이 할 생각은 아니야. 당신에게 프러포즈하는 상상을 했어. 제발, 웃지 말아줘."

"안 웃어, 노피. 그건 지극히 정상적인 생각이야."

나는 슬퍼졌다.

"카를라." 나는 시선을 아래로 떨구고 중얼거렸다. "당신과 결혼하는 남자는 하루에 몇 번이나 당신의 예쁜 엉덩이를 깨물 수 있을까?"

"그건 당신 하기 나름이지, 허니. 어쨌든 오늘 저녁 텔레비전에는 그런 장면은 나오지 않을 거야."

"그래. 때맞춰 카메라를 꺼준 당신에게 평생 고마워할 거야. 모든 게 다 고마워, 카를라. 당신의 황홀한 육체에 키스하게 해준 건 내 인생 최고의 선물이었어. 죽는 순간까지 그 추억으로 살아갈 거야."

"이제 곧 9시야, 노피. 집에 전화해."

내가 조깅 중이라는 걸 하마터면 깜빡 잊어버릴 뻔했다. 나는 휴대전화로 집에 전화를 걸어, 양심의 가책을 느끼면서도 술술 거짓말을 했다. 바보같이 길을 잃었는데, 될 수 있는 한 빨리 집으로 가겠다고 말했다.

"빨리 와." 힐데가 재촉했다. "미니시리즈가 곧 시작할 거야."

몇 분 후면 사상 최악의 드라마가 방송될 것이다. 카를라는 비평가 게르숀 글라스코프가 몇 번이나 전화를 했었는데 자기가 응답을 하지 않았기 때문에 그가 매우 화가 나 있을 거라고 했다.

"그날 당신과 공원에 앉아 있던 저녁 이후로, 다른 남자들은 다 위선적으로 보여. 글라스코프 같은 남자는 특히 더."

나이 든 여종업원이 우리 테이블로 왔다.

"주문을 하시려면 지금 빨리 하세요. 조금 있으면 로마노프가 나오는 드라마가 시작되니까요."

카를라는 레드 와인을 주문했다. 종업원은 번개같이 와인과 잔을 가져왔다. "죄송합니다. 방송이 벌써 시작했어요."

우리는 마주 보고 미소를 지었다. 내 손을 카를라의 손에 얹었다. 우리는 다시 우리 사이에 흐르는 침묵을 만끽했다.

"미안해." 드디어 내가 말을 했다. "이렇게 만나면서 무슨 말을 해야 하는지 난 잘 몰라."

"간단해, 노피. 나같이 매력적인 여자가 어떻게 이렇게 타락할 수 있냐고 물어보면 되잖아."

"그럼 뭐라고 대답할 건데?"

"흔히 하는 말. 열네 살 때 삼촌한테 강간당했다고."

"사실이야?"

"약간은. 이제 내 첫 번째 애인이 누구였냐고 물어봐."

"누구였는데?"

"당신이야. 우리가 처음 만났을 때부터 당신은 낯설지 않았어."

"아, 당신을 사랑해!"

추키는 그동안 내내 내 발을 집적대며 놀고 있었다. 나는 푸들을 높이 들어 올려서 우리 관계를 순수한 우정에 국한시키자고 제안했다. 추키는 킁킁대며 내 가발 냄새를 맡았다.

나는 와인 잔을 비우고 눈을 감았다.

"카를라." 나는 조용히 속삭였다. "우리는 헤어져야 돼."

이상하게도 그녀는 놀라지 않았다.

"조금 전에는 나하고 결혼하고 싶다고 했잖아."

"세상 그 무엇보다 당신을 사랑해. 나는 항상 당신 생각만 하고 있어. 한순간도 쉬지 않고 말야. 당신이 그리워서 미칠 것 같아."

"그런데?"

"아내를 버릴 수 없어. 왜 그런지 나도 몰라. 그냥 그게 안 돼. 그리고 이중생활은 우리 셋을 전부 죽일 거야."

나의 눈시울은 젖어들었다. 추키가 내 얼굴을 핥았다.

"확실한 결정이야?" 카를라가 물었다. 나는 목이 메어서 고개를 끄덕이기만 했다. 카를라는 안경을 다시 쓰고는 말했다. "유감이야, 노피. 난 당신이 정말 좋은데."

그녀는 다가와 나와 추키를 포옹했다. 추키는 우리를 방해하지 않으려는 듯이 얌전히 있었다.

"칼." 그녀가 속삭였다. "거울에 누군가가 들어오는 게 비쳐."

나는 문 쪽을 쳐다보았다. 어두운 형체 하나가 어슬렁거리더니 뭔가를 자기 코앞에 들어올렸다.

"사진기자다!"

화가 나서 튀어 일어난 나는 그에게로 뛰어갔다.

"꺼져버려!" 나는 고함을 질렀다. "죽여버릴 거야!"

내가 그놈을 붙잡기 전에 플래시가 두 번 터졌다. 남자는 도망갔고 나는 그 뒤를 쫓았다. 플래시가 또 한 번 터졌고, 남자는 레스토랑 앞에 세워두었던 오토바이에 올라타더니 어둠 속으로 내달렸다. 추키는 사납게 짖어댔고 카를라가 내게로 왔다. 우리 셋은 도망치는 녀석 뒤를 멍하니 바라보았다.

"집에 가, 칼." 카를라가 신음하듯 말했다.

"이제 난리법석이 벌어질 거야. 신이 당신을 돕기를 바랄게."

내 눈에서는 눈물이 흘렀다. 그녀는 머리에서 가발을 벗기더니 손가락으로 땀에 젖은 내 머리카락을 쓰다듬었다.

"노피, 내가 어떻게 해주기를 바란 거야?"

"적어도, 헤어지는 게 당신도 슬프다고 말해주길 기대했어. '그렇게 쉬운 일이 아니야' 라고 말해주길."

"그래, 그게 애인들이 흔히 하는 말이지. 그러나 오토바이 탄 악당 녀석이 그런 말을 다 불필요하게 만들었어. 저 녀석이 쓸 신문기사가 우리를 자동적으로 헤어지게 해줄 테니 말야."

"맙소사, 카를라. 당신은 마치 모든 게 다 끝난 것처럼 말하고 있어."

"하여튼 어떤 신문사 기자라도 내게서는 '이제 진실을 고백할래요' 따위의 말은 듣지 못할 거야. 난 당신을 변함없이 사랑할 테니까, 이 바보 같은 남자야."

"우리 다시 만날 수 없는 거야?"

"안 돼, 노피."

"그래도 만나게 된다면, 카를라, 그러면 어떻게 할 건데?"

"옷을 벗어야지, 허니."

나는 완전히 녹초가 될 만큼 서둘러 집으로 돌아왔다. 마치 앞으로 터질 끔찍한 일에서 도망이라도 치려는 듯 달려왔다. 계단을 뛰어올라 집 문턱을 넘어섰을 때 너무 숨이 차서 그저 헐떡거리면서 씩씩대는 소리만 냈다. 내 방까지 간신히 들어와서 망할 놈의 가발을 당나귀 의상에 싸서 숨기고는 옷장 앞에서 널브러졌다. 열린 문틈으로 힐데가 전화하는 소리가 들렸다.

"네, 추브로비츠 쉴리처 씨, 남편한테 당신의 축하 인사를 전할게요."

그러고 나서 금방 나타나 내 위로 몸을 숙인 그녀가 얼굴에 시원하게 부채질을 해주었다.

"세상에, 조깅은 그저 운동이야, 칼. 그렇게 죽기 살기로 하는 게 아니라구."

"방송을 놓치지 않으려고 그랬던 거야."

"이해해. 장해. 당신도 점점 진짜 프로 배우가 되어가나 봐. 당신이 애인 역할을 그렇게 섬세한 감정연기로 잘 소화해낼 줄은 나도 미처 몰랐어. 모두가 전화로 축하를 보냈어."

힐데는 손가락으로 구석에 있는 흰 장미 다발을 가리켰다.

"줄츠가 몇 분 전에 보내온 거야. '고맙네. ―마틴.'이라고 쓴 카드랑 같이. 친절하지? 그 아마추어 감독이 그런 감동적인 장면들을 만들어냈다는 게 놀라워. 카를라에게도 축하 인사를 하려고 했는데 집에 없었어.

해피엔드 255

무슨 일이 있어, 칼?"

나는 눈을 감았다. 옷장 앞에 널브러진 난파선 같은 나에게 내일 아침이면 이 세상은 끝장날 것이라고 생각하는 사이, 힐데는 엄마처럼 내 얼굴에 흐르는 눈물을 닦아주었다.

"이 바보, 정말 훌륭했다니까." 아무것도 모르는 나의 뚱보는 날 위로했다.

"평론들도 분명히 좋을 거야."

"제발, 이제 더 이상 신문 따위는 읽고 싶지 않아. 그러기로 약속했잖아." 나는 끙끙거리는 소리로 말했다.

전화가 왔다. 편집기사 마르가레테가 나와 통화하기를 원했다.

"어떻게 그렇게 잘해낸 거예요?" 내가 물었다.

"이전에 나간 방송에서 몇 장면 잘라내고 이번 녹화분량은 원래 길이 그대로 두었어요. 카를라의 매혹적인 미모와 당신의 진솔한 연기가 드라마를 살린 거죠. 당신들의 실감나는 키스 말이에요. 시청률이 63퍼센트에 육박했어요. 정말 진심으로 축하해요."

나는 수화기에 대고 작게 말했다.

"당신하고도 작별을 해야 될 것 같아요. 그동안 정말 고마웠어요."

"작별이라니요? 카밀로 로마노프, 이제부터 배우로서의 앞길이 탄탄대로일 텐데 그게 무슨 소리예요?"

"신의 축복이 함께하길 바라요, 당신은 정말 좋은 사람이에요."

우리의 대화를 듣던 힐데는 놀랐다.

그녀는 내가 일어서는 것을 부축하면서 말했다.

"칼, 조깅을 하고 나서 그렇게 기분이 우울해질 바에야 차라리 관둬버려. 이제 잠이나 자러 가자."

나는 집에 있던 수면제란 수면제는 몽땅 찾아서 삼키고는 보드카를 커다란 잔으로 들이켰다. 침대에 누워 힐데를 뒤에서 껴안고는 우리 위로 어둠이 깃들기 전에 그녀에게 작별을 고했다.

나는 다시는 깨어나지 않으려고 했지만 아침 일찍 울린 전화벨은 나를 삽시간에 희망 없는 이 삶 속으로 다시 불러왔다. 힐데가 전화기를 침대로 가져다주었다.

"당신의 쓰레기가 전화했어."

"카밀로, 이게 어떻게 된 일입니까?" 벌써 신문사에 나와 있는 게 틀림없는 올라프가 소리를 쳤다.

"완전히 미친 겁니까? 우리 신문 머리기사로 나온 사진을 봤습니까?"

"아직……."

"우리 신문사 사진기자가 레스토랑에서 당신이 광대 같은 복장에 가발을 뒤집어쓴 모습을 포착했대요. 사전에 내가 알았더라면 무슨 수를 써서라도 이런 사태가 일어나는 것을 막았을 텐데. 우리 교활한 편집장이 머리기사에, 당신은 의심할 여지없는 자웅동체 인간, 헤르마프로디트Hermaphrodit라고 썼어요."

"그게 뭡니까?"

"남성과 여성이 한 몸 속에 다 들어 있는 사람이죠."

"이봐요, 올라프. 우리가 거기서 몰래 만난다는 사실을 아는 사람은 당신뿐이었잖아요."

"어린애처럼 굴지 말아요, 카밀로. 그 문제는 내겐 완전히 '오프 더 레코드'였어요. 잊었나요?"

힐데는 일어나서, 겁이 날 만큼 조용히 집 밖으로 나갔다.

"저를 그따위 비겁한 일에 연관 지어 생각하지 마시기 바랍니다, 카밀로." 올라프는 화가 나서 말했다.

"세상에 저 같은 친구는 또 없다구요."

"그럼, 누가 사진기자에게 정보를 흘린 걸까요?"

"그걸 제가 어떻게 압니까? 아마 당신이 괴상한 복장을 한 걸 보고 따라붙은 거겠지요. 하여튼 저는 이 일과 아무 상관이 없어요. 당신을 도우려고 백방으로 뛰었는데 이게 감사의 표시란 말입니까? 말도 안 되는 의심을 하시다니요. 가발이나 잘 숨겨두세요."

힐데가 돌아왔다. 신문을 식탁 위에 놓고는 아무런 말 없이 자기 방으로 들어갔다. 나는 올라프에게 사과를 하고는 전화를 끊었다. 어쩔 줄 모른 채 닫힌 문 앞으로 가서 몇 번이나 노크를 했지만 대답이 없었다. 문에 귀를 대고 들으니 내 혈관의 피를 멈추게 하는 둔탁한 소리가 들렸다. 힐데는 짐을 싸고 있었다.

독주를 두 잔 연거푸 들이키고 테이블 위에 있는 신문을 집어 들었다. 제일 위에 석간신문인 〈포퓰러〉지의 조간 특집호가 놓여 있었다. 단독 타이틀 기사로 나의 끔찍한 사진이 실려 있었다. 보는 사람들이 겁을 먹을 만한 사진이었다. 역겹게 생긴 인물이 벌겋게 달아오른 얼굴로 주먹을 허공에 대고 흔들고 다른 한 손으로는 뛰어가느라 한쪽으로 기울어진 가발을 붙잡고 있었다. 얼굴은 발작적인 분노로 일그러져 있었고 입은 고함을 지르려고 비스듬하게 벌어진 상태였다. 커다란 활자의 헤드라인은 많은 걸 시사하는 네 단어였다.

공포의 로마노프
양성애 괴물

나는 처음에는 사진 밑에 실린 기사를 읽지 않으려고 굳게 결심했지만 결국 읽고 말았다. 나와 올라프에게 적대적인 편집장은 텔레비전 슈퍼스타의 가면을 벗겨버렸다. "로마노프, 방종한 섹스의 늪에 너무나 깊숙이 빠진 나머지 남몰래 성전환까지 하다."

이 신문사의 눈치 빠른 사진기자는 이 양성애자가 한 어두침침한 레스토랑에서 어떤 여인과 은밀히 만나고 있는 현장을 목격했다는 것이다.

"이 남자에게 깊은 동정심을 느낀다."라고 심술궂은 편집장은 기사를 마무리 지었다. "훌륭한 재능을 가진 예술가로서 스크린에서는 연기력의 모범이 될 만한 모습을 보여준 그가 이런 비윤리적인 나락에 떨어지다니 정말 가슴 아픈 일이다."

〈포퓰러〉 특별 조간판이 일으킨 센세이션은 매스컴 전체를 발칵 뒤집어놓았다. 곧 있을 선거를 중점적으로 다루려고 했던 신문사들이 이제는 하나같이 나라는 괴물을 집중 취재해야 할 상황에 처한 것이었다. 한 작은 생활잡지는 다음과 같이 가슴 찡하게 하는 타이틀로 기사를 내보냈다. "로마노프의 딸, 울면서 일기예보를 하다." 올라프네 신문사의 경쟁사에서는 어느 저명한 교수에게 정신감정을 의뢰하고는 내가 아마도 레즈비언일 거라고 주장했다.

나는 다시 힐데의 방문 앞으로 갔다. 사진기자에게서 등을 돌리고 있던 덕분에 카를라가 사진에는 나오지 않았다는 사실이 희망을 주었다. 그래서 나는 용기를 내어 목에서 소리를 쥐어 짜냈다.

"문을 열어, 힐데. 당신은 진실을 알아야 해. 내가 조깅하다가 길을 잃었다는 걸 알잖아. 길을 물으려고 어느 레스토랑 안으로 들어갔는데 술 취한 여종업원이 자기 가발을 장난으로 내 머리에 씌웠어. 그게 전부야, 믿어줘."

아무 대답이 없었다. 짐을 싸는 둔탁한 소리만이 들려올 뿐이었다. 맥이 풀려 나의 개인적인 무덤인 테이블로 다시 돌아왔다. 뒤늦게 나온 유력한 조간신문이 일면에 게르숀 글라스코프의 비평을 실었는데 내게는 가장 뼈아픈 일격이었다.

"거품이 터지다." 비평 중간에는 남성용 모자를 쓰고 비키니를 입은 내 캐리커처가 실려 있었는데 명백히 '이 사람을 보라'라고 아우성을 치는 듯한 그림이었다. 글라스코프는 자신의 전문가적인 견해를 피력하면서 우선 내 이름의 허황됨을 지적했다. "평판이 좋지 않은 희극배우 로마노프는 한때 연기의 혁신을 이루겠노라며 등장했지만, 어제 저녁 방영된 한심한 시리즈물에서 그는 수준 높은 연기 테크닉의 비범한 토대와는 수천 광년은 떨어진 보잘것없는 사기꾼임을 만천하에 드러냈다. 로마노프의 자기도취적인 연기는 단 한순간도 맡은 역할을 영화 예술적으로 변용시키지 못했다. 어떻게 마틴 줄츠 같은 일급 감독이 이런 경악할 수준의 아마추어 연기자로 시청자를 우롱할 수 있는지 이해가 가지 않는다.

유감스럽게도 이 희극배우 혼자만 드라마의 실패에 책임이 있는 건 아니다. 화면 위에서 그의 상대역으로 등장한 여자배우는 수중발레 선수였던 카를라 바인슈톡인데, 그녀 역시 양성애자인 그녀의 기사騎士만큼이나 특출한 연기력과는 거리가 멀었다. 두 형편없는 배우의 포르노에 가까운 베드신 때문에 어제 저녁 많은 시청자들은 심지어 텔레비전을 꺼버리기도 했다. 그 엄청난 부자연스러움은 그들이 연기의 문외한이라는 사실을 단적으로 폭로했을 뿐만 아니라, 미심쩍은 그들 관계에 대한 단서가 되기도 했다. 로마노프는 눈을 감고 경직된 채 글로리아라는 여인에게 키스를 하려고 시도하는 반면, 바인슈톡 양은 저질스런 행위를 차마 끝까지 참지 못하고 아마도 구토라도 하려고 했는지 낡은 침대에서 뛰어내림으로써, 그와의 육체적인 접촉을 혐오스러워한다는 것을 드러냈다.

친애하는 바인슈톡 양이 이 기회에 명심해야 할 사항은 아름다운 육체가 미심쩍은 재능을 대신할 수는 없다는 사실이다.

이 비극적인 광대극에서 유일한 태양은 놀라운 연기 재능의 소유자인 조르조 라마주리였다. 그가 병원을 무대로 등장해서 카밀로 로이드 로마노프를 '혐오스런 땅꼬마'라고 부르는 모습은 지난 16년간을 통틀어 연기 테크닉의 최고봉이라 할 장면으로, 배우의 예술적 연기에 대한 나의 신뢰를 다시 회복하게 만들었다. 여기에 더 이상 아무것도 덧붙이지 않겠다. 그저 앞으로는 이런 삼류 수준의 드라마를 더 이상 다루게 되지 않았으면 하는 바람뿐이다. 이 자리를 빌려 나는 이 최악의 텔레비전 드라마를 만든 이들과 일체의 연락을 끊을 것이고 그 관계자들은 앞으로 내게 다시는 전화하지 말아달라고 부탁드리는 바이다."

게르숀 글라스코프 같은 평론가는 누구도 감히 건드릴 수 없다. 자명한 사실이다.

그가 행한 공개적인 사형집행 이후 멍한 상태에 있던 내게, 어쩌면 죽고 나면 또 다른 삶이 있을지도 모른다는 생각이 차츰 들었다. 빈 술병과 불안하게 들려오는 아내의 짐 싸는 소리가 이런 깨달음을 주는 데 일조했다.

고통을 벗어나기 위한 나의 첫 번째 시도는 무참히 실패했다. 휴대전화로 우리 집에 전화를 걸어서 힐데가 받으면 모든 걸 설명할 수 있을 거라고 기대했지만, 그녀는 부스럭거리며 계속 짐만 챙겼다.

나는 점차 나를 『성경』에 나오는 욥과 동일시하기 시작했다. 그도 조물주가 왜 하필 그를 시험에 들도록 선택했는지, 그리고 인간이 도대체 얼마나 많은 고통을 짊어지질 수 있는지 이해하지 못했다.

이런 생각을 하면서 수시로 흐느껴 울어대는 것도 아무런 도움이 되지 않았다. 짐을 싸는 소리는 전혀 그칠 기미가 없었다. 개인적인 고난의 길을 걷고 난 나는 평생 다시는 손가락 하나 까딱하지 않을 것이며, 『성경』에 나온 험난한 운명의 동료가 모범으로 보여준 겸허를 앞으로 나의 길로 삼겠노라고 굳게 결심했다.

단지 카를라에게 휴대전화로 짧게 전화는 걸었다. 전화를 걸기 위해 소파 뒤의 창문 밖으로 몸을 기울여 내밀었다. 우리의 대화는 짧았다. 내가 "여보세요"라고 말하자마자 카를라가 말을 중단시켰다.

"아무 말도 하지 마. 도청당하고 있어."

밀려오는 재앙들에 드디어 종지부가 찍혔다. 마르가레테의 전화가 집안의 고요를 깼다.

"줄츠가 나를 해고했다는 걸 알려주려구요."

"왜요? 어제 방송은 큰 성공을 거두었잖아요."

"맞아요. 하지만 줄츠는 글라스코프가 악평을 한 게 다 내 책임이라는 거예요. 내 편집이 충분히 '비범'하지 못했던 탓이라는 거죠."

"그게 무슨 소리예요?"

"비범하지 못한 편집기사는 세상에 대고 '글라스코프는 바보다'라고 말하는 것과 다름없다는 거죠."

"이제야 알겠어요. 고마워할 줄 모른다고 카를라도 글라스코프에게서 그런 악평을 받은 거겠지요."

"여하튼 줄츠는 이 시리즈를 더 이상 안 만들겠답니다."

나는 내 생애 마지막 날까지 그녀를 잊지 않겠다고 약속하면서 그녀와의 전화를 끊었는데, 그 마지막 날이 당장 올 것이라 생각하니 또 울음이 북받쳤다. 모든 게 낯설게 느껴졌고 이 세상 아무도 날 원하지 않는 것 같았다. 비틀거리며 창가로 다가가서 거리를 내려다보았다. 이따금 몇몇 보행자들이 창을 올려다보며 혹시 무슨 일이라도 일어나지 않나 하고 기다렸다. 아마 내가 창밖으로 투신하든가 아니면 그와 비슷한 종류의 사건이 벌어지기를 고대했을 것이다. 한 소년이 자동차들 사이를 뛰어다니면서 신문을 사라고 외쳐댔다.

"호외요! 택시 기사가 침묵을 깼어요! 레스토랑의 금발 여인이 누구라는 걸 밝혔어요!"

그 금발 여인이 카를라를 가리키는 것 같지는 않았다. 절망에 빠져 야채가게에 전화를 걸어 치섹에게 방금 나온 호외를 사다달라고 부탁했다.

"그러지요, 로마노프 씨." 노인은 대답했다.

"신문들이 곧 치르게 될 선거보다 이 광대극을 더 대서특필하고 있어요."

아, 그렇지, 선거. 나는 텔레비전을 켰다. 그러나 정치적인 뉴스는 하나도 볼 수 없었다. 화면 위에서는 슈퍼스타 라마주리가 스튜디오 방청객 앞을 폴짝거리며 뛰어다녔다. 그는 금발의 가발을 쓰고 근육이 울툭불툭한 팔에는 벌거벗은 마네킹을 안고 있었다. 방청객들이 끝도 없이 웃는 가운데 그가 높고 가느다란 여자 목소리로 말했다.

"나는 로마노프 공주예요. 젊은 아가씨들과 그 짓 하는 걸 좋아하지요……."

정말 기가 막힐 노릇이었다. 그러더니 전화까지 울렸다.

"카밀로." 베티가 쉰 목소리로 속삭였다. "나 임신했어."

내가 그 일과 무슨 상관이냐고 물어보려는 순간 문이 열리더니 힐데가 커다란 가방 세 개를 끌고는 거실로 들어섰다. 나는 몸으로 현관을 막아서서 지금 이런 곤경 속에 혼자 남겨두고 가지 말라고 애원했다. 그녀는 차분했지만 확고했다.

"미안해, 칼. 하지만 난 바보가 아니야. 그저 뚱뚱할 뿐이지. 무보수로 일해줄 다른 비서를 찾아."

그게 쉬운 일이 아니라고 말하려고 했지만 어쩐지 부끄러웠다.

"기뻐해." 힐데가 덧붙여 말했다. "자유니까 이제 당신의 베티한테 가면 되잖아."

"걔는 내게 아무것도 아냐."

"아니라구? 일 분 전에 걔가 당신한테 전화했잖아. 이리 와서 택시로 가방 옮기는 걸 도와 줘."

"힐데, 제발 부탁이야. 날 떠나지 마. 난 그 어느 때보다 지금 당신이 필요해. 우리 딸을 생각해봐. 그 애가 라디오에서 울었대."

"맞아. 애가 완전히 실의에 빠졌어. 약혼자가 손해배상을 청구했대."

"우리 자동차를 팔겠어."

"차는 이미 견인해 갔어. 차 없이 당신 어린 애인을 정복해야 될 거야."

오랫동안 잊었던 공포가 엄습했다. 나는 비명을 지르며 내 방에 뛰어들어 가발을 뒤집어쓰고는 현관으로 달려갔다.

"정복하라고?" 나는 흐느꼈다. "뭘 정복하라는 거야? 내가 그런 정복자처럼 보이기나 해?"

힐데는 나를 불쌍하게 쳐다보았다. 그러나 이번에는 내 눈물에 약해지지 않았다.

"잘 있어, 칼." 문에서 벌써 말했다. "건강 조심해."

그때 내가 한 일을 나도 어떻게 설명해야 할지 모르겠다. 아마도 아내를 붙잡기 위해서는 무언가 미친 짓을 저질러야 한다고 생각했었나 보다.

"기다려!" 나는 소리쳤다. "나는 카를라와 사랑에 빠졌어. 어제 그녀와 레스토랑에 있었던 거야."

힐데는 입가에 미소를 띠고 뒤를 돌아 내게로 다가왔다.

"칼, 당신은 거짓말을 잘 못해." 그녀는 조용히 말했다.

"난 당신을 잘 알아. 그건 베티야."

나는 무릎을 꿇고 주저앉아서 그녀의 다리를 붙들었다.

"제발, 내 곁에 있어줘. 우리는 공동체잖아."

"당신은 실수로 나와 결혼한 거야."

"힐데, 그게 무슨 말이야? 지금 우리가 서로 결혼한 사람들이 아니라면 난 당장 당신에게 구혼했을 거야."

"농담하지 마."

나는 일어서서 그녀의 촉촉이 젖은 눈을 들여다보며 그녀에게 전에는 한 번도 진지하게 하지 않았던 말을 했다.

"당신을 사랑해."

이 닳고 닳은 두 단어가 아내들에게는 천 마디 문장보다 얼마나 더 많은 것을 말하는지 나는 전혀 몰랐으며 짐작조차 하지 못했다. 힐데는 침묵하며 오랫동안 내 눈을 들여다보다가 결국 아무 말 없이 내 목을 끌어안았고 내 등으로는 그녀의 눈물이 하염없이 흘러내렸다. 내 뚱보와 나, 우리는 서로를 꼭 껴안았다.

"좋아." 힐데가 말했다. "이제 가발을 벗어."

잠시 후 야채가게의 치섹이 내게 방금 나온 호외판을 갖다주려고 열린 현관문 앞에 서 있었다.

"로마노프 씨의 방송이 아내 맘에는 들었어요." 노인은 중얼거리는 소리로 말했다. "그러나 나한테는 아니에요. 여배우가 베드신을 찍고 나서 엉망이 된 침대에서 뛰어내려 토하는 건 맘에 안 들었어요."

우리는 그에게 팁을 두둑이 주었다. 그게 우리가 가지고 있던 돈의 전부였다. 나는 기쁜 마음으로 가방들을 침실로 도로 들여놓고는 아내를 몇 번이고 계속 끌어안았다. 그러면서 스포크 박사가 나에게 축하하는 소리를 상상했다. "잘했습니다, 54세 남자 분."

하지만 어떻게 하면 다시 카를라와 연락을 할 수 있을까 하는 문제에 대해 박사에게 계속 조언을 기대해도 좋을지는 잘 알 수 없었다. 그녀와의 작별이 내 마음속을 계속 파고들었고 그녀를 잊을 수도, 또 잊고 싶지도 않았다.

우리는 소파에 몸을 파묻었다. 나와 다시 정복한 내 여비서. 잔뜩 골이 난 채 우리는 갓 찍어낸 신문 꾸러미를 각자의 무릎 위에 올려놓았다. 다음 날은 전국구 선거가 있는 날이었다. 모든 신문사가 각기의 정치적 관점들을 열거해놓기는 했지만 1면은 다 나를 다루었다. 정확히 말하면 전형적인 양성애자인 데다 성적 변태인 나라는 인간에 관해 이전의 사진들과 새로운 폭로성 기사들을 섞어서 실었다.

"내 말 좀 들어봐, 칼." 힐데가 비아냥거리는 투로 말했다.

"어떻게 당신한테 국회의원 자리 하나 제안하는 정당이 하나도 없지?"

"나는 이미 고꾸라진 영웅이잖아."

"바보, 당신은 선거전의 중심에 있어. 이거 봐. 녹색당인지 사회당인지의 기관지 머리기사에 난 그들의 의견을 들어볼래? '로마노프는 동성애적인 욕망에 균형을 맞추기 위해 자신을 의도적으로 여성적으로 보이게 하려는 남성 유권자 그룹에 속하는 인물이다.' 이건 일종의 선거 정책이야. 이들의 정책은 당신 없이는 유지가 안 돼. 칼, 내 말 듣고 있어?"

"미안해. 2면에는 내가 배우조합에서 쫓겨났다는 기사가 났어. '배우조합의 의장은 자신이 로마노프의 끈질긴 가입신청을 수락했던 것을 깊이 후회한다'라고 써 있군."

"그 난리 법석을 치더니, 나 원 참! 그런데 여기 정말 끝내주는 게 있어, 칼."

그녀는 좌파진보정당 기관지의 선거 전단집을 내게 내밀었다. 전단집 1면에는 유력한 정당의 당수 세 사람의 얼굴 사진과 함께 깨문 자국이 또렷한 여자 엉덩이 사진이 실려 있었다. 그 밑에는 다음과 같은 문구가 쓰여 있었다.

물었나, 안 물었나?

나는 얼굴이 벌겋게 달아오르는 걸 느꼈다. 머릿속에서는 경계경보가 마구 울려댔다. 그 전단의 기사에는 시립 정신병원의 한 귀 밝은 간호사가 이 이야기를 세간에 퍼뜨린 장본인이라고 나왔다.
"여보." 힐데가 불렀다. "당신 이 일하고 무슨 관계가 있는 건 아니지?"
"글쎄." 난 주저하며 대답했다. "한 번쯤은 이 사람들도 진실을 쓸 수 있는 법이니까."
"싱겁기는." 힐데는 씩 웃고는 잡지를 내 손에서 뺏어서 엉덩이 사진을 유심히 들여다보았다. 그리고는 사진에 대한 설명부분을 손가락으로 짚어가며 읽었다.
"젊은 여자 사진기자 베티 K.의 깨문 자국이 난 엉덩이. 이 사진은 〈펜트하우스〉 잡지의 양해를 받고 게재한 것임."
나는 한시름 놓았다. 하지만 나를 모방한 사람들이 이렇게 많았다는 말인가?
힐데는 의기양양해했다.
"베티, 베티. 어디를 봐도 베티. 당신의 꿈의 여인. 이런 독사 같은 것. 도대체 내가 그 여자 주의하라고 몇 번이나 경고했어?"

"힐데, 그게 글쎄……." 나는 작은 소리로 중얼거렸다.

끔찍하게 기세등등해진 목소리로 힐데는 기사를 읽어 내려갔다. 나중에 우리는 그 기사를 스크랩 앨범 『장애물』의 특별 칸에 붙였다.

"대학 학장이면서 치과대학 교수인 전문가가 본사 편집부에 보내온 간략한 소견서에 따르면 엉덩이를 깨문 사람 치아의 엑스레이 사진 원본을 놓고 대조하지 않는 이상 이 젊은 여자 사진기자 엉덩이에 상처를 낸 사람이 누구인지 밝히는 것은 불가능하다는 것이다. 본사 기자들이 이날 저녁 일련의 치과의사들과 접촉을 했는데 그중에는 소프트 포르노 드라마를 표방했다가 실패한 〈열정의 회오리〉의 주인공 C. L. 로마노프의 치과 주치의도 있었다. 이 치과의사는 환자 신상의 비밀을 엄수해야 하는 의무 때문에 증거자료의 공개를 거부했다. 곧 있을 선거의 중요성과 현재 상황을 참작해서 우리 편집진은 엉덩이를 깨문 범인의 신원이 밝혀질 때까지 스캔들의 주인공인 로마노프에게 '의심만으로는 처벌할 수 없음'이라고 선고하는 바이다."

힐데는 잡지를 바닥에 집어던지고는 이런 저열한 신문들을 읽으며 괴로워할 바에야 차라리 텔레비전을 보자고 제안했다. 우리는 〈세계의 거울〉이라는 토크쇼의 시작 부분을 보게 되었다. 우스꽝스럽게도 나는 이 방송이 혹시 나를 다루지 않는 건 아닌가하고 걱정했다. 하지만 곧 카메라는 '고라 후모라' 레스토랑에 있던 젊은 한 쌍 가운데 사샤라는 청년과 내 변태적 성향을 마지막 순간 가까스로 피했다던 부티크 여주인에게 향했다.

유감스럽게도 우리는 그 재미난 방송을 계속 보지 못했다. 나의 아버지가 전화를 했던 것이다. 그는 여전히 병원에 있었는데 이틀 후면 퇴원을 한다고 했다. 우리는 축하를 했다.

"그런 게 아냐, 애야. 난 많이 아파." 아버지가 대답했다. "나는 쫓겨나는 거야. 내 연금이 치료를 받기에 모자란단다. 그리고 너희는 돈을 전부 날렸다면서?"

"말도 안 돼요." 난 전화기에 대고 소리쳤다.

"아버지는 병원에 계속 머무르실 겁니다. 내일 제가 어떻게든 해결할게요."

"어떻게 말이냐, 아들아? 내가 보기에는 사람들이 너를 해치우겠더구나."

"신문을 읽으셨군요……."

"그저 슬쩍 봤다. 난 내 장래 문제 생각에 더 바빠. 유대인들은 사후에는 아무것도 없다고 믿는다지. 그게 마음에 들어. 영원히 천국과 지옥 사이를 왔다 갔다 하고 싶지 않구나."

아버지는 조용히 작별인사를 하듯 우리 대화를 끝맺었다.

"아들아, 성공에 너무 연연하지 말거라." 그는 말했다.

성공에 연연하는 것은 이미 예전에 그만두었다. 아마도 아버지는 내 추락에 관한 소식을 아직 제대로 접하지 않은 유일한 사람이었던가 보다. 그리고 우리의 재정적 상황은 나의 여비서가 단도직입적으로 요약해주었다.

"칼, 나 아무래도 뤼스테나우어 김나지움으로 돌아가야 할까 봐. 그사이 당신은 자동차를 빨리 팔아."

　　　　　　　　　　●

　설사 자동차가 어디로 견인되어 갔는지 알았다고 하더라도 내가 가지러 가지는 못했을 것이다. 내 모습이 거리에서 눈에 띄는 것만으로도 공공장소에서의 도발행위에 필적했을 테니까. 그러나 힐데는 자동차를 가지러 갈 시간도 의욕도 없었다. 그녀에게는 지금 뤼스테나우어로 돌아가는 일이 견인된 차량을 되찾아 오는 일보다 중요했다.

　아버지에 대한 걱정으로 나는 이런 위기 상황에서 믿을 수 있는 단 한 사람에게 도움을 청하기로 했다. 바로 올라프였다. 아내와 그 사이의 긴장관계 때문에 우리는 힐데가 신문을 사러 나가는 시간을 골라 만나기로 약속했다. 다시 한 번 올라프는 어려운 시기에 진정한 나의 친구임을 입증했다. 그는 일본 라디오 방송국의 시계처럼 약속시간에 정확히 나타났다. 나는 그에게 나의 경제적인 상황을 설명하고 견인된 차량을 파는 걸 도와달라고 부탁했다.

　그는 돕겠다고 하면서도 내 계획을 별로 달가워하지는 않았다.

　"나 같으면 그런 새 차는 팔지 않을 거예요, 카밀로."

　"하지만 난 돈이 필요해요."

　"뭔가 다른 방법이 있을 거예요……."

올라프는 곰곰이 생각하더니 방금 머릿속에 기막힌 생각이 떠올랐다는 표시로 가벼운 손짓을 해 보였다. 나는 그의 생각을 방해하지 않으려고 했다. 나는 그가 기발한 아이디어를 내는 데 비상한 재주가 있다는 걸 알고 있었다. 올라프는 담배에 불을 붙이더니 생각에 잠긴 채 모락모락 올라가는 연기를 쳐다보았다.

"카밀로, 우리를 두 번이나 골탕 먹인 그 교활한 편집장에게 복수합시다. 신문사에서 몇십만 달러 정도를 받아내는 겁니다. 할 마음이 있습니까?"

"무슨 소리예요?"

"내 계획은 아주 완벽한 건 아닙니다. 그러나 충분히 실현가능한 일이에요. 얼마 전부터 상상은 하고 있었어요. 잘 들어보세요. 베네딕티나를 밤에 드라이브하자고 불러내세요. 저는 당신이 따님을 포옹하고 키스하는 순간에 그 장면을 우리 신문사 기자가 발견해서 사진을 찍도록 유도하겠어요. 그러면 다음 날 아침에 그 못된 편집장은 '로마노프, 자동차에서 섹스를 하다 덜미 잡히다'라는 타이틀로 기사를 내보낼 겁니다. 그러면 우리는 법적 절차를 거쳐 사진에 나온 게 부녀지간이었다는 것을 밝히는 겁니다. 그리고는 중상과 명예훼손으로 적어도 50만 달러의 손해배상을 청구하는 거죠. 20만 달러는 제 몫, 30만 달러는 당신 차지입니다. 어떻게 생각하시나요?"

"나쁘지 않군요. 그러나 당신은 거의 절반이나 요구하는군요."

"저는 기자로서 제 경력을 포기하고 모든 걸 거는 겁니다. 하지만 10만 달러도 괜찮아요."

"좋아요. 하지만 난 원래 베네딕티나를 자주 만나지 않아요. 게다가 은밀히 자동차에서 만나는 일은 더더욱 없구요."

"그러면 따님에게 미국으로 가는 비행기 삯을 부인 모르게 지원해주겠다고 하세요. 어떻게든 될 겁니다. 카밀로, 뜻이 있는 곳에 길이 있는 법이니까요."

올라프는 내 쪽으로 몸을 바싹 당겼다.

"아주 조심스럽게 진행해야 합니다. 부인과는 연락하지 마세요. 휴대전화 갖고 나가지 말구요. 차를 한적한 곳에 주차시키고 조용히 따님을 기다리세요. 사진기자가 나타나면 그때 따님에게 키스하시고요. 그 순간 당신 얼굴이 잘 알아 볼 수 있도록 카메라에 노출되어야 합니다. 그다음에는 차를 몰고 집으로 가세요."

"나는 운전을 못해요."

"괜찮아요. 제가 블라우엔제에 모셔다드린 뒤 의심을 사지 않기 위해 신문사에 왔다가 기자가 사진을 찍고 나면 다시 가서 집으로 모셔다드릴게요. 어때요, 카밀로?"

"잘 모르겠어요. 당신의 계획은 너무 완벽해서 겁이 날 지경이에요."

"들어보세요. 우리는 한 배를 탔어요. 저도 당신만큼이나 위험부담이 큽니다. 하지만 나는 우리 편집장이 너무 싫어요. 신문사 전체가 싫습니다. 오늘 저녁 7시 반에 당신 집 앞에 주차하고 있겠습니다. 어둠을 틈타 되돌려 받은 당신 차에 타세요."

"왜 그렇게 서두르는 건가요?"

"당신이 매스컴의 관심을 받고 있는 동안에 일을 벌여야 합니다."

현관에서 올라프는 여느 때와 같이 나를 상냥하게 포옹했다.

"내일부터 우리는 더 이상 불쌍하게 당하기만 하는 사람들이 아닌 겁니다, 카밀로."

올라프가 가자마자 나는 베네딕티나에게 전화를 걸었다. 매우 놀랍게도 그녀는 일절 반대 없이 그녀의 미국 여행을 위한 돈을 댈 나의 완벽한 계획을 칭찬했다.

"아버지가 그렇게 영리한 줄 몰랐어요."

"나도 몰랐단다."

우리의 계획은 일사천리로 착착 진행되었다.

힐데는 학교 일로 머리가 꽉 찬 바람에 내가 불쌍한 아버지를 위한 돈을 구하기 위해 저녁에 혼자 나가볼 일이 있다고 남자다운 강한 어조로 통고했을 때도 별 다른 의심을 품지 않았다. 단지 이렇게 물을 뿐이었다.

"은행이라도 털 작정이야, 칼?"

"아니. 복수를 하고 돈도 얻을 거야."

올라프는 시간을 정확히 지켰다. 내 딸도 8시 정각에 블라우엔제 호숫가로 나오겠노라고 약속했다. 반쯤은 희망에 부풀고 반쯤은 두려워하면서 나는 차 안에서 기다렸다. 8시 15분 전에 올라프가 내게 행운을 빌고는 차에서 내려 어둠 속으로 사라졌다. 8시 5분 전이 되자 딸아이가 늦을까 봐 나는 불안해지기 시작했다. 8시 정각, 나는 안도의 숨을 내쉬었다. 여자의 형체가 종종걸음으로 어두운 물기슭을 따라 다가오고 있었다. 내가 차 문을 열자 여자는 재빨리 차 안에 올랐다.

그녀는 아내, 힐데였다.

"베네딕티나가 전화했어." 그녀는 가쁘게 숨을 몰아쉬며 말했다.

"그 바보가 8시에 방송이 있다는 걸 잊어버렸대. 전화로 알려주려고 했지만 당신이 핸드폰을 놓고 나갔잖아. 그래서 내가 여기로 빨리 온 거야. 도대체 무슨 일로 걔를 밤에 만나? 그리고 당신 언제부터 운전을 하는 거야?"

"내일이면 다 알게 돼."

그 순간 오토바이 소리가 들렸다. 이때 법적으로 결혼한 아내도 손해배상을 청구할 수 있는 근거가 될 수 있을 것이라는 생각이 번개같이 뇌리를 스쳤다. 나는 차 안의 불을 켜고 나의 뚱보를 전에 없이 열정적으로 끌어안았다.

"칼, 당신 왜 그래?" 힐데는 킥킥거렸다.

창밖에서는 레스토랑에서 익히 보았던 플래시가 터지기 시작했다. 나는 힐데의 머리를 창 쪽으로 돌리고 키스했다. 모든 게 아버지를 위한 일이었다. 아버지를 위해서 심지어 아내의 입술에다 여러 차례 키스를 했다. 플래시 한 번에 키스 한 번. 올라프가 시킨 대로 제대로 된 키스를 했다.

이윽고 카메라 기자 녀석은 자리를 떴고 나는 반쯤 실신한 아내를 품에 안고 있었다. 그녀는 기쁨에 신음했고 나는 올라프가 오면 어쩌나 하는 걱정 때문에 신음했다. 우리의 이 기발한 계획이 성공만 하면 올라프의 인간성에 대한 힐데의 마음도 바뀌겠지만 아직 나는 그들이 행여 부딪힐까 봐 식은땀을 흘렸다.

재수가 좋게도 올라프는 늦었다. 나는 힐데를 운전석에 밀어 넣고 집으로 빨리 차를 몰라고 재촉했다.

집에 돌아와서는 둘 다 피곤해서 침대에 쓰러졌다. 내 머릿속에서는 생각들이 갈팡질팡하고 있는데 힐데는 의미심장한 미소를 입가에 띠고 잠들었다. 자정 무렵이 되자 카를라에게 전화를 걸고 싶어졌다. 마지막으로 한 번만 더 그녀가 '노피'라고 부르는 소리를 듣고 싶었다. 하지만 결국 어떻게 해야 할지 몰랐다. 새벽 5시쯤 현관 초인종 소리가 불안하게 자고 있던 나를 깨웠다. 야채가게의 치섹이 문 앞에 서 있었다.

그는 침실로 곧장 나를 따라오더니 아직 잠이 덜 깬 아내에게 방해해서 미안하다고 사과를 했다. 그러고는 내 손에 지난 밤 나온 〈포퓰러〉지를 쥐어주었다.

"로마노프 씨, 만일 우리 집에 몸을 숨기고 싶으시다면 지금 당장 저와 함께 가셔야 합니다." 듬성듬성 벌어진 이빨 사이로 그의 말은 새어 나왔다.

나는 손안에서 마치 바람 속 잎사귀처럼 흔들거리는 신문으로 시선을 돌려서 1면에 난 커다란 사진 두 컷과 머리기사를 쳐다보았다. 그리고는 경악을 금치 못했다. 내 눈을 믿을 수 없었다.

세상에 이런 일이!

로마노프, 자신의 친딸과 그 짓 하다

내게 우선 떠오른 생각은 도망가기 위해 짐 가방을 챙겨야 한다는 것이었다. 하지만 치섹은 화가 난 군중들이 집 앞으로 몰려오기 전에 입고 있는 그대로 당장 그와 함께 나가야 한다고 주장했다. '정체가 탄로 난 근친상간자'라는 나의 새로운 신분은 어느 정도의 신속한 행동을 요구했다. 나는 재빨리 휴대전화와 스포크 박사의 책만을 집어 들고 치섹을 따라 도심의 어두운 길목들 사이를 빠져나갔다. 힐데는 잠옷 위에 비옷을 걸치고는 야채가게로 우리를 따라왔다. 그녀는 완전히 혼비백산이었다.

"내가 말했었지?" 그녀는 씩씩 숨을 몰아쉬면서 몇 번이고 같은 말을 반복했다.

"내가 말했잖아. 내가 말하지 않았느냐구?"

우리를 구해준 사람이 있는 앞에서 그런 말을 자꾸 들으니 기분이 좋지만은 않았다. 그러나 노인은 아무런 반응도 보이지 않다가 번개 같은 속도로 철제 셔터를 올리고는 우리를 황급히 안으로 밀어 넣었다.

"로마노프 씨의 금발 가발 스캔들이 일어났을 때부터 저는 이미 이런 일에 대비하고 있었어요."라고 치섹은 고백하고는 셔터를 내렸다.

"따라오세요."

그는 우리를 데리고 나선형의 계단을 통해 야채가게 지하실로 데려가더니 오이를 담아둔 커다란 통 위에 있던 전등을 켰다. 벽에는 접는 의자를 기대놓았고, 싱싱한 야채상자들 사이의 바닥에는 그리 새것은 아니지만 매트리스까지 나를 기다리고 있었다.

그의 환대에 감사의 인사를 하고 나자 우리는 이른 아침 시간 우리를 이렇게 도망치게 만든 사건에 대해 더 자세히 알고 싶어졌다. 두 개의 커다란 사진 중 하나에는 나와 아내가 웃으며 서로를 사랑스럽게 바라보고 있고 다른 사진에서는 내가 아내의 입술에 키스하고 있었다. 그 위로 아까의 타이틀이 선명하게 인쇄되어 있었다.

그 뒤로 벌어진 일에 관한 건 오늘까지 우리 빌라, 집의 화장실에 걸려 있다. 그 기사는 풍기 담당 기자인 추브로비츠 쉴리처가 직접 쓴 것이었다.

"훌륭한 배우이지만 현재 세간의 혹평을 받고 있는 그와 아마도 수천 명의 팬들보다 더 가까운 사이인 본 기자가 이 사진들에 대해 입장을 밝혀야 한다는 것은 쉽지 않은 일이다. 그러나 쓰린 가슴을 부여잡고 언론인으로서의 의무에 충실하고자 이 걸출한 배우에 대한 진실을 폭로한다.

엄청난 인기에 힘입은 로마노프는 자신의 비범한 연기력을 방치한 채 한심하고 보잘것없는 사기꾼이라는 혹평까지 태연히 받아들였다. 그의 많은 팬들은 모든 걸 용서했을 것이다. 이 훌륭한 배우가 자신의 야만적인 변태 행위에 대한 과도한 육체적 욕망을 온갖 수단을 써서 충족시키는 데 그토록 급급하지만 않았더라면 말이다. 인적이 드문 호숫가에서 자신의 딸을 어두운 차 안에 몰래 숨겨놓고 정열적으로 키스하는 행위는 그가 짐승만도 못한 최악의 상태에 도달했다는 것을 의미한다."

이 부분에서 힐데는 비명을 질렀다. 그리고는 내게 조심하라고 항상 경고했었던 그 '쓰레기'를 다시 저주했다. 나는 그만 하라고 손짓하고는 꼼꼼한 올라프가 찾아가서 자문을 구한 심신상관의학계에서 변태성 분야의 권위자가 쓴 평가를 읽으며 놀랐다.

"저는 로마노프의 이런 짐승 같은 행동방식에서 어떤 지배적인 성적 동기도 발견할 수 없습니다." 전문가는 설명했다.

"제 생각에는 자아 확인의 과도한 욕구에 의해 유발된 무의식적인 집착이 문제인 것 같습니다."

끝으로는 올라프가 내 딸을 향해 개인적으로 보내는 메시지였다.

"불쌍한 베네딕티나, 우리는 당신이 겪은 고통을 함께 나눌 겁니다. 당신이 아버지라고 부르는 그 괴물을 향한 우리 문명사회의 경멸과 혐오가 당신의 고통에 조금이나마 위로가 되었으면 합니다."

복잡한 심정으로 나는 신문을 옆에 내려놓았다. 차 안에 있던 여자의 신원을 두고 올라프가 치명적인 실수를 저지르기는 했지만 다른 한편으로 그가 배우로서의 나의 재능을 인정한다는 것을 기사의 행간에서 읽어낼 수 있었다. 나는 힐데에게 올라프를 향한 친구로서의 감정과 가슴쓰린 실망감 사이에서 내심 갈등한다는 것을 고백했다. 그러자 힐데는 치첵에게 자기를 지하실에서 내보내달라고 고래고래 소리 지르는 것이었다. 셔터를 올리고 계단을 올라간 그녀는 나를 내려다보며 욕을 했다.
 "칼, 예전부터 난 내가 혹시 백치랑 결혼한 건 아닐까 하고 의심했었어. 오늘부로 그게 사실이라는 걸 확실히 알았어."
 그녀 등 뒤에 대고 신문을 가져다달라고 소리쳤지만 치섹이 이미 셔터를 내려버렸다. 나는 야채상자들 사이 매트리스 위에 누워서 잠을 청했다.

 오후에 힐데는 가게 손님으로 가장하여 그녀의 변호사인 토마스 프리트랜더와 함께 왔다.
 "로마노프 씨, 우리는 석간 〈포퓰러〉에 81만 달러의 손해배상을 청구할 계획입니다." 변호사는 말했다.
 "왜요?"
 "이번 일은 일급 명예훼손죄에 해당하는 일이거든요."
 "그런 생각은 안 해봤는데요."
 "맙소사, 칼. 제발 입 좀 다물고 있어!" 아내가 끼어들었다.
 나는 자존심이 상했다. 카밀로 로이드 로마노프는 그렇다면 그 자신의 은신처에 처박혀 있을 일이었다. 나는 아내에게 그 일을 하고 싶으면 나 없이 자기네들끼리 알아서 하라고 말했다.
 "당신이 함께하실 필요는 없습니다, 밀러 씨." 프리트랜더는 말했다.

"이미 힐데와도 이야기했습니다만 이 일은 당신과는 관련이 없습니다. 당신은 중상죄로 고소를 한다고 해도 승소할 수가 없습니다. 언론의 자유를 위해 언론인들이 만든 이 법률에서, 중상죄는 피해자의 공적인 명예에 손실이 가해졌을 경우로 국한되거든요. 죄송한 말씀이지만 당신에게는 더 이상 손상될 명예랄 게 없으니까요."

"맞는 말이에요." 나는 동의했다. "그럼, 이제 우리는 어떻게 하지요?"

"당신이 고소를 하는 게 아니라 따님인 베네딕티나가 하는 겁니다."

"좋아요. 그럼 난 언제 여기서 나갈 수 있을까요?"

"곧 됩니다. 밀러 씨. 돈을 제대로 받아내기 위해서는 모든 주요 매스컴이 당신이 저지른 근친상간을 기사화할 때까지 기다려야 합니다."

"난 아무 일도 저지르지 않았어요."

"토미도 알아." 힐데가 나를 진정시켰.

"이이가 베테딕티나하고도 얘기를 할 거야. 소송이 끝나면 그 애는 약혼자를 돈으로 되찾으러 미국으로 갈 수 있을 테고."

프리트랜더가 배상액의 15퍼센트를 받는 것으로 합의를 하고 나서 힐데는 그와 함께 나갔다. 나는 그의 이름이 토미라는 것도 몰랐었다. 그리고 어쨌든 힐데는 최근 몇 시간 동안에 살이 빠진 것 같았다.

야채가 그득한 지하실은 매우 지루할 수 있다. 힐데가 내게 아래로 던져주는 신문들도 더 이상 나의 흥미를 끌지 않았다. 나의 은닉 장소에 대한 베티의 소위 '고집스런 침묵'에 관한 헛소리들을 제외하면 말이다. 로마노프의 치아와 엉덩이의 깨문 자국에 대해서는 침묵하지 않았다.

"오늘날은 모든 게 가능하지요." 이렇게 말하면서 그녀는 짓궂은 웃음을 지었다고 한다.

선거결과에도 당선자 본인들만 관심 있었다. 사회주의자들이 승리를 한 사실에 나는 별로 놀라지 않았다. 왜냐하면 그들의 기관지가 나의 섹스 스캔들을 제일 자세하게 다루었기 때문이었다. 치섹은 신문들을 가게에 차곡차곡 모아두었다가 채소를 싸는 데 활용했다. 그건 그렇고 그는 내 신경을 매우 건드렸다. 가게로 채소를 옮겨가려고 밑으로 내려올 때마다 그는 변태 행위에 대해 나에게 자세한 이야기를 들려달라고 졸랐다.

양파와 배추 더미 사이에서의 정신적 무료함은 나를 점점 더 사색적으로 만들었다. 이런 미친 세상에서 정상적으로 살려고 노력하면 분명히 미쳐버리고 말 거라는 생각이 들었다. 내가 그 짧은 시간동안 광적인 성욕의 상징이 되어버린 것도 이해하기 힘든 일이었다. 더구나 그때는 내가 여자 몸과 일절 접촉이 없던 시기였다. 물론 카를라의 엉덩이를 제외하고서 말이다.

지하실에 숨어 지낸 지 사흘째 되던 날 나는 치섹에게 그의 전화를 사용할 수 있게 해달라고 부탁했다. 내 망할 휴대전화는 빌어먹을 지하실에서는 수신이 되지 않았다. 치섹은 가게 문을 닫고 난 후에 두 차례 전화하는 걸 허락해주었다. 그러나 그 전에 내가 부티크 여주인을 잔혹하게 강간했던 이야기를 들려주어야만 한다는 조건이었다. 상상력을 총동원해서 이야기를 만들어냈던 것도 헛수고가 되어버렸다. 카를라는 두 번 다 집에 없었다. 아니면 있으면서 전화를 받지 않았던지.

그러다가 그녀를 전혀 뜻하지 않은 방식으로 만났다.

스스로 24시간 감시를 당하는 아내가 교묘하게도 내가 있는 지하실로 텔레비전을 몰래 들여오는 데 성공했다. 텔레비전은 거의 새것과 다름없었지만, 지하실에 수신 안테나가 없어서 화면에는 떨리는 줄무늬와 무슨 말인지 알아들을 수 없는 잡음만 나왔다. 내가 이때부터 본격적으로 우울증에 빠지게 된 건 어쩌면 당연한 일이었다.

그사이 힐데는 눈에 띄게 날씬해졌고 심지어 예뻐지기까지 했다. 그럼에도 치섹의 지하실에 있는 남편이 불쌍하기는 했는지 어느 그믐날 밤에 비디오 기기를 들고 나타나서 나를 놀래켰다.

"조깅하던 날 저녁 당신이 놓친 방송의 녹화 테이프를 안에 넣어놓았어."라고 말하고는 신랄하게 덧붙였다.

"당신 상대역의 멋진 몸매를 보고 나서 제발 그 삐쩍 마른 어린애는 잊어버려."

그녀의 목소리는 어쩐지 들떠 있었다. 아마 내가 베티와 떨어져 있어서거나 아니면 다른 이유가 있는지도 몰랐다. 어쨌든 나도 기뻤다.

나의 아늑한 지옥이었던 그 지하실 말고는 세상 그 어느 곳에서도 카를라의 꿈만 같은 육체에 내가 키스하는 장면을 그토록 자주 볼 수는 없었으리라. 9분 50초 동안의 장면을 보고 또 보고, 또다시 보고. 그러다가 갑자기 토미가 다음과 같은 소식을 들고 나타났을 때 나는 정말 실망스럽기까지 했다.

"오늘 아침 드디어 우리가 기대했던 기사가 〈뉴욕포스트〉에 실렸어요. 모레면 본격적으로 시작할 겁니다. 〈포퓰러〉는 이제 끝장난 거나 다름없어요."

의미심장한 눈길로 그는 내게 한 미국 신문을 내밀었다. 신문에는 뉴올리언스에 있는 딸애의 젊은 흑인 약혼자에 대한 기사가 실려 있었다.

"모니카 르윈스키마저 빛을 바래게 만든 섹스 스캔들." 심층 인터뷰에서 내 장래 사윗감은 침묵을 깨고 로마노프가 불쌍한 자기 딸을 잔인하게 대했다는 얘기와 돈에 대한 로마노프의 병적인 탐욕 등에 대해 털어놓았다. 끝으로 이 청년은 이 끔찍한 사건을 자신은 전부터 예견하고 있었다고 말하면서 자신이 받은 정신적 고통에 대한 손해배상 청구를 고려 중이라고 했다. 그는 또한 가혹한 시련을 겪은 불쌍한 베네딕티나를 다시 받아들일 가능성도 배제하지는 않는다고 말했다.

　　　　　　　　　　●

프리트랜더의 치밀한 계획이 내게는 별 대단한 인상을 주지는 않았다. 하지만 지하실에 갇혀 있는 죄수 주제에 그 누구를 신뢰할 수 있겠는가, 더구나 아내의 변호사를 신뢰하기는 힘들었다. 게다가 이미 나는 시

들어가는 야채처럼 남은 시간을 근근이 이어나갈 것을 나의 운명으로 알고 체념에 빠진 상태였다.

그러다가 오후에 갑자기 아내가 계단을 쿵쿵거리며 내려오더니 "칼, 일어나" 하고 인사하며 나를 깨웠다. 그녀는 오이상자 위의 전등을 켜고는 큰 소리로 말했다.

"자유가 당신한테 손짓하고 있어."

나는 놀라 일어나서 매트리스 위에 그녀 자리를 마련하여 앉혔다.

"우리 딸은 정말 굉장했어." 힐데의 얼굴은 빛났다.

"오늘 기자회견의 주인공이었다니까. 토미가 오페라하우스 전체가 꽉 차도록 기자들을 모으는 데 성공했어. 그리고 이제 상상해봐. 바그너의 〈신들의 황혼〉악극〈니벨룽의 반지〉의 마지막 편을 위해 꾸며진 무대 위로 커다란 영사막이 내려오고 그 위에 우리 둘의 사진을 비춘 거야. 당신이 나한테 뜨겁게 키스하는 사진 말이야. 토미가 날 무대 위로 불렀고, 난 생전 처음으로 기립 박수까지 받았어."

"그럼 난?"

"당신은 지크프리트〈니벨룽의 반지〉의 영웅적인 남자주인공 였지. 승리자란 소리야."

그녀는 핸드백에서 종이를 꺼내더니 프리트랜더가 딸아이를 위해 쓴 가슴을 찢는 낭독문을 내게 읽어주었다. 프리트랜트가 전문가적인 기교를 발휘하여 쓴 이 글을 베네딕티나가 복받치는 울음에 몸을 떨면서 낭독했다고 한다.

"〈포퓰러〉에 실린 사진과 비방기사는 제 인생을 지옥으로 만들었습니다. 이 오명이 매스컴에 불길처럼 번지고 난 뒤 저는 라디오 방송국에서 무기한 정직을 당했고 직업상의 일로 미국에 갔던 제 약혼자는 파혼을 요구했으며 친구들과 지인들은 저와의 연락을 끊었습니다. 그러나 무엇보다도 제게 치유할 수 없는 정신적 상처를 입힌 것은 이런 참담한 모욕들이 아니라 바로 내 나라 사람들이 내가 이 세상에서 그 누구보다도 사랑하는 아버지에게 그와 같은 추악한 죄를 뒤집어씌웠다는 고통스런 사실입니다……."

힐데는 낭독문에 입을 맞추고는 미소를 지었다.

"이 부분에서 베네딕티나가 아주 완벽하게 울음을 터뜨렸어. 칼, 도대체 걔가 누구한테서 그런 연극적인 재주를 물려받은 거지?"

아내가 내게 들려준 바에 따르면 토미는 우리 딸이 신문사를 고소하고 81만 달러의 손해배상을 청구할 것이라고 짧게 설명하면서 이 인상적인 행사를 끝마쳤다. 그는 이 돈으로 피해자가 정신적인 안정을 되찾을 수는 없겠지만 적어도 그 사건 이후로 불쌍한 젊은 아가씨의 고통받은 영혼에 드리운 자살충동을 잊게 하는 데 도움이 될 것이라고 말했다.

●

그것이 전환점이었다.

치셱은 숨겨주었던 대가로 하루당 55달러를 챙겨 갔다. 그러나 그가 감수했던 위험을 생각한다면 그건 별거 아니었다. 집에서는 산더미 같은 축하인사들과 마틴 줄츠의 사무실에서 보내온 100송이의 흰 장미 꽃다발이 나를 기다리고 있었다.

재판은 반박할 수 없는 논거로 인해 짧고 간결하게 진행되었다. 토미는 조사위원회의 판결이 낭독될 때 나까지도 법정으로 불렸다. 사람들이 가득 찬 법정에서 나도 내 인생 최초의 기립박수를 받았다. 정확히 얘기하면 여기 저기서 산발적으로 나오는 박수였지만 그래도 그게 어딘가.

피고석에는 언론인으로서의 무거운 과실혐의를 받고 〈포퓰러〉의 편집장과 올라프 추브로비츠 쉴리처가 앉아 있었다. 그들은 서로 시선을 피했으며 특히 우리를 보는 것을 피했다. 여전히 내가 올라프에게 좋은 감정이 드는 건 어쩔 수 없었다. 그는 호감이 가는 사기꾼이었다. 그럴 수도 있는 일이다. 정직한 사람들이라고 해서 항상 정직한 것도 아니지 않은가.

여성 판사는 한 결백한 처녀의 인생을 망가뜨린 피고들의 잔인한 행위에 대해 엄하게 꾸짖었다. 판결문을 낭독하면서 그녀는 편집장의 자백이 담긴 경찰조서의 일부를 인용했다. 그중에서 몇 개의 단편적 부분은 아직도 기억을 한다.

"추브로비츠 쉴리처는 제게 너무나 큰 실망을 안겨주었습니다. 그는 처음부터 저의 총애를 받았습니다……. 언제나 자유롭게 일했고 제가 간섭하지 않는 유일한 부하 직원이었습니다. 로마노프 특종으로 그는 아마 제 자리를 낚아채려고 한 것 같습니다. 독자 여러분들에게 사과드립니다. 특히 뮐러 씨 가족들에게도요…….”

왁자지껄 토론을 벌이는 방청객들과 함께 법정을 나오면서 힐데가 지금은 나의 쓰레기 친구를 어떻게 생각하느냐고 힐데가 물었다.

"글쎄." 나는 대답했다. "안됐어."

"그거 말고는?"

"없어."

"화도 안 나?"

"아니. 화는 그가 내야지."

"좋아, 의지박약아, 여기서 기다려…….”

힐데는 재빨리 피고석에서 불쌍하게 앉아 있는 올라프에게 다가갔다.

"집행유예 없이 무기징역이야." 그녀는 그에게 소리쳤다. 그녀는 몸을 돌렸다가 다시 돌아서서는 그에게 말했다.

"그리고, 친애하는 추브로비츠 씨, 방금 한 말은 '오프 더 레코드'였어."

그 뒤의 일들은 참으로 흥미로웠다.

〈포퓰러〉지의 변호사들은 항소를 냈는데 상급법원이 딸애에 대한 배상액을 123만 달러로 올렸다. 편집장은 징역 6개월에 집행유예를, 올라프는 집행유예 없는 26개월을 언도받고 기자로 복귀하는 걸 영영 금지당했다.

토미 프리트랜더가 우리 돈을 받아내자 딸은 우리에게 작별인사도 없이 미국으로 날아갔다. 뉴올리언스에 가서야 우리에게 전화를 걸었는데 이번에는 약혼자가 그녀를 너그럽게 용서했다는 것이다.

우리에게는 거의 백만 달러가 남았다. 우선 난 아버지를 위해 최고의 요양시설을 찾았으며 마르가레테에게 최신형 편집 장비를 보냈고 게르손 글라스코프에게 내가 값비싼 호화주택을 구입했다는 사실을 알렸다. 우리 새 저택의 육중한 현관문에는 '칼 & 힐데 뮐러'라고 새긴 주석 문패를 주문해서 달았다.

몇 달 전부터 나는 서재에 앉아 이 이야기를 쓰고 있다. 아무것도 나를 방해하지 않는다. 스케줄도, 기자들도, 줄츠도 없다. 단지 작은 사건 하나가 내 행복한 평온을 방해했다. 배우 에이전시 '사샤 부자'에서 베네딕타가 받은 손해배상액의 일부를 요구해온 것이었다. 법정은 딸애가 결코 연극을 한 게 아니라는 근거로 그들의 요구를 기각했다.

그게 다였다. 축복받은 평온이었다.

요즘 다시 스포크 박사의 책을 집어 들고 결혼한 지 오래된 54세 남자의 운명에 관한 장을 찾아 읽었다. 그 장은 다음과 같은 굵은 글씨로 쓴 표제어를 달고 있었다. "성공한 이에게 삼가 조의를 표함."

"오래 지속되는 무사고 기간 동안 54세에서 55세 사이의 결혼한 남성들은 큰 성공이 큰 실패만큼이나 파괴적이라는 것을 이해하기 시작한다."

여기에 박사는 다음과 같이 덧붙였다.

"건강한 인간 이성은 두 경우 모두 운명에 순응할 것을 의무로 한다. 인생의 냉혹한 무의미에 대해 부질없는 생각들이 들 때면, 공동묘지가 그 마지막 한 자리까지도 전부 불멸의 인간들로 차 있다는 사실을 잊지 말아야 할 것이다."

스포크 박사가 옳다. 언제나 그랬듯이. 그사이 나도 내 생각을 갖게 되었다. 인간은 권력과 부를 위해서라면 무엇이든지 한다고 어느 시인은 말했다. 그러나 최고의 것은 세 번째 목표인데 그건 독립이다. 나는 스포크 박사가 내게 어떤 반론을 펼지 안다.

"이보게, 독립을 위해서 인간은 많은 돈과 또 힘이 필요하다네. 그리고 그걸 얻기 위해서 무언가를 해야만 하지."

맞습니다, 교수님, 맞아요. 그러나 나는 아무 일도 안 했습니다. 난 그저 운이 좋았어요. 나는 단지 인생이라는 로또에서 '위로상'을 받은 것뿐입니다. 하지만 그게 그다지 자랑스러워할 일은 못 되지요. 그보다 내가 자랑스러운 것은, 친애하는 스포크 박사님, 이제는 나의 내면의 진실을 인식할 수 있다는 점입니다.

여러 가지 생각들을 하느라 하마터면 카를라에게 전화 거는 걸 잊어버릴 뻔했다. 그녀는 여전히 세상에서 가장 아름다운 여인이지만 최근 들어서 나는 우리의 토요일 데이트를 약간 줄이기로 굳게 마음먹었다.

"노피." 그녀는 전화에 대고 속삭였다. "당신이 쓴 이야기를 꼭 읽고 싶어."

"유감스럽지만 안 돼. 거기에는 너무 많은 진실이 들어 있고, 게다가 아내가 돌아왔어."

힐데가 복도를 활기차게 걸어오는 소리가 들렸다.

"와서 식사해." 그녀가 소리쳤다.

"언제쯤이면 도대체 당신 글 쓰는 일이 끝나는 거야?"

"곧."

"내가 지금 읽어도 돼?"

"유감스럽지만 안 돼, 힐데. 엄청난 거짓말투성이거든."

녹색 식당으로 내려가다가 계단이 커브를 그리는 부분에서 나는 커다란 베네치아풍의 거울 앞에 멈추어 섰다. 소도시에 사는, 피곤한 헤어스타일을 한 여자가 거울 속에서 나를 쳐다보았다. 스타와는 거리가 먼 여자의 헤어스타일…….

"칼." 아래에서 부르는 소리가 들렸다. "수프가 차갑게 식어버리잖아."

거울은 힐데가 뺀 살이 모두 내게 와서 붙었음을 말해주었다. 나의 현명한 박사님은 이런 걸 두고 분명히 '오랜 결혼생활의 균형'이라고 불렀을 것이다. 남은 층계를 내려가면서 오랫동안 생각했던 의문이 내 속에서 다시 맴돌기 시작했다. 어떻게 스포크 박사는 내 인생에서 일어날 일들을 그토록 정확히 예측할 수 있었을까? 마지막 층계참에서 나는 깨달았다. 박사는 예언자가 아니었다. 그는 단지 평범한 인간의 기본적인 성향을 서술했을 뿐이었다. 내가 방금 거울 속에서 본 것과 같은 보통사람의 성향을 말이다. 이렇게 해서 그는 나에게 나의 어처구니없는 이야기가 사실은 지극히 일상적인 이야기임을 알게 했다.

□옮긴이의 말□

'주목받는 생'을 꿈꾸는 보통사람들을 위한 소설

이름 없는 삼류배우가 있다. 연중 백수로 놀다가 기껏해야 어린이용 연극의 대사 없는 당나귀 역이나 맡아 한다. 에프라임 키숀의 장편소설 『행운아 54』의 주인공은 그런 인물이다. 사실 그도 '칼 뮐러'라는 어엿한 이름을 지니고 있다. 그저 운이 없었을 뿐, 어쩌면 최악의 배우는 아닐지도 모른다. 그런데도 우리는 유명해지지 못한 배우에게 별 생각 없이 '이름 없는' 또는 '삼류'라는 수식어를 붙인다.

교사인 아내에게 얹혀살면서 당나귀 배역마저 끊긴 주인공은 점점 자아 존중감을 잃어간다. 작가 알랭 드 보통이 말하듯 "다른 사람이 우리를 어떻게 보느냐가 우리의 자아상自我像을 결정하기 때문"이다. 소크라테스나 예수처럼 특별히 자아가 강한 사람이 아닌 다음에야, 세상이 자신을 존중하지 않는다는 것을 알게 되면 스스로를 용납하는 일도 어려워진다는 것이다.

그런 위기에 처한 주인공에게, 어느 날 기괴한 방식으로 행운이 찾아온다. 엄청난 구두쇠인 유명 영화제작자가 새로운 TV 미니시리즈를 제작하면서, 오로지 제작비를 줄일 계산으로 칼 밀러를 주요 배역에 캐스팅했던 것이다. 자주 등장하는 역할이긴 하지만 대사가 거의 없는 역(언제나 마스크를 쓰고 있는 수술실의 외과의사)이었기 때문에 무명 배우를 캐스팅하는 일이 가능했던 것. 그런데 주역을 맡은 스타 배우가 근사해 보이는 외과의사 역을 하겠다고 마구 우기는 바람에 칼은 그와 배역을 바꿔 갑자기 주역으로 승격하고, 말도 안 되는 해프닝을 벌이며 첫 회 촬영작업을 마친다.

이 미니시리즈의 첫 회가 방영되자 저명한 비평가가 신문에 긴 리뷰를 실어 칼 밀러를 극찬하고, 엉뚱하게도 '로마노프'라는 예명으로 하루 아침에 스타가 된 칼은 이때부터 팬들과 명성과 최고의 미인이 따르는 완전히 새로운 인생을 맞이하게 되는데…….

키숀은 제2차 세계대전 때 유대인 포로수용소에서 가스실로 끌려가기 직전에 도망쳐 살아난 독특한 이력의 작가. 소설뿐 아니라 연극과 영화 분야에서도 성공적인 작업들을 남긴 그는 평생 독일어, 영어, 히브리어로 창작활동을 했다. 50권이 넘는 그의 책들은 전 세계 37개 언어로 번역되어 도합 4천 3백만여 권이나 팔렸다.

아내, 아이들과 함께 살아가는 일상의 에피소드를 묶은 키숀의 짧은 소설 모음집 『개를 위한 스테이크』를 읽으면서 눈물이 나도록 웃었다. 현대예술의 난해함에 거침없는 풍자의 펀치를 날린 『피카소의 달콤한 복수』역시 키숀 특유의 유머와 진솔함으로 커다란 즐거움을 준 책이다. 그 때문에 그의 장편소설 『행운아 54』 번역을 맡게 되었을 때는 조금도 주저할 필요가 없었다. 이런 노대가가 여든 살에 이르러 써낸 장편소설은 대체 어떤 내용을 담고 있을까? 궁금한 마음이 가득했다.

기대했던 대로 번역은 즐거웠다. 아무것도 아니었던 주인공이 거품으로 갑작스런 스타덤에 올랐다가 그 거품이 걷히면서 끝없이 추락하는 과정은 유쾌하고 흥미진진했다. 저명한 비평가의 리뷰 하나로 전국을 뒤흔드는 스타가 되었다가 기자들의 집요한 추적으로 사생활이 왜곡, 폭로되면서 파멸하고 마는 주인공의 스토리는 오늘날의 사회를 그대로 거울에 비춰내고 있다. 이 소설의 등장인물들은 각자 선명한 개성을 갖췄으면서도, 피와 살을 지닌 현실의 개인들이라기보다는 어디서 본 듯한 스테레오타입들이다. 유머와 과장을 잔뜩 섞어 유형화시켜놓은 인물들인 것이다. 그런 중에도 칼과 그의 아내 힐데는 마치 우리 자신을 보는 것 같아 결코 미워할 수 없는 주인공이다.

『행운아 54』는 인생의 대박을 기대하며 연예계 진출을 꿈꾸는 그 많은 '평범한' 아이들에게 읽히고 싶은 책이다. 그리고 '가끔은 주목받는 생이고 싶은' 그러나 현실에서는 여전히 섬바다가 아닌 노바다로 살아가는 우리 모두에게 웃음과 공감으로 위안을 주는 책이기도 하다.

2008년 7월

이용숙